JULIETTE MANET | Wehrlos

JULIETTE MANET

WEHRLOS

ROMAN

Aus dem Französischen
von Oliver Ilan Schulz

Diana Verlag

Die Originalausgabe erschien 2006 unter dem Titel
Le Disciple du Mal bei Éditions Albin Michel

FSC
Mix
Produktgruppe aus vorbildlich bewirtschafteten Wäldern und anderen kontrollierten Herkünften
Zert.-Nr. SGS-COC-1940
www.fsc.org
© 1996 Forest Stewardship Council

Verlagsgruppe Random House FSC-DEU-0100
Das für dieses Buch verwendete
FSC-zertifizierte Papier *Munken Premium Cream*
liefert Arctic Paper Munkedals AB, Schweden

Redaktion | Ingeborg Ebel und Beate Brammertz
Herstellung | Helga Schörnig
Satz | Greiner & Reichel, Köln
Druck und Bindung | GGP Media GmbH, Pößneck

Printed in Germany

ISBN 978-3-453-29037-2

»In jedem Menschen aber lauert der von den Schreien
gefolterter Opfer angestachelte Dämon Perversion,
ein Dämon der Ausschweifung und der Anarchie,
der seine Ketten gesprengt hat.«

aus: F. M. Dostojewski, *Die Dämonen*

Kapitel 1

Los Angeles, Gegenwart

I

Vincent Connely zog sich aus dem sinnlichen Mund seines Partners zurück, während der junge Mann ihm das Geschlecht leckte. Er ging zum Waschbecken und wusch sich die Hände. Einmal, zweimal, dreimal.

Er war stolz, weil er alles so gut organisiert hatte. Bis ins kleinste Detail ausgearbeitete Planungen hatten aus ihm den Mann gemacht, der er heute war. Er dachte an Senda. Er würde mit ihr spazieren gehen. Und am Ende dieses Spaziergangs würde sie erleben, wie finster die Nacht sein kann. Seine Nacht. Denn Senda musste für das bezahlen, was sie ihm angetan hatte.

Er betrachtete sich im Spiegel. Ein Haarstylist hatte das natürliche Blond seiner Haare aufgehellt, und sein Gesicht wirkte verführerisch. Wie ein Professor der Soziologie sah er aus, ein Wissenschaftler, der aus Prinzip nicht mit seinen Studentinnen schläft, es aber jederzeit könnte, sollte er Lust dazu haben.

Er musterte sich noch einmal im Spiegel und bewunderte die Arbeit des Chirurgen.

Dann drehte sich Vincent um.

Der junge Mann lag mit gespreizten Beinen auf dem Bauch und bot ihm seinen knackigen Hintern wie eine Opfergabe dar. Vincent bekam sofort eine Erektion.

»Lutsch ihn!«, befahl er.

Der Lustknabe ließ sich nicht lange bitten. Er nahm Vincents Penis in den Mund, erregte ihn mit kleinen Zungenstößen und tat, als wolle er ihn schlucken. Vincents Lust steigerte sich, doch im letzten Moment warf er den jungen Mann aufs Bett, um ihn gründlich durchzuvögeln. Aus dieser Perspektive sah der andere wie ein Junge aus. Connely schrie vor Lust, ehe er sich auf den Körper seines Liebhabers fallen ließ. Der machte sich frei und sniffte eine Nase *special k* vom Nachttisch. Jetzt war er an der Reihe. Er streute Koks auf Vincents intimste Stellen, wollte ihn lecken und wieder zum Orgasmus bringen. Vincent liebte das und würde ihm sicher sagen, er sei die Nummer eins. Für tausend Dollar pro Freier war er zu allem bereit, ganz gleich, wen er bediente!

Doch Vincent stand plötzlich auf.

»Ich habe einen wichtigen Termin. Du bleibst auf jeden Fall hier. Wir beide haben gerade erst angefangen. In der Zwischenzeit kannst du dich damit amüsieren«, sagte er und warf einen Dildo aufs Bett.

Der junge Mann machte eine einladende Geste.

Vincent zitterte. Er hatte wahnsinnige Lust, den jungen Mann zu vögeln, ihn zu Tode zu rammeln und zu spüren, wie sich der Mann öffnen und wie eine unterwürfige Hündin schreien würde. Die Hündin, die er war.

Doch Vincent dachte wieder an seine Verabredung, und dieser Gedanke ließ seine Erregung sofort abklingen.

II

Der Justizbeamte nahm das Blatt Papier aus der Hand des Geschworenen Nummer 1 entgegen und reichte es dem Richter, der es mit etwas steifen Bewegungen öffnete.

»Angeklagter, erheben Sie sich!«, sagte der Richter.

Judith Graham forschte nach einer Reaktion auf dem Gesicht des Vorsitzenden, aber es blieb ausdruckslos. Auch die Geschworenen wirkten abwesend; niemand schenkte ihr Aufmerksamkeit.

Anonyme Gesichter, die diese Bürgerpflicht freiwillig für fünf Dollar pro Tag auf sich nahmen. Es waren einfache Leute: eine füllige und mürrische Postangestellte, ein Mechaniker mit unruhigen, abgearbeiteten Händen und ein kalter Bürokrat in Rente, eine Hausfrau mit grauem Haar in geblümtem Kleid und so weiter.

Menschen aus seiner sozialen Schicht, die nun über ihn richteten.

Die Anwältin spürte, wie der junge Mann ihren Arm umklammerte. Eine Geste der Angst, ein verzweifeltes Pressen, ein Hilferuf. Sie hörte ihn schwer atmen, als würde er ersticken. Eine schmale Gestalt, die eben noch neben ihr gesessen hatte, den rechten Arm in einer Schlinge und mit derart zitternden Knien, dass der arme Kerl sich jetzt kaum auf den Beinen halten konnte.

Ihr Mandant wurde von seiner Frau der Vergewaltigung bezichtigt. Das Ehepaar lebte seit vier Monaten getrennt, als er eines Abends während eines Besuchs über sie hergefallen sein soll. Sie habe sich bedroht gefühlt und geschossen, hatte den Abzug mechanisch durchgedrückt, eine Bewegung, über die sie keine Kontrolle gehabt habe. Sie hatte ihn nur einmal getroffen. Das war ihre Version. Die Labortests ließen keine eindeutigen Schlüsse zu. Keine Verletzungen im Umfeld der Vagina und des Anus; kein Sperma, Gleitmittel oder Gel; keine Epithelzellen des Ehemanns unter ihren Fingernägeln. Der Vertreter der Anklage hingegen hatte versucht, aus den Hämatomen an den Innenseiten ihrer Oberschenkel und den Bisswunden an ihren Brüsten Kapital zu schlagen, aber die Klägerin hätte sich diese Verletzungen auch selbst zufügen können. Und das sei nicht der erste Fall dieser Art, hatte Judith Graham plädiert.

Sie musterte die Geschworenen. Acht Frauen und vier Männer. Sie hoffte, dass diese Aufstellung der Verteidigung zum Vorteil gereichte. Ihr Mandant sah verstört, zerbrechlich und sehr jung aus.

Der Justizbeamte hatte mit der Verlesung begonnen. Seine Stimme hallte von den Wänden des Saals wider. Judith hätte dieses Verlesen gern verlangsamt; sie brauchte mehr Zeit zum Nachdenken und für die Analyse ihrer eventuellen strategischen Fehler, für Hypothesen.

»Wir, die ordnungsgemäß zusammengetretene und vereidigte Jury, erklären den Angeklagten Mark Swain für … nicht schuldig.«

Bei diesen Worten brach Mark auf seinen Stuhl zusammen. Er vergrub das Gesicht in den Händen und wurde von Weinkrämpfen geschüttelt. Judith reichte ihm ein Glas Wasser. Auch sie weinte. Ihre Rührung war echt.

Sie suchte alle Papiere und Notizen zusammen, die seit einigen Wochen ihr Leben bestimmt hatten, und hob den Kopf. Jim Nash, der Assistent des District Attorney, sah zu ihr herüber. Ihre Blicke kreuzten sich. Er lächelte diskret. Er hatte verloren. Das war nichts Persönliches. So waren die Spielregeln.

Journalisten und die Familie drängten sich um Mark. Judith Graham hielt ihre schwarze Aktentasche vor die Brust ihres streng geschnittenen, schwarzen Kostüms und bahnte sich einen Weg zum Ausgang. Mit einer knappen Kopfbewegung lehnte sie es ab, Fragen zu beantworten.

III

Vincent schaltete automatisch das Radio ein. Immer das gleiche dumme Geschwätz, dachte er. Die Amerikaner fühlen sich überall von Terroristen bedroht, außerdem wurde ein weiteres Unwetter angekündigt.

Der Verkehr auf der Autobahn war flüssig. Connely fuhr langsamer als die vorgeschriebene Mindestgeschwindigkeit, denn er dachte an den Anruf vom Vortag zurück.

»Mister Connely«, hatte die Frau gesagt, »dieses Gespräch wird aufgezeichnet. Eine alte Radierung mit zwei Personen … Sagt Ihnen das was?«

»Nicht unbedingt«, hatte er geantwortet.

Kurz sah er wieder diesen sternenlosen Himmel.

»Ich habe Ihr Interesse geweckt, stimmt's?«

Connely hatte gelacht. »Verpissen Sie sich!«

»Sie kommen sich wohl besonders schlau vor? Morgen Abend um sechs in der Viper-Bar.« Mit diesen Worten hatte die Anruferin aufgelegt.

Connely hatte reglos das Handy ans Ohr gehalten, bis er das Besetztzeichen gehört hatte. Dann hatte er es gelassen weggelegt.

Vincent paffte seine Zigarre und sah nach Norden. Trotz der bleiernen Wolken am Himmel blitzte an manchen Stellen die Sonne durch. Nach all den vielen Jahren hatte er diese Erinnerungen nicht aus seinem Gedächtnis getilgt, sondern nur ruhen lassen. Eine ihm unbekannte Stimme wollte sie jetzt wieder zum Leben erwecken.

Die Viper-Bar schien leer zu sein und war dunkel. Ein aus der Mode gekommenes Lokal. Vincent ließ den Blick schweifen, um seine Augen an das schummrige Licht zu gewöhnen.

Er spürte, dass da jemand war. Eine Frau winkte ihn an ihren Tisch, und er ging zu ihr. Ihr Teller war voller Ketchup, also hatte sie gerade zu Abend gegessen. Wegen des dämmerigen Lichts konnte er nicht in ihren Augen lesen. Vincent blieb stehen.

»Wie viel?«, fragte er mit eisiger Stimme.

Die Frau schnitt eine Grimasse. Mit Connely im Sitzen zu verhandeln war keine beneidenswerte Position.

»Okay, kommen wir gleich zur Sache. Ich war damals in Paris. Ich habe die Zeitungen, die Reportagen und die Fotos gesehen. Ich habe Sie wiedererkannt. Ich habe auch einen der Artikel dabei. Wollen Sie einen Blick darauf werfen?«

Sie wollte in ihrer Tasche wühlen. Connely winkte ab.

»Sparen Sie sich die Mühe, das ist Schnee von gestern.«

Die Frau lächelte. Seltsamerweise waren ihre Zähne weiß und regelmäßig.

»Glauben Sie das wirklich, Connely? Da irren Sie sich gewaltig! Ich bin auf dem Laufenden. Diese widerliche Radierung mit dem kleinen Jungen, wie er gerade missbraucht wird … Woran erinnert Sie das? Sollte die Presse in dieser Stadt darüber berichten, wird die Öffentlichkeit entzückt sein zu erfahren, wer solche Schweinereien früher in Paris unter die Leute gebracht hat.«

»Wie viel?«, wiederholte er.

»Fünfhunderttausend Dollar. Ich halte das für einen vernünftigen Preis.«

Völlig fassungslos sah er sie an.

»Haben Sie denn keine Angst, dass ich Sie umbringen könnte?«

Die Frau lachte schallend. Vincent fiel die dicke Warze über ihrer Oberlippe auf.

»Ein Wort von mir genügt, und Sie sind am Ende. Erledigt, reif für die Todeszelle. Aber ich brauche das Geld. Sie haben acht Tage Zeit. Gibt's da Probleme?«

Connely spuckte aus und drehte ihr den Rücken zu. »Keine Probleme«, sagte er, ohne sich umzudrehen. »Das passt mir sehr gut.«

Kapitel 2

1

Das heruntergekommene Betongebäude des Los Angeles Police Department strahlte trotz seiner schlecht beleuchteten Parkplätze, deren Lichter vergeblich versuchten, das über der Stadt herrschende Unwetter zu durchdringen, eine gewisse pathetische Größe aus.

Tony Perez betrachtete das Foto, das er gerade zerrissen und dann wie ein Puzzle wieder zusammengesetzt hatte. Aber ein Teil fehlte. Er hatte in seinem Papierkorb gewühlt, es aber nicht mehr gefunden.

Die Affäre mit diesem Mädchen war zu Ende. Zwar war er noch immer in sie verliebt, doch sie hatte genug von ihm und ihn verlassen. Der Kaffee war kalt, die Klimaanlage funktionierte schlecht, und das Leben von Tony Perez konzentrierte sich da, in diesem Lächeln, das nun verschwunden war. Es war seine dritte Beziehung, und alle endeten stets auf die gleiche Weise. Auf dem Gebiet enttäuschte Liebe brach der Latin Lover vom Dienst alle Rekorde.

Sergeant Perez waren fünf Detectives unterstellt. Im Vorjahr hatte er die beste Erfolgsquote des Departments erzielt: Dreiundsiebzig Prozent aller Verbrechen, deren Aufklärung seinem Team zugeteilt worden waren, hatten sie aufgeklärt.

Doch diese Traumquote war in den letzten Monaten dramatisch gesunken. Perez schloss die Augen.

II

Auf der Interstate 1 fuhren die Autos im Schritttempo. Ashley Madoone schaute auf ihre Uhr. Sie war spät dran und hoffte, Sarah würde sich keine Sorgen machen. Denn sie hatte im Supermarkt getrödelt, und jetzt tobte dieses Unwetter. Sie wollte möglichst bald zu Hause sein, um ihrer Tochter die gute Nachricht zu verkünden. Nach langen Monaten mit vielen Überstunden und miesen Wochenenden hatte sie es endlich geschafft.

Ihre Bewerbung war erfolgreich gewesen. Ab nächster Woche würde sie die Leitung der Abteilung Gruppenreisen übernehmen, und zwar im Normandy, dem schönsten Hotel der Connely-Gruppe in Kalifornien. Das hatte er ihr heute Morgen höchstpersönlich bestätigt. Das riesige Büro mit dem dunkelvioletten Teppichboden hatte sie beeindruckt, ebenso wie der Mann, obwohl diese erste Unterredung nur ein paar Minuten gedauert hatte.

Er benahm sich so, wie man ihn ihr geschildert hatte, zurückhaltend und sachlich. Er sei sich sicher, die richtige Wahl getroffen zu haben, aber sie bekomme keine zweite Chance, hatte er am Ende des Gesprächs erklärt.

Ashley kam endlich zu Hause an. Es hatte aufgehört zu regnen. In Sarahs Zimmer brannte Licht. Die beiden wohnten in einem kleinen Häuschen in La Brea, rund fünfzehn Meilen nördlich von Los Angeles.

Als sie die Haustür öffnete, war sie überrascht, wie still es war. Das kam ihr seltsam vor, denn gewöhnlich hörte sie dann die dumpfen Basstöne von Eminems Musik, die ihre Tochter bis zum Anschlag aufzudrehen pflegte.

»Sarah!«, rief sie zum zweiten Mal. Sie bekam keine Antwort. Vielleicht war ihre Tochter nach der Schule zu einem Nachbarn gegangen. Schließlich fing Ashley mit der Zubereitung des Abendessens an. Ravioli mit Sahnesauce und einen Boston Cream Cake. Sie öffnete eine Flasche Cabernet und schenkte sich ein Glas Wein ein.

Nachdem sie die Hälfte getrunken hatte, entdeckte sie den weißen Umschlag auf dem Parkett. Jemand musste ihn unter der Tür hindurchgeschoben haben. Sicher eine Nachricht von ihrer Tochter. Sie öffnete ihn. Darin war eine Art Gravur, auf der zwei Personen abgebildet waren: eine Fotokopie oder eine Reproduktion.

Ashley hielt das Blatt unter die Lampe. Sie brauchte ein paar Sekunden, bis sie begriff, dass die Radierung einen Mann mit erigiertem Glied darstellte, der mit einem Kind Analverkehr hatte.

III

Auf Perez' Schreibtisch klingelte das Telefon. Mit einer Geste bedeutete er einem seiner Kollegen im Raum, er solle abnehmen.

»Die Zentrale …« Der Beamte hielt den Hörer an sein Hemd gepresst. Perez hatte einen schlechten Tag, und er wollte ihn nicht unnötig reizen.

»Die gehen mir auf die Nerven …«

»Sie wollen dich persönlich sprechen.«

Es war zehn Uhr abends. Niemand wartete mehr auf Tony Perez, also konnte er sich auch selbst darum kümmern. Er streckte die Hand nach dem Hörer aus.

»Perez. Was ist denn schon wieder?«

»Sie haben noch einen Mord am Hals, Sergeant.«

Er wusste sofort, worum es ging. Der Mann aus der Funkzentrale fuhr fort: »Sarah Madoone, dreizehn Jahre alt. Die Polizei von La Brea ist bereits vor Ort.«

»Wurde ihre Leiche gefunden?«

»Keine Leiche. Aber das muss dieser Kerl sein.«

»Dieselbe Fotokopie?«

»Richtig.«

»Kampfspuren?«

»Nichts. Die Kleine hat sich in Luft aufgelöst. Das war's.«

Perez legte auf und wählte eine Nummer. Er musste den Captain benachrichtigen, der den Polizeichef informierte, der wiederum den Bürgermeister weckte, der dann vielleicht den Gouverneur anrufen würde.

Der Captain nahm beim ersten Klingeln ab. Nachdem Perez seinem Vorgesetzten Bescheid gegeben hatte, war es kurz still, bevor Pasquini fragte: »Ist die Presse schon informiert?«

»Keine Leiche, kein Mord, folglich keine Journalisten. Nur eine vermisste Person. Aber wir können uns nicht lange in Schweigen hüllen. Die anderen Familien werden nicht tatenlos zusehen.«

»Gibt's Anhaltspunkte?«

»Noch immer nichts.«

Das war der vierte Fall in drei Monaten.

Alle Kinder waren ungefähr in demselben Alter, zwischen zwölf und vierzehn. Sie waren männlichen und weiblichen Geschlechts, die Eltern gehörten alle einem relativ wohlhabenden Milieu an. Es gab keine Verbindungen zwischen den Familien oder den Kindern, keine Kontakte zu einer Sekte.

»Sie täten gut daran, schnell etwas rauszufinden. Denn wenn sich diese Geschichte rumspricht, werden uns die Medien in der Luft zerreißen. Das wird denen nicht gefallen, Perez. Dem Bürgermeister auch nicht. Lassen Sie sich, verdammt noch mal, was einfallen! Schnappen Sie den Kerl, bevor er wieder zuschlägt!«

Perez legte auf. Er schloss die Augen, warf seine Mähne

nach hinten und massierte sich die Lider. Den Umschlag konnte man überall kaufen. Die Techniker hatten keine Fingerabdrücke oder Fasern gefunden. Die fotokopierte Szene war immer dieselbe: eine pornografische Darstellung aus einem früheren Jahrhundert. Die Historiker der Universität arbeiteten daran.

Perez hatte die Geisteskranken, Irren und Vergewaltiger satt; diesen Typen fiel immer etwas Neues ein.

Sein Chef, der Bürgermeister, der Gouverneur, die Familien, die Presse … Sie alle würden ihm auf die Pelle rücken. Und der Typ würde nicht aufhören. Er hatte auch überhaupt keinen Grund dazu, außer er wurde gefasst.

Ein Satanskult? Ziemlich unwahrscheinlich, hatte das FBI behauptet.

Perez sah sich an einem einsamen, abgelegenen und von Sonnenlicht überfluteten Strand, wo er auf eine nackte und gebräunte junge Frau zulief, die ihn mit offenen Armen erwartete. Er wandte sich an seine Detectives.

»Gehen wir«, sagte er zutiefst frustriert.

IV

Judith Graham ordnete die Akten auf ihrem Schreibtisch. Sie schaute auf ihre Uhr. Sie hatte zwei Stunden Zeit, ehe sie ins Studio des Fernsehsenders Das Siebte musste, wo die Diskussionsrunde stattfand.

Sie sah in den Spiegel. Sie war noch immer attraktiv, bis auf die Ringe unter den Augen. Doch die würden in der Maske verschwinden.

Sie arbeitete zu viel. Nach ihrer Scheidung war es das Beste gewesen, was sie tun konnte, abgesehen davon, sich um ihren achtjährigen Sohn Jim zu kümmern.

Die Sprechanlage knisterte. Ihre Sekretärin war dran.

»Sol Bernstein ist da von Bernstein und Meyer. Er sagt, es sei wichtig.«

Das war eine der größten Kanzleien in L. A., Wirtschaftsanwälte.

»Stellen Sie ihn durch.«

»Er ist hier, Judith. Er bittet Sie, ihn zu empfangen.«

Die Kanzlei lag auf der gegenüberliegenden Straßenseite. Warum hatte sich ein so bekannter und einflussreicher Anwalt wie Bernstein persönlich auf den Weg gemacht?

Verwundert ging sie ins Vorzimmer, um ihn zu begrüßen. Die beiden waren sich bisher zwei- oder dreimal bei Abendgesellschaften begegnet.

»Entschuldigen Sie bitte, dass ich so unangemeldet reinplatze«, sagte Bernstein und setzte sich.

Er war geschmackvoll, aber fantasielos gekleidet. Klassisch, eher englisch als italienisch, dachte sie. Die Mandanten von Bernstein und Meyer schienen den Neu-England-Stil zu bevorzugen.

Er ließ sich in den Sessel zurückfallen und sah sich um. Judiths Büro war winzig und das Mobiliar gemietet. Sie räusperte sich. Bernstein war bestimmt nicht gekommen, um ihre Einrichtung zu bewundern.

»Mein Büro ist sicherlich kleiner als Ihre Herrentoilette«, sagte sie mit einem Lächeln.

»Sie haben Sinn für Humor, Judith. Den braucht man als Strafverteidiger. Ich habe das damals auch gemacht, doch das ist lange her. Da war ich noch Referendar …«

Er machte eine unbestimmte Handbewegung und fuhr fort: »Einer unserer Mandanten möchte, dass wir ihm einen Anwalt empfehlen, der ihn gegebenenfalls in einer Angelegenheit vertreten könnte.«

Judith wunderte sich über Bernsteins Anliegen.

»Ein Interessenkonflikt mit Ihrer Kanzlei?«, fragte sie.

Er schüttelte den Kopf.

»Nun, wenn die Dinge so liegen, warum nehmen Sie sich der Sache nicht selbst an?«

Bernstein setzte sich auf und zog die Bügelfalte seiner Hose gerade.

»Sagen wir mal, mein Mandant ist etwas ungewöhnlich und sein Fall eher …«

»Ich bin ausschließlich Strafrechtlerin, Mr. Bernstein«, unterbrach Judith ihn. »Ich bezweifle, Ihrem Mandanten von Nutzen sein zu können.«

»Nun ja, man könnte sagen, dass es sich genau darum handelt.«

»Wird strafrechtlich gegen ihn ermittelt?«, erkundigte sich Judith.

»Nicht, dass ich wüsste, aber ich bin nicht befugt, mit Ihnen darüber zu sprechen. Dieses Recht behält er sich vor.«

Bernstein nahm einen Umschlag aus der Innentasche seines Jacketts und hielt ihn Judith hin.

»Das ist ein Scheck über fünftausend Dollar, als Provision. Er kommt von einer Holding, die ihrem künftigen Mandanten gehört.«

Judith öffnete den Umschlag und warf einen kurzen Blick hinein. Sie bemühte sich, den Eindruck zu erwecken, als sei ihr der Betrag gleichgültig.

»Das ist nur ein Vorschuss. Sie können ihn auch behalten, wenn unser Mandant Sie nicht engagiert. Anderenfalls werden Sie die Höhe Ihres Honorars mit ihm direkt absprechen.«

»Mr. Bernstein, es gibt viele Strafverteidiger in dieser Stadt. Warum ich?«

»Man könnte sagen, es handelt sich um ein Zeichen der Hochachtung unseres Mandanten Ihnen gegenüber, und wir teilen seine Meinung. Es steht Ihnen selbstverständlich frei, den Fall abzulehnen.«

Judith nickte. Offensichtlich überzeugte sie dieses Argument. Sie riskierte nichts, wenn sie das Angebot annahm. Sollte sie feststellen, dass dieses Mandat ihren Prinzipien widersprach oder ihr Gewissen belastete, würde sie es verweigern. Die Voraussetzungen waren klar definiert, und das Geld konnte sie gut gebrauchen. Also schob sie ihre Zweifel beiseite.

»Ich nehme das Angebot an«, sagte sie zu Bernstein.

»Gut. Ich schicke Ihnen morgen einen Vertrag, mit dem ich Ihre Dienste in Anspruch nehme.«

Er stand auf und beendete das Gespräch. »Ich habe keinerlei Bedenken wegen Ihres Fernsehauftritts heute Abend, Judith. Sie werden großartig sein.«

Sie lächelte kurz.

»Mr. Bernstein …«

»Sol«, sagte er, »so alt bin ich noch nicht.«

»Sie haben mir immer noch nicht den Namen des Mandanten genannt, Sol.«

Kurz bevor er das Büro verließ, sagte er, ohne sich umzudrehen: »Vincent Connely.«

Kapitel 3

1

Ein paar tausend Meilen von Los Angeles entfernt sah in Paris Senda Barhi, leitende Kriminalkommissarin der Dienststelle 36, Quai des Orfèvres, den Posteingang des Tages durch. Es war Freitagnachmittag, siebzehn Uhr.

Die letzte Nachricht beunruhigte sie. Ein Telex, vom FBI an Interpol gerichtet, und zwar auf Veranlassung des NCEMC – des National Center for Exploited and Missing Children.

Sie musste sofort aufbrechen, wenn sie in Paris nicht in den Berufsverkehr geraten wollte. Senda forderte einen Dienstwagen an, unterzeichnete das entsprechende Formular und bog aus der Garage des Gebäudes.

Die Sonne schien. Sie fuhr Richtung Deauville. Sie wusste, dass sie ihren ehemaligen Chef, Charles Gallo, zu Hause antreffen würde, denn sie hatte ihn erst vor zwei Tagen angerufen, um ihm zur Verleihung des Großkreuzes der Ehrenlegion zu gratulieren.

»Ich bin bis Sonntagabend auf dem Land. Besuchen Sie mich, wenn Sie am Wochenende nichts vorhaben«, hatte er gesagt.

Charles scheint die Gabe der Vorahnung zu haben, dachte Senda.

Kurz vor Deauville öffnete sie das Fenster. Die Meeresluft im Frühherbst war voller unvergleichlicher Düfte. Senda entspannte sich und gestattete sich einen Moment innerer Ruhe.

Charles empfing sie sofort. Er war gerührt, weil sie zu seiner Ernennung gekommen war. Die beiden setzten sich in seine Bibliothek, in der noch kein Feuer im Kamin brannte. Charles schenkte ihr einen Whisky ein, und Senda trank einen Schluck. Er war samtig und mild, und sie spürte, wie sich die Wärme des Alkohols in ihrem Magen ausbreitete.

»Er ist wieder aufgetaucht, Monsieur«, sagte Senda, als sie ihr Glas abstellte.

Charles Gallo lehnte sich zurück, legte seine Zigarette in einen Aschenbecher und fragte: »Wo?«

Seine Mimik verriet weder Neugier noch Aufregung. Immerhin war er mehrere Jahre der Polizeipräsident von Paris gewesen.

»In Kalifornien, Los Angeles.«

»Sind Sie sicher?«

Senda nahm das Schreiben des FBI aus ihrer Tasche und reichte es ihm zusammen mit einer zwei Jahre alten Zeitschrift, die sie aufbewahrt hatte. Nachdem er die Unterlagen geprüft hatte, nickte er.

»Ich glaube, Sie haben recht. Warum fängt er gerade jetzt wieder an?«

»Das weiß ich nicht. Mich wundert eher, dass er sich so lange beherrscht hat. Was wollen Sie tun, Monsieur?«

Charles ließ sich mit seiner Antwort Zeit.

»Den Amerikanern wird es nicht gefallen, dass wir ihnen etwas zu verheimlichen versuchen. Aber wir dürfen den Premierminister so kurz vor den Wahlen nicht kompromittieren. Sollte diese Geschichte an die große Glocke gehängt werden, wird die Opposition sie gegen ihn verwenden.«

»Und was erwarten Sie von mir?«, fragte Senda.

»Die Amerikaner werden Ihre Hilfe zu schätzen wissen. Denn Sie wissen besser über diesen Mann Bescheid als irgendjemand. Ich leite alles in die Wege. Machen Sie sich abreisebereit.«

Charles begleitete Senda zu ihrem Wagen.

»Noch eins. Sie haben in L. A. keinerlei polizeiliche Befugnisse. Also gehen Sie keine unnötigen Risiken ein.«

Doch diesen letzten Ratschlag überhörte Senda geflissentlich.

II

Der Flug Paris–Los Angeles hatte Verspätung, und Tony Perez wurde ungeduldig. William Ingham, der Polizeichef, hatte ihn höchstpersönlich zu guter Zusammenarbeit ermahnt.

»Die Frau ist ein Bulle, genau wie Sie«, hatte er noch hinzugefügt.

Und während Perez seinen dritten kubanischen Kaffee trank – mit Zucker und sehr stark –, fragte er sich, welche Informationen ihm diese französische Kollegin wohl liefern könne.

Mit mehr als einer Stunde Verspätung erschien der Air-France-Flug schließlich auf der Anzeigetafel. Perez holte seine Marke heraus, heftete sie an das Revers seines Jacketts und ging zur Schleuse für ankommende Fluggäste.

Tony musterte die Passagiere und versuchte, sich diese Senda Barhi vorzustellen. Ein Terroristenname, dachte er. Einen Moment lang tippte er auf eine Frau mit kurzem Haar in dunklem klassischem Kostüm mit hellblauer Bluse, aber sie schien niemanden zu suchen und ging direkt zum Parkplatz. Er blickte ihr eine Weile nach.

Als er sich umdrehte, stellte eine große und schlanke Frau ihren Rucksack vor ihm ab. Sie trug eine Sonnenbrille.

»Sergeant Perez?«

Er nickte. Sie streckte ihm die Hand hin. Ihr französischer Akzent war ziemlich sexy.

»Senda Barhi.«

Nachdem sie ihm ihre Marke gezeigt hatte, schulterte sie ihren Rucksack und deutete mit einer Kopfbewegung auf den Ausgang.

»Gehen wir?«

Hübsches Profil, stellte Perez fest. Mit so einer Polizistin hatte er nicht gerechnet.

Sie fuhren auf den Freeway.

»Wir haben Sie im Marriott untergebracht. Das ist nicht allzu weit von unserer Dienststelle entfernt«, sagte er, bemüht, liebenswürdig zu sein.

Sie dankte ihm mit einem Lächeln, ließ dann das Fenster zur Hälfte herunter und fischte eine Packung Zigaretten aus ihrer Tasche.

»Darf ich?«

»Ich wollte Ihnen gerade dieselbe Frage stellen«, erwiderte Tony.

Im Licht des Sonnenuntergangs färbten sich die Gebäude hinter ihnen rot. Senda schwieg.

»Wie können wir Ihnen helfen?«, fragte er schließlich.

Sie stieß Rauch aus und sah ihn an. »Eine Radierung aus dem 15. Jahrhundert, sagt Ihnen das was?«

Tony Perez nahm kurz den Fuß vom Gaspedal.

Senda spürte, wie ihr Herz für einen Schlag aussetzte. Sie war nicht umsonst gekommen.

»Diese Information ist vertraulich«, sagte er. »Woher wissen Sie das?«

Sie zwang sich zur Ruhe.

»Ich weiß eine Menge, Sergeant. Ich weiß, was dieses Bild bedeutet. Ich weiß auch, wer diese Kinder entführt hat.«

Als sie am Hotel ankamen, bat Senda ihren Kollegen auf ihr Zimmer.

Sie ist höchstens achtunddreißig, dachte Perez. Er setzte sich in einen Sessel, während sie sich im Badezimmer einschloss. Dann hörte er das Wasser der Dusche rauschen.

Das Weiß des Bademantels betonte die Blässe ihres klassischen, fein geschnittenen Gesichts, und ihre nach hinten gekämmten rotblonden Haare unterstrichen ihre vorstehenden Wangenknochen.

Er sah ihr zum ersten Mal in die Augen: Sie waren bernsteinfarben, aber ihr Blick war kalt, eindringlich und unergründlich.

Mit ihren mandelförmigen Augen wirkte die junge Frau traurig und geheimnisvoll zugleich auf ihn.

»Sie haben es bei diesem Mann nicht mit einem gewöhnlichen Kidnapper zu tun, sondern mit einem Monster. Er ist gefährlich, vorausschauend und bemerkenswert gerissen. Er ist Ihnen immer um ein paar Längen voraus.«

»Wissen Sie, wer er ist?«

Senda nickte. Sie hatte sich aufs Bett gelegt. »Ich warte schon so lange darauf, dass er wieder auftaucht …«

Senda sah auf einmal sehr erschöpft aus.

»Sie scheinen müde zu sein. Wollen wir lieber morgen darüber reden?«, fragte Perez.

»Sie haben nicht viel Zeit, Sergeant«, antwortete Senda bestimmt.

Ihr Ton überraschte Perez. Er stand auf und ging im Zimmer hin und her.

»Ich bin beunruhigt«, sagte er. »Ich verstehe nicht ganz …« Er suchte nach Worten. Senda schlug die Beine übereinander, glättete die Falten ihres Bademantels und lächelte ihn an.

»Entschuldigen Sie. Ich vergesse manchmal, dass andere Leute nichts über diesen Mann wissen … Sind Sie bereit?«

Er blieb einen Moment schweigend stehen, dann nickte er.

»Fangen Sie an«, murmelte er.

»Es geschah in Paris, vor zwölf Jahren …«

Das Bluttheater

»Die Finsternis ist mein Reich,
Fleisch und Blut sind mein Festmahl.
Solltest du gehofft haben, dass ich endlich
verschwunden bin, schau dich um.«

Kapitel 1

Paris, zwölf Jahre zuvor

I

Sorgfältig machte er die Tür so leise wie möglich zu. Das Klicken des Riegels wurde von den Geräuschen in der Küche übertönt. Dann schloss er die Tür ab und wartete einen Moment. Niemand hatte ihn gehört.

Er zog seine Schuhe und seine Kleidung aus und legte sie auf den Teppich, nachdem er sie akkurat gefaltet hatte. Danach streifte er ein Paar durchsichtiger Plastikhandschuhe über. Aus einer Tasche nahm er einen eng anliegenden, schwarzen Neoprenanzug, der ihm perfekt passte, und prüfte, ob er noch immer die Zeit von seiner Armbanduhr ablesen konnte.

Er zog sich eine Ledermaske über den Kopf und schaute in den Spiegel. Sein Lächeln sah er nicht, als er die Reißfestigkeit der dünnen Schnur prüfte. Seit vier Minuten war er vor Ort. Er lauschte auf die Geräusche im Haus und versuchte herauszufinden, wo sich die einzelnen Bewohner aufhielten.

Sie war in der Küche. Er hörte, wie sie vor sich hin trällerte. Die anderen spielten im ersten Stock. Er achtete darauf, den Treppenabsatz immer im Auge zu behalten.

Er huschte aus dem Gang und durch die Eingangshalle. Der Kronleuchter brannte nicht. In der Nähe der Tür zum Anrichteraum presste er sich gegen die Wand. Er streckte die Hand nach dem Schalter aus und löschte die Wandleuchten. Nun lag die Treppe im Dunkeln.

Er klopfte an die Zwischenwand. Eine Reihe leichter und regelmäßiger Schläge. Nach ein paar Sekunden klopfte er wieder. Dann hörte er Schritte auf dem gefliesten Boden und sah, wie sich vor dem hellen Rund der Flurtür eine Gestalt abzeichnete.

Er versetzte ihr einen heftigen Schlag an den Kehlkopf, damit sie nicht schrie. Rasch glitt er hinter sie und legte ihr die Schnur um den Hals, die er mit aller Kraft zusammenzog und sie dabei fest an sich gepresst hielt. Mit geöffnetem Mund schlug die Frau um sich und versuchte, etwas Luft zu bekommen. Er zog die Schnur fester zu. Immer fester. Die Muskeln seiner Arme und Schultern waren zum Zerreißen gespannt.

Die Beine der Frau zuckten. Das war ein gutes Zeichen. Bald würde sie tot sein. Aus ihrer Kehle kam kein Ton. Er hatte ihre Stimmbänder zerquetscht.

Sie begann, sich verzweifelt die Schenkel zu zerkratzen und sank ganz plötzlich in sich zusammen. Er spürte, wie ihr Gewicht auf seinen Unterarmen lastete und ließ sie zu Boden gleiten, lockerte die Schnur aber sicherheitshalber nicht. Er beugte sich über sie und hielt sie weiter fest. Blutiger Schaum füllte ihren Mund. Sie war tot. Er löste die Schnur, kehrte in den Flur zurück und legte sie in seine Tasche zurück.

Jetzt war er sehr erregt. Das Blut floss wie flüssiges Blei durch seine Adern: ein dumpfes Hämmern in seinen Schläfen und seinem Geschlecht. Verlangen stieg in ihm auf wie ein kraftspendendes Lebenselixier. Er musste schnell handeln. Noch einmal sah er auf seine Uhr. Ihm würde genug Zeit bleiben, sich mit dem Jungen zu vergnügen.

Er eilte die Stufen hinauf und blieb am oberen Treppenabsatz stehen. In den beiden Zimmern am Ende des Gangs brannte Licht. Er ging weiter und warf einen kurzen Blick in das erste Zimmer.

Das Mädchen lag auf ihrem Bett und las. Mit schnellen Schritten überwand er die kurze Distanz zwischen ihnen. Sie hörte ihn nicht kommen. Mit einem brutalen Ruck brach er ihr das Genick, eine Hand oben auf ihrem Kopf, die andere unter ihrem Kinn. Man musste den Schädel einfach nur herumreißen – wie das Lenkrad bei einem plötzlichen Ausweichmanöver.

Er ging ins andere Zimmer. Der Junge saß auf dem Teppich. Der Angreifer warf sich auf ihn, hob ihn hoch und schlug seinen Kopf gegen ein Möbelstück, um ihn zu betäuben und das Geheul aus Angst und Entsetzen zu ersticken, das er in seinem Opfer aufsteigen spürte. Dann ließ er ihn auf den Boden zurückfallen.

Er zog seinen Neoprenanzug aus und betrachtete sich im Spiegel. Jetzt war er nackt, selbst die Schamhaare waren rasiert. Denn er wusste, dass die Polizei ihn daran identifizieren konnte.

Er begann zu masturbieren, nahm das unter seine Uhr geklemmte Präservativ und streifte es langsam über sein Glied.

Er war bereit. Tänzelnd drehte er sich um sich selbst. Und bei jeder Drehung bewunderte er sein erigiertes Geschlecht.

Er wartete auf das Signal in seinem Kopf. Es lief stets nach demselben Schema ab. Dann konnte er sich nicht mehr kontrollieren. Er zitterte immer stärker.

Das Kind kam wieder zu Bewusstsein. Er beugte sich mit gespreizten Beinen über sein am Boden liegendes Opfer.

Vor Schock geweitete Augen starrten ihn an.

»Ruf sie!«, schrie er. »Ruf sie, und ich lass dich in Ruhe.«

Er musste es aussprechen. Am Anfang sagten sie es immer.

Er atmete den Geruch panischer Angst ein und flüsterte das Wort.

»Sprich mir nach!«, brüllte er. »Sag es! Jetzt!«

Er sah, wie sich das Wort auf den Lippen des Kindes formte. Ein verzweifelter Hilferuf, schwach und ohne Hoffnung. Nutzlos.

»Maman!«

Kapitel 2

I

Die Straße war mit zahlreichen Polizeifahrzeugen abgesperrt worden. Die Warnlichter drehten sich, sodass in dieser Nacht die Hortensienbeete und die weitläufigen Rasenflächen in dem vornehmen Wohnviertel von Boulogne in einem befremdlichen Blau schimmerten.

Weit zurückgesetzt und von dichtem Unterholz geschützt, war die zweistöckige Villa von Polizeibeamten abgeriegelt worden.

Senda ließ ihr Auto am Anfang der Straße stehen und ging den Rest des Weges zu Fuß. Sie sah die Übertragungswagen von Canal+ und wie die Presseleute versuchten, ihre Aufmerksamkeit zu erregen. Senda ignorierte sie. Wie leichter Nebel überzog feiner Regen die gesamte Umgebung mit einem Schleier.

Die Gesichter der Polizeibeamten wirkten angespannt. Senda durchschritt das riesige Eingangstor und ging die Allee zum Haus hoch. Vor den Garagen parkte ein schwarzer Jaguar.

José Garcia stand auf der Freitreppe und wartete auf sie.

»Ein dreifacher Mord! Das war er, daran besteht kein Zweifel!«

Er kaute auf seiner Zigarre herum. Senda hatte ihn noch nie mit brennender Zigarre gesehen, aber an diesem Abend hatte er sie angezündet. Der Rauch war beißend, und sie verscheuchte ihn mit einer Handbewegung.

Die Beamten standen vor der Haustür und sprachen mit gedämpfter Stimme. Garcias Gesicht war gerötet.

»Woraus schließen Sie das?«

»Die Botschaft. Wir haben sie unter der Tür gefunden. Die Frau …«

»Welche Frau?«

»Die Haushälterin oder Köchin. Wir wissen es noch nicht.«

»Und die beiden anderen Leichen? Wurden sie identifiziert?«, fragte Senda.

Berthier brauchte etwas Zeit, ehe er antwortete.

»Die Namen sind in die Hemden eingestickt, mit den Farben einer Schule. Eine der beiden Toten ist die Tochter von Raphaël Schiller, Élodie, der andere wahrscheinlich ein Klassenkamerad, Yann Salma.«

»Wie alt?«

Senda fror. Nach dem Anruf hatte sie nur ihren Regenmantel angezogen. Sie hatte noch ihren Trainingsanzug aus Baumwolle und ihre Turnschuhe an, die sie zu Hause am liebsten trug. Einen Moment herrschte Stille. Der Tod war ein Thema, das sie schon unter den verschiedensten Aspekten hatte analysieren können.

Gequält zog Garcia an seiner Zigarre. Senda sah, wie er schluckte.

»Die Tochter von Schiller war ungefähr zehn. Der Junge ein oder zwei Jahre älter.«

Ihr wurde allmählich eiskalt. Sie ging ins Haus, legte ihren Regenmantel ab und zog ein Paar Plastikhandschuhe an.

»Schickt einen Fotografen los. Er soll Bilder von den Leuten draußen machen. Wo sind die Leichen?«, fragte sie, und ihre Stimme zitterte.

»Die erste liegt gleich hinter Ihnen.«

Senda hatte ihre Schuhe ausgezogen und war in sterile Überziehschuhe geschlüpft. Der Boden war mit Orientteppichen bedeckt. Ein überdimensionaler Kronleuchter hing bis auf halbe Höhe von der Decke herunter. An den Wänden standen Konsoltischchen, über denen venezianische Spiegel hingen.

Garcia war wieder nach draußen gegangen und koordinierte die Arbeit der Beamten, die die Aussagen der Nachbarn aufnehmen sollten. Die Kriminaltechniker arbeiteten konzentriert. Im Wohnzimmer sah sie, wie sich der Gerichtsmediziner über eine Leiche beugte. Sie lag zu Füßen der Marmortreppe, die in den ersten Stock führte.

Senda ging zu ihm. Der Arzt sah auf und nickte ihr zu.

»Ich habe alles so gelassen, wie es war. Ich habe auf Sie gewartet. Auf den ersten Blick würde ich sagen, dass sie erdrosselt worden ist.«

Es war die Leiche einer Frau. Höchstens dreißig Jahre alt. Das Gesicht geschwollen, die Augäpfel geplatzt. Ein dünnes Hämatom lief wie eine blaue verkrustete Kette über ihren Hals.

Sie lag auf dem Rücken. Ein sonderbar verdrehtes Bein bildete einen bizarren Winkel. Ihre Strumpfhose war heruntergerissen, ihre Schenkel waren zerfleischt. Sie trug ein schwarzes Kleid mit Schürze und weißen Manschetten. In der Nähe der Leiche lag ein Goldkettchen mit einem Medaillon der Heiligen Jungfrau auf dem Boden.

»Wurde sie vergewaltigt?«, murmelte Senda.

»Ich glaube nicht. Nach der Autopsie wissen wir mehr. Wollen Sie die anderen sehen?«

Senda nickte. Sie folgte dem Gerichtsmediziner die Treppe hoch bis zum Ende des Ganges. Zwei Zimmer lagen einander gegenüber. Sie betraten das erste, das Zimmer einer Jugendlichen, wahrscheinlich das von Schillers Tochter Élodie.

Auf einem der Fotos auf dem Schreibtisch erkannte sie Raphaël Schiller, einen berühmten Bankier. Seine Frau, eine Amerikanerin, war zwei Jahre zuvor an Krebs gestorben. Sie hatte den Arm um ein kleines Mädchen in einem schlammbespritzten Fußballtrikot gelegt. Die Tochter lächelte breit; das Lächeln der Gewinnermannschaft, dachte Senda.

Der Leichnam des Mädchens lag quer auf dem Bett, das Gesicht zur Wand gedreht, als schämte es sich dafür, dass man es in diesem Zustand finden könnte.

»Der Körper weist zahlreiche Prellungen auf, vor allem im Bereich des Brustkorbs. Die Halswirbel sind gebrochen. Sie war wahrscheinlich sofort tot«, sagte der Gerichtsmediziner.

Er beugte sich vor und schob mit einem Stift den Hemdschoß zur Seite, um Senda etwas zu zeigen. Er deutete auf die blauvioletten Spuren auf der Brust.

»Sehen Sie sich das an! Ich bin mir ziemlich sicher, dass ihr diese Verletzungen post mortem zugefügt wurden.«

Senda nickte. Sie wollte dem Arzt eine Frage stellen, brachte aber keinen Ton heraus.

»Das Blut ist nicht wie bei einem klassischen Blutgerinnsel unter der Haut koaguliert. Ich werde diese Details in meinem Bericht erwähnen, wenn alle Tests abgeschlossen sind.«

Senda wandte sich ab.

»Sie ist nicht sexuell missbraucht worden.«

Die Kommissarin betrachtete diese intime kleine Welt, eine Mischung aus Erinnerungen und Erwartungen. Das alles hatte nun jeden Sinn verloren.

»Gehen wir nach drüben! Machen Sie sich auf etwas gefasst«, warnte der Arzt und führte sie in das andere Zimmer.

Der Anblick war unerträglich. Das Kind war brutal misshandelt worden und lag auf dem Teppichboden, die auseinandergezerrten Schenkel in jener grotesken Haltung wie auf der Radierung.

»Seine Shorts wurden heruntergerissen, die Knöpfe fehlen. Die Unterhose ist zerfetzt.«

Die Stimme des Gerichtsmediziners erreichte die Kommissarin aus weiter Ferne; die Szene war wie erstarrt und unwirklich.

»Er weist die klassischen Prellungen und Blutungen im Bereich des Anus auf. Er wurde mehrmals brutal vergewaltigt, hat auch Quetschungen in der Hüftgegend, und seine Hoden sind zermalmt.«

Senda gab sich Mühe, sich jedes Detail in ihr Gedächtnis einzuprägen. Sie würde sich an alles erinnern, sollte sie dem Perversling eines Tages gegenüberstehen.

»Er ist erstickt worden, mit einem Kissen oder einem Stück Stoff. Das werden wir nach der Faseranalyse wissen.«

Die beiden gingen aus dem Zimmer. Senda lehnte sich an die Wand und versuchte, mit der aufsteigenden Übelkeit fertig zu werden.

»In welcher Reihenfolge wurden die Kinder Ihrer Meinung nach getötet?«

Sie hatte eine Vermutung. Doch sie wollte die Meinung des Mediziners hören.

»Schwer zu sagen.« Schweigen. Dann sagte er zögernd: »Das ist nur eine Hypothese. Zuerst die Frau, würde ich sagen. Danach der Junge, den wir gerade gesehen haben, und zuletzt die Tochter von Schiller. Der oder die das gemacht haben, sind wohl gestört worden. Das würde erklären, warum die Kleine nicht …«

Senda machte ein paar Schritte und drehte sich dann um. »Spermaspuren?«

»Unsere Suche mit den Ultraviolettlampen hat nichts ergeben. So viel Glück werden Sie wahrscheinlich nicht haben.«

»Uhrzeit?«

»Zwischen neunzehn Uhr dreißig und einundzwanzig Uhr dreißig.«

Senda ging die Treppe hinunter zu Garcia und Berthier, ihren Teamkollegen.

»Lasst die Leitungen der Toiletten untersuchen«, sagte sie, »und prüft bei der Stadt, an welches Abflusssystem die Abwässer dieses Hauses angeschlossen sind. Schickt eine Mannschaft los, die den Park, die Mülleimer und die umliegenden Straßen durchkämmen soll.«

»Wonach sollen wir denn suchen?«

»Nach einem Kondom.«

Berthier erlaubte sich einen Scherz. Alle lachten, um die in ihnen aufgestaute Anspannung zu lösen.

»Wer hat die Leichen entdeckt?«, fragte Senda.

»Schiller. Wir haben seine Aussage. Als er nach Hause kam, wurde er bewusstlos geschlagen. Etwas später ist er wieder zu sich gekommen und hat sich bis in den ersten Stock geschleppt, weil er sich Sorgen um seine Tochter machte. Dort fand er die Leichen.«

»Wo ist er jetzt?«

»Im Hôpital Américain«, sagte Garcia und klappte sein Notizbuch zu.

»Und die Aussagen der Nachbarn?«

»Negativ. Soviel wir bis jetzt wissen, hat niemand etwas gehört.«

Senda zog ihre Schuhe und ihren Regenmantel wieder an.

»Ich rede mit Schiller. In zwei Stunden treffen wir uns im Büro. Erzählt der Presse, dass die Morde mit einem Einbruchdiebstahl zusammenhängen. Und dann will ich die Fotos der Gaffer da draußen auf meinem Schreibtisch haben.«

Senda hatte gerade mit dem Arzt in der Notaufnahme des Krankenhauses gesprochen.

»Der Patient hat eine starke Gehirnerschütterung und eine oberflächliche Verletzung an der Kopfhaut. Keine Frakturen. Ich weiß nicht, ob er wegen der Sedativa wirklich klar im Kopf ist. Doch Sie können mit ihm reden. Allerdings nicht zu lange.«

Eine Beamtin in Uniform saß vor der Tür seines Krankenzimmers. Als Senda näher kam, stand sie auf.

»Ich glaube, er ist wach«, sagte die Polizistin.

Der Kopf von Raphaël Schiller war verbunden, so dick, dass es fast wie ein Helm aussah. Der Mann wirkte jünger als auf den Fotos. Er atmete ruhig. Senda zog die Tür hinter sich ins Schloss. Schiller blinzelte. Sein Blick war glasig. Noch stand er unter dem Einfluss des Beruhigungsmittels.

»Monsieur Schiller, ich heiße Senda Barhi und bin Beamtin der Pariser Kriminalpolizei.«

Er machte eine vage Geste.

»Ist Élodie tot?«

Seine Stimme war wie erloschen. Senda senkte den Blick. Schiller zitterte, als würde er von eiskalten Schauern überlaufen.

»Und Yann und Maria?«

»Auch sie haben nicht überlebt. Monsieur Schiller, können Sie mir zuhören und meine Fragen beantworten, oder sollen wir das Gespräch lieber auf morgen verschieben?«

Der Mann holte mehrmals tief Luft in dem Versuch, wieder zu klarem Verstand zu kommen.

»Haben Sie die Mörder verhaftet?«

Senda schüttelte den Kopf.

»Fragen Sie«, sagte er kaum hörbar.

Senda setzte sich auf die Bettkante und sah ihm in die Augen.

»Monsieur Schiller, in den letzten Monaten sind drei Kinder entführt worden. Zwei kleine Jungen und ein Mädchen. Die Presse hat nicht darüber berichtet. Bei jedem neuen Fall, Ihrem inbegriffen, haben wir am Tatort dieselbe Botschaft gefunden: eine Radierung aus der Renaissance. Jetzt wurden wir zum ersten Mal mit Opfern konfrontiert. Das bedeutet, dass das Handeln des oder der Mörder eskaliert. Ein Kontrollverlust. Deshalb gehen sie Risiken ein. Alles, was Sie mir sagen können, selbst das kleinste Detail, das Ihnen unwichtig erscheint, könnte uns helfen, die Mörder zu fassen, ehe sie sich neue Opfer suchen.«

»Ich fürchte, da kann ich Ihnen nicht viel weiterhelfen.«

Er schwieg, weil er sich erneut an den Ablauf der Ereignisse erinnern musste.

»Ich parkte meinen Wagen und ging ins Haus. Im Flur war es dunkel. Als ich die Tür geschlossen hatte, drehte ich mich um und bekam einen heftigen Schlag auf den Kopf. Ich muss wohl das Bewusstsein verloren haben, denn als ich aufwachte, lag ich auf dem Boden. Dann wollte ich um Hilfe rufen, aber meine Stimme versagte. So dauerte es eine Weile, bis ich die Treppe hochgehen konnte. Da habe ich sie entdeckt ...«

Raphaël Schiller hatte die Augen wieder geschlossen. Er suchte Sendas Hand und drückte sie. Er sah verstört aus.

»Eine Polizistin bewacht Ihre Tür, Monsieur Schiller. Und der Zugang zum Krankenhaus wird ebenfalls überwacht.«

Sollte der Mörder vermuten, er sei erkannt worden, wollte sie kein Risiko eingehen.

»Ich bitte Sie, keine Details weiterzugeben, an wen auch immer, insbesondere nicht an Journalisten.«

Senda stand auf.

»Reden Sie mit niemandem über das Geschehene. Sobald es Ihnen besser geht, melde ich mich bei Ihnen«, fügte sie hinzu.

Schiller nickte mühsam und verzerrte das Gesicht vor Schmerzen.

Ehe sie ging, fragte er: »Ich habe gesehen, wie Yann gequält worden sein muss. Ist meine Tochter …?«

»Nein.«

II

Senda hatte sich die Zeit genommen, nach Hause zu fahren und sich umzuziehen. Sie trug nun eine Samthose, ein T-Shirt aus Baumwolle und einen Rollkragenpulli. Sie war übernächtigt, weshalb sie fror. Und auch, weil sie trotz Schlaftabletten in letzter Zeit schlecht schlief.

Der heiße Kaffee tat ihr gut. Sie starrte in ihre Tasse, als ob dort der Kaffeesatz zu sehen wäre, aus dem sie die Zukunft lesen könnte.

Garcia und Berthier waren noch nicht zurück. In der vierten Etage des Hauptquartiers war aus gegebenem Anlass ein großer Raum eingerichtet worden: ein langer Tisch aus poliertem Holz, Stühle, eine Schreibtafel, ein Stadtplan. Die Akten waren in Kartons auf dem Boden gestapelt. Es gab mehrere Telefone, darunter eines, über das sie die Wohnung des Polizeipräsidenten von Paris, Charles Gallo, erreichen konnte.

Sie informierte ihn über die Ereignisse des Abends und entschuldigte sich, weil sie ihn mit derart schlechten Nachrichten weckte.

»Wie lange können wir die Wahrheit noch verschweigen?«

Er antwortete nicht.

»Welche Präventivmaßnahmen wollen Sie ergreifen, Senda?«

»Wir werden die Patrouillen nach Schulschluss und in den Parks verdoppeln. Dazu brauche ich mehr Leute.«

»Die kriegen sie. Die Tochter von Schiller! Das wird Wellen schlagen«, sagte er, ehe er auflegte.

Senda sah sich die Liste an der Tafel und die Fotos an, die ihr von den Familien zur Verfügung gestellt worden waren.

Alicia Molina: 12 Jahre alt, Hautfarbe weiß, Geschlecht weiblich, am 20. März verschwunden.

Didier Falque: 14 Jahre alt, Hautfarbe weiß, Geschlecht männlich, am 14. April verschwunden.

Jason Dumas: 13 Jahre alt, Hautfarbe weiß, Geschlecht männlich, am 30. Mai verschwunden.

Zwei Gymnasiasten und eine Gymnasiastin, die sich auf dem Heimweg von der Schule buchstäblich in Luft aufgelöst hatten. Sie besuchten nicht dieselbe Schule, aber alle befanden sich in einem Umkreis von fünf Kilometern, also praktisch im selben Viertel.

Alle gingen zu Fuß nach Hause, eine weitere Gemeinsamkeit, die jedoch die Ermittlungen nicht weitergebracht hatten.

Das Viertel war ein weitläufiges Wohngebiet, dessen Straßen normalerweise menschenleer waren. Es gab dort keine Geschäfte, und die Häuser standen weitab von der Fahrbahn. Die Polizei hatte mehrere Hundert Personen befragt, aber niemandem war ein verdächtiges Fahrzeug aufgefallen.

Also musste der Mörder mit dem Viertel vertraut sein und die Gewohnheiten seiner Opfer kennen.

Senda steckte sich eine Zigarette an. Sie glaubte nicht an mehrere Täter. Es handelte sich wahrscheinlich um einen

Einzeltäter. Um nicht aufzufallen, benutzte er wahrscheinlich einen Lieferwagen oder eine Limousine. Es musste jemand sein, den die Opfer kannten. Das spürte sie intuitiv.

Seit heute Abend bestand kein Zweifel mehr, was mit diesen Kindern geschehen war und was sie erleiden mussten, bevor er sie ermordet hatte.

Sie dachte an die Familien. Ein Ärztepaar; ein geschiedener Börsenmakler; ein Geschäftsmann, dessen Frau seit dem Verschwinden ihres Sohnes in psychiatrischer Behandlung war. Solange die Leichen der Kinder nicht gefunden worden waren, hielt sie es für unnötig, das Leiden der Eltern zu vergrößern, indem sie ihnen die Ereignisse der Nacht schilderte.

Schließlich nickte Senda ein mit dem Kopf auf den verschränkten Armen. Garcia musste sie wachrütteln.

Da ihr Kaffee kalt war, ging sie zur Kaffeemaschine. »Und?«, fragte sie, ohne sich umzudrehen.

»Niemand hat auch nur den leisesten Schrei gehört. Zu dem Zeitpunkt, als die Verbrechen begangen wurden, ist in Schillers Straße niemandem ein verdächtiges Auto aufgefallen. Keine Fußabdrücke auf dem Rasen, keine Hinweise auf einen Einbruch.«

Schiller hatte ihr gesagt, dass die Tür des Haupteingangs nie verriegelt sei außer nachts.

Jetzt berichtete Berthier: »Nichts in den Rohrknien. Die Abwässer fließen in einen Sammelkanal, der von einem bis zum anderen Ende der Straße verläuft. Fast alle Häuser sind an dieses Netz angeschlossen. Wenn er das Kondom in die Toilette geworfen und gespült hat, ist das Ding inzwischen kilometerweit weg.«

Langsam begann es im Raum lauter zu werden. Uniformierte Beamte kamen herein und legten ihre Berichte in die dafür vorgesehenen Ablagekörbe. Mit den Ergebnissen der Autopsie und des kriminaltechnischen Labors rechnete Senda erst am nächsten Abend.

»Schreiben wir die neuen Opfer auch an die Tafel?«, erkundigte sich Garcia.

»Noch nicht«, sagte Senda. »Berthier, wecken Sie den Psychiater und sagen Sie ihm, er soll sofort kommen. Immerhin haben wir konkrete Anhaltspunkte. Ich muss mehr über die Persönlichkeit des Täters wissen. Garcia, die Fotos, die wir bei Schiller gemacht haben, müssen spätestens in einer Stunde auf meinem Schreibtisch liegen.«

Bald würde es hell werden. Der Raum roch nach kaltem Tabakrauch. Berthier hatte Buttercroissants sowie Orangensaft mitgebracht und Tee zubereitet.

Senda öffnete das einzige Fenster im Raum, um etwas zu lüften. Angesichts des langen Tages, der ihr bevorstand, kaute sie zwei Vitamin-C-Tabletten. Der Psychiater Pierre Posso arbeitete schon seit über zehn Jahren mit der Polizei zusammen. Er war einer der wenigen französischen Profiler, die in der Abteilung für Verhaltensforschung des FBI ausgebildet worden waren, die auf die Erstellung psychologischer Profile von Serienmördern spezialisiert war.

Er hatte sich die Fotos angesehen und viele Fragen gestellt.

»Wichtig ist«, sagte er, als er aufblickte und Sendas Aufmerksamkeit suchte, »dass wir Stereotypien ausschließen und alle Anhaltspunkte erfassen, die für Ihre Ermittlungen hilfreich sein könnten.«

Dr. Posso schob seinen Stuhl zurück und stand auf. »Wir haben es hier mit einem Psychopathen zu tun. Seine Sexualität wird von zwanghaften Impulsen gesteuert, die ihn veranlassen zu quälen, zu vergewaltigen und dann zu töten. Er ist nicht fähig, so etwas wie Gnade oder Mitleid für seine Opfer zu empfinden. Sie sind reine Lustobjekte für ihn, die er nur benutzt, um seine innere Unruhe und seinen Zorn zu besänftigen. Er schlägt und foltert seine Opfer, weil das seine Erregung steigert. Die Quetschungen der Hoden an Opfer Nummer zwei bezeichnen wir als Stimulierung.«

»Ein Verrückter!«, schloss Garcia.

»Täuschen Sie sich nicht! Er weiß sehr wohl, zwischen Gut und Böse zu unterscheiden. Sein alltägliches Verhalten ist völlig unverdächtig. Dieser Mann gehört zu jenen Individuen, die von dem Drang besessen sind, Leben auszulöschen und ihre sexuellen Erfahrungen durch Folter und Verstümmelung zu erweitern. Das sind Personen, die unter dem Einfluss einer neurotischen Zwangsvorstellung unfassbare Verbrechen begehen. Er wird wieder töten, das ist ein ganz natürliches Fortschreiten dieses Krankheitsprozesses.«

»Wozu dienen diese Radierungen, Doktor? Indem er sie hinterlässt, geht er ein zusätzliches Risiko ein …«

»Das Quälen der Familien, Garcia, gehört zu seinem Lustgewinn. Die Leute können sich dann vorstellen, was er ihren Kindern antun wird. Außerdem demonstriert er damit, dass er keine Angst vor ihnen hat. Der Mann ist sehr intelligent und Ihnen meilenweit voraus.«

»Nach welchen Kriterien wählt er seine Opfer aus?«

»Im Prinzip per Zufall. Aber in diesem Fall scheint er im Hinblick auf die geografische Nähe der Vermissten und deren gleiches soziales Umfeld einen gewissen Typus von Personen im Auge zu haben. Ich würde sagen, dass er in diesem Viertel wohnt oder gewohnt hat oder dass er häufig Gelegenheit hat, dorthin zu kommen.«

Dr. Posso schwieg eine Weile.

»Ich bin fast sicher, dass die Opfer ihm freiwillig folgen, weil sie ihn kennen und ihm vertrauen. Suchen Sie nicht nach einem zügellosen Monster, wie sie in Filmen gezeigt werden, so einer Art Werwolf. Nein, es könnte jemand sein, der in diesem Augenblick hier neben uns sitzt, ein nach außen hin außergewöhnlich gewöhnlicher Mensch.«

Einen Moment herrschte Schweigen. Senda stand auf und machte das Fenster wieder zu. Dr. Posso lächelte sie dankbar an. Der Zigarettenrauch war ihm noch immer lieber als die Kühle des frühen Morgens.

»Ich hätte gern eine Tasse Tee.«

Senda stellte ihm das Gewünschte hin und setzte sich.

»Ich auch?«, fragte sie.

»Nein, Sie nicht. Bei dem Täter handelt es sich auf jeden Fall um einen Mann. Der extreme Sadismus, von der seine Pädophilie geprägt ist, dient dazu, ihn durch die Angst der Kinder aufs Äußerste sexuell zu stimulieren, und wenn er den höchsten Grad der Erregung erreicht hat, sieht er in seinen Opfern keine Kinder mehr, sondern nur noch ein Instrument für seine sofortige Befriedigung. In einem Akt, der gleichermaßen seiner Selbstbestätigung dient.«

»Woran erkennen Sie das?«

Dr. Posso blätterte in seinen Aufzeichnungen und sah sich noch einmal die Fotoserie an.

»Der Täter ist ein Mann weißer Hautfarbe. Jung, nicht älter als vierzig, gebildet und sehr, sehr vorsichtig. Wenn er handelt, steht er nicht mehr über den Gesetzen: Er ist das Gesetz. Er vermeidet peinlich genau jeden Hinweis auf seine Täterschaft, daher die fehlenden Indizien. Auf irgendeine Weise identifiziert er sich mit dem Mann auf der Radierung, nicht nur was seine sexuellen Fantasien betrifft, sondern in seiner Vorstellung von totaler, uneingeschränkter Macht. Er ist wie dieses Bild, ohne wirkliche Substanz, also nicht greifbar.«

»Kann man sein Verhalten vorhersagen?«

»Das ist leider unmöglich. Aber er wird nicht aufhören zu töten. Sein innerer Zwang wird ihn zu neuen Taten treiben.

In ihm brodelt ein ständiger Drang, ein Bedürfnis, das er befriedigen muss. Doch wann er das tut?« Dr. Posso reckte die Arme gen Himmel. »Das kann ich nicht vorhersagen.«

Er war mit seiner Analyse fertig und räumte seine Papiere zusammen. »Kann ich die Fotos behalten?«

»Im Moment noch nicht, Doktor. Sie sind vertraulich. Sobald wir den Mann festgenommen haben, lasse ich Ihnen einen Satz zukommen.«

Dr. Posso zog seinen Mantel an und trank einen Schluck Tee.

»Noch etwas ... Das alles« – er wies mit einer Handbewegung auf den Stapel Fotos, auf die Tafel und die Akten, die noch offen auf dem Tisch lagen – »schließt nicht aus, dass er Familie hat. Genauso wie es möglich ist, dass die Vita des Mörders keine besondere Pathografie zeigt und sich somit jeder Erstellung eines Täterprofils entzieht.«

III

Dr. Posso war gegangen. In dem Raum waren nur Senda, die beiden Inspektoren und ein großer Stapel Berichte zurückgeblieben. Man würde sie lesen müssen, ausnahmslos, in der Hoffnung, dort die wertvolle Information zu entdecken, die bis jetzt übersehen worden war.

»Kaum zu glauben, dass ein solches Täterprofil der Wahrheit nahe kommen könnte. Das ist doch Science-Fiction«, sagte Berthier. Er wirkte nicht besonders überzeugt.

Er war einer der Dienstältesten. Ein Polizist, der tagelang auf der Suche nach Indizien oder Beweisen ein Gelände durchkämmen konnte.

Ein Beamter kam herein und legte die Morgenzeitungen auf den Tisch. Alle berichteten über den dreifachen Mord in Boulogne.

»Wie dem auch sei, wir suchen in der Richtung, die uns Doktor Posso vorgegeben hat«, sagte Senda.

Sie warf einen Blick auf die Überschriften. Anscheinend hatten Einbrecher im Haus von Raphaël Schiller die Morde verübt.

Senda ging zu einem an der Wand aufgehängten Stadtplan. Kleine Fähnchen zeigten die Stellen an, wo die Opfer wahrscheinlich verschwunden waren. Sie steckte ein neues Fähnchen in den Plan.

»Das ist Schillers Haus. Wir fangen wieder von vorn an. Bei null. Klopft an alle Türen, stellt Fragen, sperrt die Ohren auf und schaut euch genau um. Wir interessieren uns für Personen, die dem Täterprofil entsprechen. Die Leute müssen euch nicht reinlassen; beruft euch jedoch auf ihre eigene Sicherheit. Vergesst die Hausangestellten nicht. Verlangt eine Liste aller Lieferanten. Wir brauchen auch eine Liste der Häuser, die in den letzten sechs Monaten verkauft wurden, und zwar mit den Namen der ehemaligen Eigentümer.«

Senda betrachtete die Fotos der Vermissten. Was hatte der Täter mit ihren Leichen gemacht? Eines Tages wird jemand sie durch Zufall entdecken, dachte die Kommissarin. Wann wird er wohl wieder zuschlagen?

IV

Das Leichenschauhaus am Quai de la Rapée war in einem Nebengebäude aus braunen Ziegelsteinen in der Nähe des Polizeihauptquartiers untergebracht. Senda war schon öfter dort gewesen. Sie mochte den Ort nicht.

Die Chefpathologin Jamila Sakka erwartete die Kommissarin in ihrem Büro. Sie war eine kleine, rundliche Frau, die schrecklich tüchtig aussah. Sie manikürte ihre Nägel mit einer Minifeile, die sie auf die Schreibunterlage legte, als Senda den Raum betrat.

»Und?«, erkundigte sich Senda.

»Willst du die Leichen sehen?«

Sie machte eine ablehnende Geste. Jamila schob Senda eine blaue Mappe hin.

»Der Täter begeht nicht viele Fehler. Da steht kaum mehr drin, als der Gerichtsmediziner dir schon gesagt hat. Der Zeitpunkt des Todes: gegen zwanzig Uhr für Schillers Tochter und die Frau; für den Jungen ungefähr zwanzig Minuten später.«

Sie hatte eine kräftige Stimme, sprach aber leise.

»Bist du dir sicher?«

Senda mochte die Pathologin. Beide stammten aus dem Maghreb und trafen sich auch häufig privat. Sie seien die Araberinnen vom Dienst, behauptete Jamila.

»Wir haben den Mageninhalt der Opfer analysiert. Alle haben wohl gegen neunzehn Uhr gegessen, Rigatoni mit Tomatensauce und Schokoladeneis. Bei dem missbrauchten Jungen ist die Verdauung etwas weiter fortgeschritten. Stimmt das nicht mit euren Hypothesen überein?«

»Ja. Sprich weiter.«

»Keine fremden Hautpartikel unter ihren Nägeln. Kein Sperma, allerdings ein Gleitmittel für Präservative, mit dem Dutzende Marken präpariert sind.«

»Und die Prellungen?«

»Die des Mädchens wurden post mortem zugefügt.«

»Und der Junge?«

»Er wurde geschlagen und vergewaltigt. Das Gewebe im Analbereich ist zerrissen. Es gibt Blut, aber es stammt ausschließlich vom Opfer. In der Lunge haben wir feine Wollpartikel gefunden, die er eingeatmet hat, bevor er erstickt wurde.«

Jamila nahm die Feile, warf einen Blick auf Senda und legte sie wieder auf den Schreibtisch.

»Die Frau ist mit einer dünnen Nylonschnur erdrosselt worden. Kein Sperma in ihrer Vagina, ihren Eileitern oder ihrem Rektum vorhanden, auch kein Gleitmittel.«

»Wie ist das Mädchen gestorben?«

»Ihr wurde brutal das Genick gebrochen. Das steht alles ausführlich in den Autopsieberichten.«

Senda nickte.

»Hilft dir das ein bisschen weiter?«, fragte Jamila.

»Beim aktuellen Stand der Ermittlungen ist alles wichtig. Ruf mich an, Jamila, ich habe Lust auf eine Wasserpfeife.«

»Eine richtige?«, fragte die Pathologin und grinste.

»Oh ja, eine richtige!«

V

Die Verbrechen waren an einem Donnerstagabend begangen worden. Senda verbrachte einen Teil des Wochenendes damit, die Berichte ein weiteres Mal zu lesen. Die Zeitungen hatten keinerlei Informationen darüber, was wirklich passiert war. Es war nichts durchgesickert. Noch nicht.

Schiller war aus dem Krankenhaus entlassen worden. Er wohnte im Hotel, weil er sich nicht hatte überwinden können, nach Hause zurückzukehren. Jedenfalls nicht sofort.

Sonntagnachmittag zwang sie sich, lange zu joggen. Sie drehte sich ein paar Joints und rauchte sie, während sie ein glühend heißes Bad nahm. Es gab nichts Besseres, um ein bisschen Abstand von dem Grauen zu gewinnen. Schließlich gehörte der Sonntag ihr.

Der Mörder hatte zum ersten Mal sein Schlupfloch verlassen. Was war geschehen?

Als Senda am Montagmorgen vor dem Polizeihauptquartier ankam, sah sie, dass Übertragungswagen des Fernsehens den Eingang belagerten. Über eine Nebenstraße fuhr sie direkt zu den Parkplätzen im Untergeschoss.

Sie wollte keine Erklärung abgeben. Jede noch so kleine Information konnte dem Mörder nützlich sein. Deshalb musste er über den Stand der Ermittlungen im Ungewissen bleiben.

Um zehn Uhr bestellte Charles Gallo sie in sein Büro.

Als sie den Raum betrat, war Raphaël Schiller ebenfalls anwesend. Sein Kopf war nicht mehr verbunden, nur noch ein Pflaster zierte rechts seine Stirn.

Jetzt sah sie ihn in einem anderen Licht. Er war athletisch gebaut und attraktiv.

»Setzen Sie sich«, forderte Gallo sie auf.

»Wie geht es Ihnen?«, fragte Senda Schiller.

Er hatte Ringe unter den Augen, sein Blick war schmerzerfüllt. Er wandte den Kopf ab.

»Senda«, sagte Gallo, »Monsieur Schiller hat ein Anliegen. Wahrscheinlich ist es am besten, wenn er es Ihnen persönlich vorträgt.«

Charles Gallo trug einen anthrazitfarbenen Anzug, ein weißes Hemd und eine schwarze Krawatte. Sein Haar hatte dieselbe Farbe wie sein Schnauzbart, ein gepflegtes Grau mit einem leichten Blaustich. Er schenkte Schiller ein knappes Lächeln, worauf sich dieser mit einem Nicken bedankte.

»Ich muss wissen, wer meine Tochter, ihren Freund Yann und Maria ermordet hat. Sonst kann ich mich auf nichts anderes mehr konzentrieren.«

Seine Miene war fest entschlossen, und zugleich wirkte er pathetisch.

Senda holte tief Luft. »Monsieur Schiller, drei Jugendliche werden vermisst und keiner ist gefunden worden. Jedes Mal wurde am Wohnort des Opfers dieselbe Botschaft hinterlassen. Mehr als fünfzig Polizeibeamte und mehrere Kommissare sind seit Monaten unmittelbar mit diesen Fällen beschäftigt, ganz abgesehen von … Ich kann Ihnen versichern, dass …«

»Ich wollte Ihre Arbeit nicht kritisieren«, unterbrach Schiller die Kommissarin und hob beschwichtigend die Hand. »Ich weiß, dass Sie alles Menschenmögliche tun, um diese Verbrechen aufzuklären. Ich habe nur einen Wunsch: Ich möchte regelmäßig über die Fortschritte der Ermittlungen auf dem Laufenden gehalten werden, und zwar in allen Einzelheiten. So hätte ich den Eindruck, an der Sache beteiligt zu sein. Denn ich hätte ein enormes Schuldgefühl, wenn ich untätig bleibe, während die Mörder noch frei herumlaufen. Das Ganze wird für mich zu einer … man könnte sagen, Obsession.«

Senda sah, dass sich Gallo abgewandt hatte. Er sprach mit gedämpfter Stimme ins Telefon.

Sie zögerte einen Moment mit ihrer Antwort. »Das erscheint mir schwierig. Einerseits gehören Sie nicht zur Polizei, und manche Informationen sind streng vertraulich, andererseits …«

»Ich weiß, dass Ihnen meine Bitte seltsam vorkommen muss. Ich kann aber nicht mit verschränkten Armen dasitzen und an meine Tochter denken. Das wenigstens bin ich ihr schuldig. Ich muss einfach etwas unternehmen, etwas … Sinnvolles.«

Senda nickte. Sie verstand seinen Standpunkt. An seiner Stelle hätte sie genauso gehandelt.

»Ich möchte aber nicht, dass Sie sich noch mehr in die Ermittlungen einbringen. Das könnte für Sie zu einer großen emotionalen Belastung werden.«

»Das Schlimmste habe ich schon hinter mir.«

»Monsieur Schiller bietet uns an, eine Belohnung von dreihunderttausend Francs für jeden sachdienlichen Hinweis auszusetzen«, sagte Gallo.

Senda wirkte überrascht. Dreihunderttausend Francs! Alle krankhaften Lügner, Wichtigtuer und Gauner würden Schlange stehen! Ihr Team wäre gezwungen, jedem Hinweis nachzugehen. Unzähligen Hinweisen.

Sie stand auf. »Ich muss darüber nachdenken, ob ein solches Vorgehen zweckmäßig ist. Dann melde ich mich bei Ihnen.«

Es war Zeit, dass sie das Büro verließ. Gallo hatte seine Entscheidung getroffen. Aufgrund seiner gesellschaftlichen Position hatte Schiller wohl gewisse Mechanismen in Gang gesetzt.

Sie kannte Gallo. Normalerweise zwang er seinen Leuten nichts auf und ließ sie frei entscheiden. Aber weiß Gott, an welcher Stelle Schiller seine Beziehungen hatte spielen lassen, damit er heute Morgen von ihrem Chef empfangen worden war.

VI

»Ich glaube, wir haben keine andere Wahl«, sagte Senda.

»Wegen der Belohnung?«, fragte Garcia.

»Nein, eine Belohnung kommt nicht infrage. Aber Raphaël Schiller wird informiert.«

»Der Kerl ist ein potenzieller Verdächtiger«, gab Berthier zu bedenken.

»Ich habe ihn ein paar Mal gesehen, er wirkt völlig gebrochen«, sagte Senda. »Seine Tochter ist ermordet worden, und seine Frau ist vor zwei Jahren an Krebs gestorben.«

»Das mag schon sein«, sagte Berthier. »Aber er hat den Mann nicht gesehen, der ihn angegriffen hat, und …«

»Die Nachbarn haben auch nichts gehört – und nichts gesehen.«

»Und die Fotos von den Gaffern?«, fragte Senda.

Berthier machte eine hilflose Geste, was bedeutete, dass die Recherchen in diese Richtung ebenfalls nichts ergeben hatten.

»Dasselbe gilt für die Entführten«, stellte Senda fest. »Niemand hat etwas gesehen.«

»Ich weiß. Aber ich traue Schiller nicht, das ist alles. Seine Geschichte gefällt mir nicht. Und was ist mit diesen Verletzungen, die seiner Tochter post mortem zugefügt wurden? Die Kleine war sofort tot und ist nicht vergewaltigt worden«, fuhr Berthier fort.

»Hören Sie«, sagte Senda. »Ich habe über all diese Dinge nachgedacht. Wir können ihn als Verdächtigen nicht ausschließen, doch solange nichts gegen ihn vorliegt, wird sich Gallo taub stellen. Wenn wir nicht aufpassen, kann Schiller die besten Anwälte in Paris engagieren und uns verklagen. Und da ist noch etwas anderes.«

»Was?«, fragte Berthier.

»Sollte er der Täter sein, behalten wir ihn so besser im Auge ...«

»Und wie soll das funktionieren?«

»Ich bitte Gallo, ihm für seine Akteneinsicht ein kleines Büro eine Etage tiefer zur Verfügung zu stellen. Geben Sie ihm Berichte zu lesen, beschäftigen Sie ihn hier. Garcia?«

»Ja.«

Seit jenem denkwürdigen Abend im Haus von Raphaël Schiller hatte der Mann seine Zigarre nicht wieder angezündet.

»Fotografieren Sie Schillers Jaguar und verteilen Sie das Bild diskret unter den Beamten, die mit der Suche nach den Vermissten befasst sind. Vielleicht erinnert sich jemand an den Wagen. Finden Sie heraus, ob Schiller noch andere Fahrzeuge besitzt.«

Raphaël Schiller schien Senda als Täter wenig wahrscheinlich. Seine Reaktion hatte sie gerührt. Außerdem gefiel er ihr. Trotz der Sympathie für diesen Mann durfte sie jedoch nichts dem Zufall überlassen.

»Was will er Ihrer Meinung nach erreichen, indem er die Ermittlungen aus der Nähe mitverfolgt?«, fragte Senda ihre beiden Teamkollegen. Ihr war wichtig, deren Ansichten und Gedanken zu kennen. Sobald Frustrationen entstanden, konnte der Teamgeist darunter leiden.

»Wenn ich an seiner Stelle wäre, würde ich versuchen herauszufinden, in welcher Phase sich die Ermittlungen befinden. Haben wir einen Verdächtigen? Wenn ja, würde ich dafür sorgen, möglichst viele Beweise gegen ihn zu sammeln, damit er vor Gericht kommt. Das würde ich tun, wenn ich an seiner Stelle wäre und den Mord begangen hätte.«

Garcia grummelte etwas vor sich hin, aber Berthier hatte einen Treffer gelandet. Raphaël Schiller war ein potenzieller Verdächtiger, und dieser Aspekt durfte keinesfalls vernachlässigt werden.

»Und das wird er sofort merken«, sagte Senda.

Senda schien auf einmal in Gedanken versunken. Schließlich sagte sie: »Sobald er die Berichte gelesen hat, wird er es merken. Er wird wissen, dass wir einen potenziellen Verdächtigen haben.«

Die Ermittler schwiegen.

»Garcia, um welche Uhrzeit, sagt Schiller, sei er nach Hause gekommen?«, fragte Senda.

Der Mann stand auf und wühlte in einem Stapel Papiere. Sein Finger glitt über die Zeilen des Protokolls.

»Zwanzig Uhr vierzig.«

»Wann hat er die Polizei angerufen?«

»Einundzwanzig Uhr fünfzehn.«

»Sollte er der Täter sein, muss er früher nach Hause zurückgekehrt sein. Also versuchen wir jemand zu finden, der ihn beim Betreten seines Hauses gesehen hat.«

VII

Raphaël Schiller schien seine Aufgabe ernst zu nehmen. Senda war mehrmals an dem kleinen Büro vorbeigekommen. Er hatte sein Jackett an den Kleiderhaken gehängt, die Hemdsärmel hochgekrempelt und seinen Kragen aufgeknöpft. Während er las, machte er sich viele Notizen. Zu seinen Füßen stapelten sich die Akten. Er sah aus wie ein Student, der sich auf eine Prüfung vorbereitet.

Sie hatte das Verlangen, sich zu ihm zu setzen. Im Augenblick gab es keinen Mann in ihrem Leben, denn sie fühlte sich noch nicht in der Lage, wieder eine feste Beziehung einzugehen. Ich bin dreißig, und mein Beruf ist anstrengend. Das machte sie sich weis. Eine Ausrede.

Sie sah auf ihre Armbanduhr. Halb vier. Sie ging in die Tiefgarage und setzte sich in einen der Bereitschaftswagen. Jetzt, Anfang Herbst, war das Wetter noch schön. Es regnete nicht. Sie fuhr in Richtung Boulogne.

Senda versuchte, sich an die Stelle dieses Psychopathen zu versetzen. Wie suchte er seine Opfer aus? Fuhr er spazieren, bis er auf ein besonderes Kind traf, das wieder eine dieser fatalen Zwangshandlungen ihn ihm auslöste?

Sie parkte vor der Privatschule Victor-Hugo, dem Gymnasium, das Jason Dumas besucht hatte. Er war die Nummer drei auf der Liste der Vermissten.

Die Ziegelfassade erinnerte sie an das Leichenschauhaus. Sie stieg aus dem Wagen und wartete genauso ungeduldig wie die Kinder drinnen auf das Ende des Unterrichts.

Als die Glocke schrillte, strömten Schüler und Schülerinnen in Uniform aus den Klassenzimmern. Einige ältere Schüler pfiffen ihr nach, was sie mit einem Lächeln quittierte. Dann sah sie Sophie. Das Mädchen war unter den Ersten, die durch das Schultor kamen. Als Sophie die Kommissarin erkannte, erstarrte sie.

»Was wollen Sie?«

Sie blickte sich um.

»Wartest du auf jemanden?«, fragte Senda.

»Auf meine Mutter. Sie wird gleich kommen.«

»Ich will nur ein paar Minuten mit dir reden.«

Sophie und Jason waren Klassenkameraden und Nachbarn gewesen. An jenem Nachmittag waren sie ein Stück des Heimwegs gemeinsam gegangen. Doch Sophie hatte schnell zu Hause sein wollen und war irgendwann vorausgeeilt. Dann war der Junge spurlos verschwunden.

Senda hatte zigmal Sophies Aussage überprüft. Auch heute Morgen hatte sie das Protokoll noch mal gelesen. Sie hatte den Eindruck, dass das Mädchen etwas gesehen hatte, sich aber weigerte, darüber zu sprechen. Schuldgefühle oder Angst drängten diese wertvolle Beobachtung in ihr Unterbewusstsein zurück.

»Verstehst du eigentlich, was ich mache?«

»Was soll ich da verstehen?«

»Dein Schulfreund ist verschwunden. Ich glaube nicht, dass er ausgerissen ist, und du glaubst das auch nicht. Ich muss Jason finden und den Mann verhaften, der ihn entführt hat, damit er keine weiteren jungen Leute verschleppen kann.«

»Haben Sie Angst?«

Das war eine sonderbare Bemerkung. Sophies Stimme drohte zu versagen. Sie war verstört, weil sie vor der Schule angesprochen wurde, wo alle ihre Kameraden sie beobachteten.

»Ja, ich habe Angst. Dieser Kerl ist immer noch frei und er wird es vielleicht wieder versuchen.«

»Ich habe Ihnen doch schon gesagt, dass ich nichts gesehen habe.«

»Sophie, ich will nur, dass du versuchst, dich zu erinnern. Ist euch jemand gefolgt? Vielleicht jemand, den du kennst und dem du keine Schwierigkeiten machen willst?«

»Ich habe niemanden ...«, schrie Sophie.

Sie schien verzweifelt.

»Was geht hier vor?«

Senda drehte sich um. Sophies Mutter trat zu den beiden. Sie war offensichtlich außer sich vor Wut.

»Sophie! Ab ins Auto mit dir!«

Sie wartete, bis ihre Tochter weit genug entfernt war, ehe sie hervorstieß: »Seit wann hat die Polizei das Recht, ohne Zustimmung der Eltern ein dreizehnjähriges Mädchen zu befragen?«

»Madame Cassel, ich ...«

»Wie können Sie es wagen! Sie haben kein Recht ...«

»Ich fürchte doch, Madame Cassel.«

»Nicht ohne meine Erlaubnis!«

»Ich leite die polizeilichen Ermittlungen und glaube, dass Ihre Tochter mir weiterhelfen kann.«

Madame Cassels Gesicht wurde rot.

»Sie werden von uns hören, darauf können Sie sich verlassen. Mein Mann ist Anwalt. Versuchen Sie das nicht noch einmal! Auf keinen Fall!«

Sie wandte der Kommissarin den Rücken zu und eilte im Stechschritt auf ihren Wagen zu. Aggressiv blickte sie zurück, um sicherzugehen, dass Senda ihr nicht folgte. Sie stieg in ihren dunkelgrünen Rover und fuhr davon.

Das Mädchen wusste etwas. Davon war Senda überzeugt. Sie würde Charles Gallo um Hilfe bitten müssen, damit sie die Erlaubnis bekam, die Tochter der Cassels unter Hypnose zu befragen.

Als sie ins Büro zurückkehrte, war Schiller immer noch in sein Aktenstudium vertieft. Also konnte sie erst am nächsten Tag mit Gallo reden.

VIII

Der Zoo Club in St. Germain-des-Près war ein dreistöckiges Gebäude mit Hallenbad, Fitnessräumen und Tanzstudios. Senda hatte Glück und fand einen Parkplatz auf der gegenüberliegenden Straßenseite. Sie winkte der Empfangsdame zu, einer hübschen Blondine, und ging schnell die Eichenholztreppe bis in die oberste Etage hinauf. Es war schon fast zwanzig Uhr, und sich zu verspäten, wurde nicht gern gesehen. Sie hatte gerade noch Zeit zum Umziehen. Dann gesellte sie sich zu den anderen, einer Gruppe von etwa zehn Männern und Frauen. Der Pilates-Kurs begann. Eine Stunde lang ließ sie sich völlig gehen, wiegte und streckte den Körper nach den Klängen indischer Musik, die sich wie Wellen an den Gestaden unbekannter Kontinente brachen.

Mehrmals bemerkte sie eine Gestalt hinter dem langen Fenster, das den Raum vom Gang trennte.

Als der Kurs zu Ende war, nahm sie ihr Handtuch vom Dehnbalken an der Wand. Zweimal die Woche ging sie in das Fitnessstudio. Diese Besuche halfen ihr, den Kopf frei zu bekommen und ihr seelisches Gleichgewicht zu bewahren. Außerdem versuchte sie, weniger zu rauchen. Das war schwierig, weil sie seit Beginn dieses Falls unter Druck stand wie nie zuvor.

»Sie sind gelenkig«, hörte sie jemanden sagen.

Senda wischte sich weiter das Gesicht ab, der Schweiß brannte ihr in den Augen. Sie brauchte ein paar Sekunden, bis sie den Mann erkannte, der sie angesprochen hatte. Es war Raphaël Schiller.

»Mir wurde gesagt, dass ich Sie hier antreffen würde. Ich habe den Eindruck, dass Sie ein interessantes Indiz entdeckt haben«, sagte er.

Er trug ein weißes T-Shirt und eine gleichfarbige Trainingshose.

»Sind Sie hier Mitglied?«, fragte Senda und ließ sich ihre Überraschung nicht anmerken.

»Nein, aber nachdem ich die Ausstattung des Klubs gesehen habe, denke ich darüber nach.«

Wie hatte er sie im Zoo Club finden können? Sie hatte niemandem davon erzählt. Also musste er ihr gefolgt sein!

»Die Fitnessräume sind gut ausgestattet. Könnten Sie mich etwas herumführen?«, bat er.

»Warum nicht«, sagte Senda.

Sie gingen durch ein Heer schwitzender Menschen, die gepresst atmeten, und hörten das metallische Schlagen der Gewichte und Stangen. Im Vorübergehen erwiderte Raphaël das Lächeln einiger junger Frauen.

»Wie kommt es, dass eine so junge und attraktive Frau eine derart große Verantwortung trägt? He! Das ist ein Kompliment«, fügte Schiller als Reaktion auf Sendas Blick hinzu.

»Ein Abschluss in Psychologie, dann ein Magister in Kriminologie. Und einige Spezialkurse nebst einer guten Portion Glück. Und Sie«, fragte Senda, »welchen Umständen verdanken Sie diese Karriere im Finanzgeschäft?«

»Harvard. Der Vater meiner verstorbenen Frau ist im internationalen Bankgeschäft tätig und hat mir in den Sattel geholfen. Der Tod von Élodie hat ihn sehr getroffen. Ihm habe ich es zu verdanken, dass Gallo …«

Sein Lächeln war erstarrt. Senda winkte ab. Das war nicht besonders wichtig, sollte das wohl bedeuten.

»Darf ich Sie zum Abendessen einladen?«, schlug er vor.

»Gehen wir lieber schwimmen. Dann können Sie mir von diesem Indiz erzählen.«

Ihre Technik war besser als seine, und sie hängte ihn schnell ab. Allerdings hatte sie sich ein bisschen zu sehr verausgabt, ihre Brust hob und senkte sich schnell.

»Sollte das ein Wettschwimmen sein?«

Die beiden waren im tiefen Becken. Raphaël hielt sich mit langsam rudernden Bewegungen der Arme und Beine über Wasser. Senda hatte sich an den Beckenrand gesetzt. Sie sah, dass seine Muskeln an Hals und Schultern von der Anstrengung hervortraten. Er stützte sich auf und saß nach einem Klimmzug neben ihr. Sie rutschte etwas beiseite, damit sein Oberschenkel den ihren nicht mehr berührte.

»Sie vermuten, dass es sich um einen Einzeltäter handelt, nicht um mehrere. Es gibt so einen Typ, diesen Zeichenlehrer, André Besson. Er hat in den Gymnasien Victor-Hugo und Saint-Denis unterrichtet, zwei Schulen, die die Kinder besuchten. Er wurde entlassen, weil das Gerücht kursierte, er habe anzügliche Gesten gemacht …«

»Das ist richtig.«

»Meinen Sie nicht, dass ein solcher Mensch auf Anhieb das Vertrauen der Schüler genießt? Er hätte diese widerliche Szene zeichnen können.«

»Wurde Ihre Tochter von ihm unterrichtet?«

»Nicht dass ich wüsste, aber das hat ja nichts zu bedeuten. Diese Privatschulen sind ständig damit beschäftigt, in allen möglichen Disziplinen Wettkämpfe zu veranstalten. Zum Beispiel im Fußball. Und zu den Spielen gehen alle! Dieser Besson hat sich vielleicht in den Umkleidekabinen herumgedrückt …«

»Monsieur Schiller …«

»Hören Sie auf mit Ihrem ewigen Monsieur Schiller! Ich

heiße Raphaël. Ich fordere Sie heraus, über zwei Bahnen … Oder kneifen Sie?«

Sie lag bis zur ersten Wende vorn, verlor dann etwas von ihrem Vorsprung und hängte ihn schlussendlich ab.

»Ich hätte nicht gedacht, dass Sie gewinnen«, sagte er völlig außer Atem.

»Genau aus diesem Grund überträgt man mir so viel Verantwortung, Raphaël …«

Schillers Einladung zum Abendessen hatte Senda abgelehnt. Sie wohnte im Marais-Viertel in der Nähe des Hauptquartiers der Polizei und nur einen Katzensprung von der Seine und von Nôtre-Dame entfernt. Sie zögerte einen Moment und entschied sich schließlich, über die Pont des Arts nach Hause zu gehen. Es war dreiundzwanzig Uhr.

Von ihrem Wohnzimmerfenster aus hatte sie einen herrlichen Blick über den Fluss auf die Lichter der Île de la Cité und den Montparnasse-Turm in der Ferne. Sie war hungrig und öffnete ihren Kühlschrank: Er war leer. Sie überlegte, ob sie eine Pizza bestellen sollte, aber dann wäre ihr Trainingsabend vergebens gewesen. Deshalb goss sie sich ein Glas Milch ein, grillte zwei Toasts und setzte sich auf das kleine Sofa.

Ununterbrochen hatte sie an Raphaël denken müssen. Etwas an seinem Äußeren, in seinem Blick störte sie. Anfangs hatte sie sich zu ihm hingezogen gefühlt, doch heute Abend war er ihr eher unheimlich vorgekommen, als habe er die Tragödie völlig vergessen. Ihr gefiel außerdem die Art nicht, wie er um sie herumschwänzelte, auch wenn sie verstand, dass dieses Verhalten ein Überlebensreflex war, um sich nicht gleich eine Kugel in den Kopf zu jagen oder vom Eiffelturm zu springen. Sie betrachtete die Line Koks auf dem kleinen Tisch. Der Pizza hatte sie widerstanden, schließlich aber der

Versuchung der Droge nachgegeben. Das Zeug würde ihr beim Nachdenken helfen.

Warum hatte die Polizei bisher keine Leichen gefunden? Warum war nur Yann Slama vergewaltigt worden, und warum waren die Verletzungen Élodie post mortem zugefügt worden?

Ganz zu schweigen von Maria, der Haushälterin. Hatte sie etwas entdeckt, das Raphaël Schiller mit den vermissten Kindern in Verbindung brachte?

Senda dachte an das von Dr. Posso erstellte Täterprofil. Schiller passte perfekt in dieses Bild. Doch ist mein Verdacht gegen ihn nicht zu einfach? Hat Schiller die eigene Tochter ermordet, um andere Verbrechen zu verschleiern? Aber für diese Hypothese habe ich nicht den kleinsten Beweis. Mist.

Bevor sie einschlief, stellte sie den Wecker auf halb sieben. Nächstes Wochenende plante sie, nach Tunis zu fliegen, um ihre Eltern zu sehen. Diesen Besuch schob sie schon seit Wochen vor sich her.

Wie über alle Kriminalbeamten kursierten auch über Senda Barhi Gerüchte. Man nahm es Charles Gallo übel, dass er ihr die Leitung der Ermittlungen in diesem Fall übertragen hatte. Sie sei zu jung, habe keine Erfahrung und sei noch dazu eine Frau. Außerdem stamme sie nicht in dritter Generation aus einer Polizistenfamilie, sondern komme von der Universität. Und in ihrer neuen Führungsposition liefere sie nicht die zu erwartenden Ergebnisse.

Zwar hatte sie vor Schiller eine Show abgezogen, aber sie hatte Zweifel. Denn die Ermittlungen kamen nicht richtig voran.

Wie die Glocken von Nôtre-Dame Mitternacht schlugen, hörte sie nicht mehr.

IX

Nachdenklich starrte Charles Gallo die Zimmerdecke an.

»Die Mutter der kleinen Cassel scheint keine umgängliche Person zu sein«, sagte er.

»Ich glaube, dass Sophie etwas weiß oder dass sie etwas gesehen hat«, antwortete Senda. »Sie sperrt sich gegen etwas, und ihre Mutter könnte alles verderben.«

»Sie wollen das Mädchen unter Hypnose verhören?«

»Ja.«

»Dafür brauchen wir einen Beschluss des Jugendrichters, Senda. Unter welchem Vorwand?«

»Weil sie Zeugin in einem Entführungsfall ist.«

»Ihr Vater ist Anwalt, sagten Sie?«

»Richtig.«

Das ist dein Problem, dachte Senda. Du hast mir Schiller aufgehalst, nun musst du deine Beziehungen spielen lassen.

»Ich werde versuchen, in dieser Richtung etwas zu unternehmen. Vielleicht hat der Mann mehr Verständnis. Wie geht's mit Schiller?«

»Wir lassen ihn einen Teil der Ermittlungsakten lesen, und er lässt uns an seinen Theorien teilhaben.«

»Hat er etwas gefunden, das Ihnen entgangen ist?«, fragte Gallo mit einem kleinen Lächeln.

»Bis jetzt noch nicht, Monsieur. Er weiß Bescheid, was Besson angeht.«

»Ach! Und wie hat er darauf reagiert?«

»Gar nicht. Er weiß, dass wir im Moment nichts Greifbares haben. Er weiß auch, dass Besson für die Mordnacht kein richtiges Alibi hat.«

»Halten Sie ihn für den möglichen Täter?«

Senda räusperte sich. »Den sollten Sie mal sehen! Er ist fast sechzig und damit eigentlich zu alt, um als Verdächtiger durchzugehen. Wenn er die Treppen hochsteigt, ist er außer

Atem. Er hat weder die notwendige körperliche Kondition noch ist er intelligent genug, als dass er unser Mann sein könnte.«

»Gegen Besson haben wir also nichts Ernsthaftes in der Hand, sehe ich das richtig?«

Senda stand auf. »Wir haben rein gar nichts in der Hand.«

Gallo setzte zu einer Bemerkung an, überlegte es sich dann aber anders. Er sagte nur: »Mit Schiller hatte ich keine andere Wahl. Sein Schwiegervater ist ein Freund des Ministers. Er ruft mich jeden Morgen an und fragt, ob wir denn bald den Mörder festnehmen. Er schätzt Schiller, weil der sich bis zum letzten Moment um seine Frau gekümmert hat. Sie ist an Krebs gestorben.«

»Ich weiß Bescheid.«

Als sie wieder ins Besprechungszimmer kam, waren Berthier und Garcia in Aufruhr.

»Es gibt Neuigkeiten«, sagte Berthier. »Gerade sind die letzten Laborberichte eingetroffen. Auf den Kleidungsstücken von Yann Slama haben die Kriminaltechniker zwei Haare gefunden, zwei dunkle Haare, Blutgruppe 0. Schiller hat Blutgruppe 0, das habe ich im Krankenhaus nachgeprüft.«

»Das genügt nicht. Der Kleine hat öfter bei Élodie gespielt. Das kann auch einfach nur Zufall sein.«

»Schon möglich, aber warum gerade auf seinen Klamotten?«

»Keine Ahnung. Wir brauchen mehr. Und was ist mit den Fingerabdrücken und Fasern?«

»Sie stimmen mit denen der Opfer, den Schillers oder denen der Nachbarn überein. Wir können nichts nachweisen, außer dieser zwei Haare, von denen wir nicht einmal eine DNA-Analyse machen lassen können, weil die Wurzeln fehlen. Und die Wollfasern in der Lunge des Jungen stammen von einer Decke aus dem Haus.«

»Niemand sieht diesen Kerl in Aktion. Keine Schamhaare, kein Sperma, kein Speichel. Kein Fremder treibt sich in dem Viertel herum. Es gibt kein verdächtiges Auto, und es wird nicht eingebrochen. Wenn Schiller unser Mann ist, wäre das eine Erklärung für alles«, schloss Berthier.

»Ich weiß nicht, ob Schiller zu so etwas fähig wäre. Guter Gott, Berthier! Seine eigene Tochter umbringen? Ihren Freund vergewaltigen und foltern, die Haushälterin erwürgen, und das alles in den eigenen vier Wänden!«

»Haben Sie schon vergessen, was Doktor Posso gesagt hat? Der Typ ist ein Monster, aber niemand hält ihn für eins.«

»Ich dachte, die Täterprofile von Doktor Posso seien nichts als Science-Fiction?«

»Es ist nicht Doktor Posso, der mich auf diesen Gedanken bringt, sondern Stevenson mit seinem *Doktor Jekyll und Mister Hyde*!«

Berthier begann, im Raum auf und ab zu laufen. José trank eine Tasse Tee. Er hatte Croissantkrümel auf seiner Krawatte.

»Er ist es!«

Die beiden Inspektoren drehten sich zu Senda um.

Sie lehnte am Fenster und beobachtete, wie die Lastkähne auf der Seine vorbeizogen.

»Wir müssen uns sicher sein, dass er vor zwanzig Uhr am Tatort war«, sagte sie, die Stirn noch immer an die Scheibe gepresst.

Die Männer schwiegen. Dann nahm Berthier eine dicke Akte aus einem der Kartons und warf sie auf den Tisch.

»Die Zeugenaussagen. Ich habe die Nachbarn der ganzen Straße zweimal befragt. Kein schwarzer Jaguar! Niemand hat Schiller vorbeigehen sehen, weder um neunzehn Uhr noch um zwanzig Uhr vierzig. Aber …«

»Aber?«, fragte Senda.

»Eine Aussage fehlt noch.«

»Welche?«

»Die von Agnès Kabza, einer Polin. Sie arbeitet seit drei Jahren in einem Haus in der Nähe von Schillers Villa. Ehe sie abends Dienstschluss hat, geht sie mit dem Hund des Hauses spazieren.«

Senda schien plötzlich interessiert.

»Macht euch keine falschen Hoffnungen. Ich bezweifle, dass die Frau etwas gesehen hat. Seit der besagten Nacht ist sie im Urlaub. Das war schon seit Langem geplant. Sie verreist jedes Jahr ungefähr zur selben Zeit. Sie fängt am 10. Oktober wieder an, das ist nächsten Montag.«

»Steht das in der Akte?«

»Nein«, sagte Berthier.

»Keine Berichte mehr an Schiller«, sagte Senda. »Er darf nicht wissen, in welcher Richtung wir ermitteln.«

Kapitel 3

1

»Sophie, ich möchte, dass du dich auf diese Couch setzt«, sagte Diane und gab ihrer Stimme einen neutralen und beruhigenden Ton. »Magst du die Sonne und das Meer?«

»Ja.«

»Dann stell dir vor, du wärst am Strand. Du liegst im Sand und spürst diese sanfte und angenehme Wärme auf deiner Haut. Ich halte einen Gegenstand vor deine Augen. Schau ihn an. Schau ihn dir aufmerksam an.«

Nach dreitägigen Bemühungen und etlichen Telefonaten hatte Charles Gallo sein Ziel erreicht. Am Sonntagmorgen war Senda ins Zentrum für psychologische Evaluation der Polizei gegangen.

Diane Rutledge hatte sie herzlich empfangen. Die Psychiaterin war um die fünfzig und trug ein graues Kostüm.

»Könnten Sie bitte die Tür schließen?«

Doch dann hatte Diane es sich anders überlegt und die Tür festgehalten.

»Wie wär's mit einer Tasse Kaffee? Mir scheint, Sie könnten eine gebrauchen.«

»Danke. Schwarz und ohne Zucker, bitte.«

Senda hatte in der vorangegangenen Nacht nicht viel geschlafen. Jetzt hatte sie ihre Lederjacke ausgezogen und nach einer Garderobe gesucht, um sie aufzuhängen. Schließlich hatte sie ihre Jacke neben ihre Füße auf den Boden gelegt.

Diane war mit zwei Tassen zurückgekommen. Sie hatte eine vor Senda hingestellt, bevor sie sich wieder an ihren Schreibtisch setzte, dann einen Schluck getrunken und das Gesicht verzogen.

»Da habe ich mich nicht mit Ruhm bedeckt. Es ist eben Pulverkaffee. Was können Sie mir zu diesem Fall sagen?«

Senda hatte bemerkt, dass die Ohrringe der Psychiaterin auf ihre Augenfarbe abgestimmt waren. Sie hatte ihr von den drei vermissten Jugendlichen erzählt, von der Verbindung zwischen ihnen und der in den Häusern zurückgelassenen Botschaft. Sie hatte weder etwas über die Art dieser Botschaft noch über den dreifachen Mord in Raphaël Schillers Haus gesagt.

»Sophie weiß etwas. Sie müssen das Mädchen für mich wieder in diesen Moment zurückversetzen, als sie an diesem denkwürdigen Nachmittag mit ihrem Freund Jason die Schule verlässt.«

»Warum gibt sie Ihnen diese Information nicht von selbst?«

»Ich glaube, sie hat Angst davor auszusagen. Nicht in dem Sinn, dass sie sich bedroht fühlt; aber sie ist so verwirrt, dass sie nicht an sich heranlässt, was sie gesehen hat«, hatte Senda abschließend hinzugefügt.

Der Raum lag im Halbdunkel. Senda hielt sich im Hintergrund. Paul Cassel, Sophies Vater, schien Sendas Beweggründe zu verstehen, denn als Anwalt hätte er dieselben Schlussfolgerungen gezogen. Er wartete auf dem Gang; seine Frau hatte ihn nicht begleitet.

»Sophie, sieh diesen Gegenstand an. Siehst du den glänzenden Fleck auf der Oberfläche? Konzentrier dich auf ihn und vergiss alles um ihn herum. Schau ihn an, solange du willst. Denk an den Schlaf, der über dich kommt, denk ans Einschlafen. Du bist am Strand, und die Sonne hüllt dich mit ihrer Wärme ein.«

Diane hatte einen mit Silberlinien verzierten Füller in der Hand. Senda sah das Schimmern und hörte die Stimme. Sie wandte den Kopf ab, denn wenn sie der Suggestion nachgab, würde auch sie in einen schlafähnlichen Zustand gleiten.

»Deine Augen werden langsam schwer, Sophie. Deine Arme und Beine sind ebenfalls schwer«, fuhr Diane mit monotoner Stimme fort. »Du bist müde. Schau weiter den Gegenstand an. Deine Lider werden schwer. Denk an den Schlaf, der dich übermannt. Schau weiter diesen Lichtfleck an, solange du die Augen offen halten kannst. Du fällst in einen tiefen Schlaf, Sophie. Du fühlst dich gut, du schwebst auf einer Wolke. Atme tief durch, langsam und tief. Bei jedem Einatmen breitet sich der Schlaf aus. Drück die Zehen zusammen, so fest du kannst, und lass wieder locker. Drück sie noch einmal zusammen, genau so. Du kannst die Augen nicht mehr offen halten. Du bist gerade eingeschlafen. Entspann dich und schlaf. Schlaf, Sophie, schlaf. Jetzt schläfst du tief und fest.«

Diane wartete kurz, dann richtete sie sich auf.

»Sie ist so weit«, sagte die Psychiaterin. »Ich kann anfangen.«

Senda schaltete den Rekorder ein.

»Sophie, hörst du mich?«, fragte Diane.

Ihre Lider zuckten. »Ja.«

»Auf welche Schule gehst du?«

»Auf das Victor-Hugo-Gymnaisium.«

»Das ist eine gute Schule. Gefällt es dir dort?«

»Ja.«

»In welche Klasse gehst du?«

»In die achte.«

»Kennst du Jason?«

»Ja.«

»Spielst du in der Basketballmannschaft der Schule, Sophie?«

»Ja.«

»Jason auch?«

»Ja, aber er spielt bei den Jungs.«

»Weißt du, in welcher Position er am liebsten spielt?«

»Er spielt gern hinten, weil er groß ist.«

»Ist er ein guter Verteidiger?«

»Manchmal ist er ein bisschen grob.«

»Sophie, wie kommst du nach der Schule zu dir nach Hause?«

»Zu Fuß.«

»Jeden Tag?«

»Ja.«

»Sophie, du weißt, dass Jason verschwunden ist?«

»Ja.«

»Du weißt, dass du die Letzte bist, die ihn gesehen hat?«

»Ja.«

»Wann war das?«

»An einem Nachmittag.«

»Wo wart ihr?«

»Auf dem Weg nach Hause.«

»Kannst du dich an die Uhrzeit erinnern?«

»Es war nach vier.«

Die Psychiaterin achtet darauf, dass sie die Wahrheit zu hören bekommt und überprüft die Antworten mit bekannten Fakten, dachte Senda.

»Kannst du mir Jason beschreiben?«, fragte Diane.

»Er ist größer als ich. Er hat blaue Augen, meine sind braun.«

»Was habt ihr gemacht, als ihr aus der Schule gekommen seid?«

»Wir sind auf dem Gehsteig gelaufen, dann bin ich vorausgegangen.«

»Warum bist du vorausgegangen, Sophie?«

»Weil ich mir *Friends* im Fernsehen anschauen wollte, und Jason zu langsam war.«

»Also hast du dich von ihm verabschiedet und bist gleich nach Hause gegangen?«

»Ja.«

»Bist du losgerannt?«

»Ja.«

»Und du bist nicht mehr stehen geblieben?«

Schweigen.

»Versuch dich zu erinnern, Sophie. Du läufst los, du hast Jason hinter dir zurückgelassen. Das ist völlig normal. Jason geht zu langsam, dafür kannst du nichts. Du willst schnell daheim sein und deine Serie anschauen. Du hörst das Geräusch deiner Schritte auf dem Gehsteig, dein Atem geht schneller. Was passiert in diesem Moment? Denk nach … Du läufst, und …«

Sophie schien sich Mühe zu geben.

»Ich bin bis zu mir nach Hause gelaufen.«

»Du bist ohne Unterbrechung bis zu dir nach Hause gelaufen?«

»Ja.«

Senda kritzelte etwas auf einen Block und gab ihn Diane. Die Psychiaterin warf einen kurzen Blick darauf und nickte zustimmend.

»Sophie, wann hast du die Straße überquert?«

Schweigen.

»Hast du die Straße erst überquert, als du gegenüber von eurem Haus warst? Versuch dich zu erinnern. Hast du, als du auf dem anderen Gehsteig ankamst, die Tür aufgestoßen und bist sofort ins Haus gegangen?«

»Nein.«

Jetzt haben wir den entscheidenden Punkt erreicht, dachte Senda.

»Du bist stehen geblieben, um die Straße zu überqueren?«

»Ja.«

»Wann?«

»Bevor ich zu Hause war.«

»Was hast du gemacht, kurz bevor du die Straße überquert hast? Hast du in beide Richtungen geschaut?«

»Ja.«

»Hast du Jason gesehen?«

»Ja.«

»Woher weißt du, dass er es war?«

»Er war es.«

»Wie kannst du dir so sicher sein?«

»Die Schuluniform. Ihre Farben: blau und dunkelrot.«

»War Jason allein?«

»Nein.«

Sendas Herz schlug heftig. Endlich näherte sie sich ihrem Ziel.

»War jemand bei ihm?«

»Nein.«

Die beiden Frauen sahen sich an. Senda schrieb noch einmal etwas auf den Block und reichte ihn Diane.

»Hast du ein Auto gesehen?«

»Ja.«

»Hat ein Auto neben Jason gehalten?«

»Ja.«

»Was hat Jason gemacht?«

»Er ist eingestiegen.«

»Ist das Auto an dir vorbeigefahren?«

»Nein. Es ist in eine kleine Straße abgebogen.«

»Hast du gesehen, wie es abgebogen ist?«

»Ja.«

Senda berührte Diane an der Schulter, um sich bemerkbar zu machen. Sie deutete auf das, was sie gerade auf ihren Block geschrieben hatte.

»Konntest du das Auto erkennen?«

»Ja.«

»War es ein schwarzer Jaguar?«

»Nein.«

»Das Auto von Jasons Eltern?«

»Nein.«

Diane drehte sich zu Senda um. »Fragen Sie Sophie nach der Marke«, flüsterte die Kommissarin.

»Interessierst du dich für Autos, Sophie?«

»Ja.«

»Weißt du, welche Marke es war? Das Auto, in dem du Jason gesehen hast.«

»Es war ein Rover.«

»Und die Farbe?«

»Dunkelgrün.«

»Hast du das Auto schon früher einmal in eurem Viertel gesehen?«

»Ja.«

»Weißt du, wem es gehört?«

»Ja.«

»Saß der Besitzer an dem Tag, als Jason verschwunden ist, am Steuer?«

»Ja.«

»Wo?«

»Morgens, vor dem Schulgebäude.«

»Und wo warst du?«

»Ich war in dem Auto. Es war der Rover meines Vaters.«

II

Senda stoppte den Rekorder.

»Das sind die Aussagen Ihrer Tochter von heute Morgen.«

»Das ist unmöglich!«, rief Cassel.

Es war drei Uhr nachmittags. Ein Sonnenstrahl brachte das helle Mahagoniholz in Cassels Büro zum Leuchten. Sie waren allein.

»Das ist unmöglich«, wiederholte er. »Ich bringe meine Tochter jeden Morgen zur Schule und habe tatsächlich einen dunkelgrünen Rover, aber das ist alles. Ich habe Jason nie in meinem Auto mitgenommen, weder an diesem Tag noch an irgendeinem anderen!«

»Ich halte Sie nicht für verdächtig, Monsieur Cassel. Können Sie beweisen, dass Sie am 30. Mai zwischen sechzehn und siebzehn Uhr nicht in Ihrem Auto vor dem Gymnasium waren?«

Monsieur Cassel musste lächeln. Er beugte sich zu Senda vor. »Kommissarin Barhi, ich bin Rechtsanwalt. Vor Gericht ist die Aussage meiner Tochter unter Hypnose völlig wertlos. Die Polizei muss beweisen, dass ich an diesem Tag in meinem Auto saß und den kleinen Dumas mitgenommen habe.«

Er machte eine Pause und lehnte sich dann in seinem Sessel zurück. »Trotzdem will ich Ihnen helfen und Ihre Ermittlungen nicht noch schwieriger machen, als sie ohnehin schon sind.«

Er griff nach seinem Terminkalender und blätterte darin.

»Der 30. Mai war ein Mittwoch. In meinem Kalender sind zwei Termine eingetragen. Der eine begann um fünfzehn Uhr dreißig und endete um sechzehn Uhr zehn. Der andere begann um sechzehn Uhr fünfzehn und endete um siebzehn Uhr vierzig.«

Er ging zu einem Aktenschrank und kam mit zwei Mappen zurück, denen er jeweils eine Aufstellung entnahm.

»Auf diesen Rechnungen steht die Zeit, die ich den Mandanten gewidmet habe. Ich kopiere Ihnen die Unterlagen.«

»Danke«, sagte Senda.

Sie steckte die Fotokopien in ihre Tasche.

»Das sind wichtige Mandanten. Könnten Sie das nachprüfen, ohne allzu viel Wirbel zu machen?«, fragte Monsieur Cassel.

»Ich denke schon. Haben Sie einen Steuerberater?«

Monsieur Cassel schrieb die Adresse auf die Rückseite einer seiner Visitenkarten und gab sie Senda.

»Wir werden uns als das Büro Ihres Steuerberaters ausgeben und behaupten, einen Beleg nachprüfen zu müssen«, sagte sie. »Übrigens, fährt auch Ihre Frau mir dem Wagen?«

»Ja. Wenn ihr eigener in der Werkstatt ist. Sie glauben doch nicht, dass …«

»Nein, ich glaube nicht, dass Ihre Frau etwas mit der Entführung zu tun hat. Haben Sie einen Chauffeur?«

»Nein.«

»War Ihr Wagen zu diesem Zeitpunkt in Reparatur? Oder haben Sie ihn einem Freund geliehen?«

»Ich glaube nicht …«

»Sie sollten sich vergewissern.«

Monsieur Cassel nickte kurz, stand auf und beendete das Gespräch.

»Vielen Dank für Ihr Verständnis«, sagte Senda.

»Das ist kein ungewöhnliches Auto, jedenfalls hier in dieser Gegend, müssen Sie wissen«, sagte der Anwalt, während er die Kommissarin hinausbegleitete.

Habe ich vorschnell geurteilt, weil ich Raphaël Schiller für den Täter halte?, fragte sich Senda.

Der schwarze Jaguar ist nirgends gesehen worden.

Cassel hat recht; es gibt wahrscheinlich Tausende dunkelgrüner Rover. Immerhin ist das eine gängige Farbe dieses Wagentyps. Wie viel Wert darf ich einer Aussage beimessen, die ein zwölfjähriges Mädchen unter Hypnose gemacht hat?

Diane hat mich gewarnt: »Die Chancen stehen fifty-fifty, dass Sophie die Wahrheit gesagt hat.«

III

Am Montagnachmittag fuhr Senda in Begleitung von Berthier zum Haus des Arbeitgebers von Agnès Kabza.

»Hier ist es! Parken Sie vor dem Tor. Den Rest gehen wir zu Fuß.«

Wegen des dichten Regens beschlug die Windschutzscheibe. Deshalb konnten sie nur verschwommen die Umrisse der Villa erkennen, die teilweise durch Büsche verdeckt war.

Nach dem dritten Klingeln öffnete eine junge Frau die Tür. Senda zeigte ihre Dienstmarke, während sie sich das Wasser abwischte, das ihr den Hals herunterlief.

»Geht es um die Geschichte, die bei den Schillers passiert ist?«, fragte Agnès Kabza.

»Ganz recht, Mademoiselle.«

»Madame Levy hat mir gesagt, dass Sie mich sprechen wollen. Kommen Sie rein«, sagte Agnès und trat zur Seite. »Bitte, treten Sie sich die Füße ab. Ich habe gerade den Boden gewischt.«

Die drei setzten sich in die Küche. Ein Radio spielte Reggae. Agnès drehte es leiser.

»Ich habe Tee aufgebrüht. Möchten Sie eine Tasse?«, fragte die Hausangestellte.

Sie war jung und muskulös und bewegte sich mit einem Hüftschwung, dem Berthier viel Aufmerksamkeit schenkte.

»Agnès«, sagte Senda, als sie ihre Tasse nahm, »arbeiten Sie schon lange hier?«

»Seit drei Jahren. Ich habe kurz nach dem Tod von Monsieur Levy hier angefangen und kenne das Viertel gut. Ich kann gar nicht glauben, dass so etwas hier passiert ist.«

Sie nahm ein Sahnekännchen aus dem Kühlschrank und stellte es auf den Tisch.

»Wir müssen Ihnen ein paar Fragen stellen«, sagte Berthier jetzt. »Erinnern Sie sich an den Abend, bevor Sie in den Urlaub gefahren sind?«

»Ich erinnere mich sehr gut. Am nächsten Morgen habe ich aus dem Fernsehen erfahren, was geschehen war. Ich habe mich gefragt, ob ich diesen Verbrechern nicht begegnet bin, als ich mit Max draußen war.«

Der Golden Retriever, der auf einer Decke döste, stellte kurz die Ohren auf und setzte dann seine Siesta fort. Über Sendas Gesicht huschte ein Lächeln.

»Haben Sie die Mörder geschnappt?«, fragte die junge Frau.

»Noch nicht. Wann sind Sie aus Paris abgereist?«

»Am selben Nachmittag. Aber im Flugzeug habe ich alles aufgeschrieben, woran ich mich erinnerte, damit ich es nicht vergesse. Die Ferien ...«

Senda wechselte einen Blick mit ihrem Kollegen.

»Machen Sie neben Ihrer Arbeit hier noch etwas anderes?«

»Ich studiere an der Uni. Ich hole schnell mein Notizbuch und bin gleich wieder da.«

Agnès kam zurück und setzte sich auf einen Hocker.

»Soll ich Ihnen vorlesen, was ich notiert habe, oder wollen Sie mir lieber Fragen stellen?«

»Lesen Sie, wir hören Ihnen zu.«

»Also. Ich gehe jeden Abend mit Max raus, außer wenn

ich frei habe. Zwischen einer halben und einer dreiviertel Stunde, das hängt vom Wetter ab. An jenem Abend hat es nur etwas getröpfelt, da bin ich um Viertel vor sieben aus dem Haus gegangen …«

Agnès hob den Kopf. »Tut mir leid, ich habe nicht wirklich viel zu erzählen. Ich würde lieber auf Ihre Fragen antworten.«

»Wann bringen Sie den Hund zurück?«, erkundigte sich Senda.

»Ich komme immer um neunzehn Uhr fünfundzwanzig zurück, damit ich den Bus um vierzig noch erwische.«

»Ist Ihr Spaziergang an jenem Abend auch nach diesem Zeitplan verlaufen?«

»Ja. Außerdem wartete Madame Levy auf mich, weil sie danach ins Theater gehen wollte.«

»Und Ihr Spaziergang mit dem Hund?«

»Ich bin die Straße hochgelaufen und etwa fünfzig Meter am Haus der Schillers vorbeigegangen, ehe ich …«

»Sie sind an dem Haus vorbeigegangen?«, fragte Berthier skeptisch.

»Ja. Warum? Ich habe Ihnen doch schon gesagt, dass ich mich gefragt habe, ob …«

»… Sie den Mördern begegnet sind«, vervollständigte Senda den Satz. »War Monsieur Schiller bereits zu Hause?«

»Nein. Sein Jaguar war nicht da.«

»Haben Sie nichts Ungewöhnliches bemerkt?«

»Nein. Es brannte Licht. Ich habe Maria in der Küche gesehen.«

»Wie spät war es Ihrer Ansicht nach?«

»Ich weiß es nicht genau. Fünf oder zehn nach sieben vielleicht. Ich wollte stehen bleiben, aber der Hund zerrte sehr stark an der Leine. Er hat mich weggezogen.«

»Was haben Sie danach gemacht?«

»Ich habe die Straße überquert und bin auf der anderen Seite zurückgegangen.«

»Sind Ihnen irgendwelche Fahrzeuge oder Passanten aufgefallen?«

»Um ehrlich zu sein, kann ich Ihnen das nicht wirklich sagen, denn ich war zu sehr mit dem Hund beschäftigt.«

»Und weiter?«

»Ich habe auf meine Uhr geschaut. Es war Viertel nach sieben. Ich habe wieder die Straße überquert, um auf die richtige Seite zu kommen, und dann bin ich zurückgegangen.«

Abgesehen davon, dass Maria und die Kinder gegen zehn nach sieben noch lebten, haben wir nicht viel erfahren, dachte Senda.

»Sie haben also zu keinem Zeitpunkt irgendetwas Verdächtiges beobachtet?«

»Nein. Kurz bevor ich zu Hause war, ist ein Auto an mir vorbeigefahren. Ich habe gesehen, dass es weiterfuhr und dann nach links in die kleine Allee abgebogen ist, auf der Höhe von Schillers Haus. Ich habe nur die Rücklichter gesehen. Es war ein dunkler Wagen. Ich habe allerdings nicht besonders darauf geachtet.«

»Könnte der Wagen ein schwarzer Jaguar oder ein dunkelgrüner Rover gewesen sein?«, fragte Berthier.

»Vielleicht ein dunkler Rover, aber sicher bin ich mir nicht.«

IV

Am frühen Abend wartete Garcia im Hauptquartier auf Senda und Berthier. Er hatte den ganzen Tag verschiedene Polizeidienststellen kontaktiert und alle Roverbesitzer in einem Umkreis von zwei Kilometern um das Victor-Hugo-Gymnasium aufgelistet.

»Es gibt mehr als hundertfünfzig Wagen dieses Modells. Wegen der Farbe müssen wir die Leute anrufen.«

Er blätterte in seinen Aufzeichnungen. Seine Augen waren rot vor Müdigkeit, und das hastig hinuntergeschlungene Sandwich lag ihm im Magen.

»Siebzehn habe ich schon! Diese Ermittlungen erweisen sich als ein Fass ohne Boden«, stellte er fest.

»Auf Ihrem Schlips klebt ein Stück Schinken«, sagte Senda lächelnd, »und es sieht nicht so aus, als hätten Sie Prosciutto gegessen.«

Garcia zuckte mit den Schultern, für ihn war Schinken Schinken.

Senda hängte ihren Regenmantel auf und setzte sich an den großen Tisch. Sie zündete sich eine Zigarette an, die zweite an diesem Tag. »Cassel hat nichts mit der Sache zu tun, José.«

»Woher wollen Sie das so genau wissen?«

»Als wir gerade gehen wollten, kam Mathilda Levy nach Hause zurück. Sie hat die Cassels an jenem Abend im Theater gesehen, am Ende des ersten Aktes«, sagte Berthier.

Er warf Garcia sein Notizbuch hin. »Wirf mal einen Blick auf die Aussage der Polackin.«

»Er hätte vielleicht genug Zeit gehabt, doch er ist es nicht«, sagte Senda.

Berthier pflichtete seiner Chefin bei.

»Aber wer versteckte sich dann in diesem Auto? Der Papst?«

»Jemand, der sein eigenes nicht benutzen wollte, weil es zu bekannt ist«, folgerte sie.

Das Telefon klingelte. Berthier nahm den Hörer ab. »Für Sie. Diane Rutledge.«

»Kommissarin Barhi? Heute Morgen hatte ich Besuch.«

»Ich höre.«

»Von Raphaël Schiller.«

Mit einem Wink bedeutete Senda Berthier, er solle mithören.

»Er hat mir gesagt, er arbeite mit Ihnen zusammen und wisse von der Sitzung mit Sophie Cassel am Sonntagmorgen. Schiller glaubt, dass das Verschwinden Jasons mit dem Mord an seiner Tochter zusammenhängt. Und er hat mich gedrängt, ihm den Bericht der Sitzung zu zeigen.«

»Und?«

»Er sah so niedergeschlagen aus. Er sucht nach allem, was ihm moralisch Auftrieb gibt. Ich habe ihn den Bericht lesen lassen ... nachdem ich Charles Gallo angerufen habe.«

Ein langes Schweigen folgte.

»Sind Sie noch dran?«

»Ja. Das ist nicht weiter wichtig. Sie haben richtig gehandelt.«

Senda atmete tief ein und ließ die Luft zwischen ihren zusammengebissenen Zähnen entweichen. Berthier hielt immer noch den Hörer in der Hand. Er wirkte wie versteinert und konnte nicht fassen, was er gerade gehört hatte.

»Der Dreckskerl!«

»Meinen Sie Schiller?«

»Nein, Gallo«, sagte sie.

»Warum das?«

»Schiller klebt uns an den Fersen. Er holt auf. Und es würde mich nicht wundern, wenn er bessere Ergebnisse als wir erzielt. Suchen Sie ihn! Suchen Sie ihn und bringen Sie ihn her.«

»Er müsste noch in seinem Büro sein«, sagte Berthier. »Ich habe ihn vorhin am Sandwichautomaten getroffen.«

Schiller saß in dem kleinen Raum, den man ihm zur Verfügung gestellt hatte. Er blickte auf, als Senda die Tür zuknallte. Sie stand vor ihm und versuchte, in seinem Gesicht zu lesen.

»Warum informieren Sie mich nicht über Ihr Vorgehen, das Sie fälschlicherweise für Ihre eigene Untersuchung halten?«, fragte sie schroff.

»Beruhigen Sie sich. Es tut mir wirklich leid. Ich bin manchmal zu weit gegangen, aber dank Ihnen sind wir mit den Aussagen von Cassels Tochter auf der richtigen Spur. Ich wusste nicht … Dieser Anwalt hat Élodie ermordet, genauso wie er die anderen Kinder entführt hat. Dessen bin ich mir sicher. Seine eigene Tochter hat ihn identifiziert.«

Ich habe wieder überreagiert, dachte Senda. Gallo weiß nicht, dass ich den Banker verdächtige. Ich hätte ihm meine Vermutungen nie verschweigen dürfen. Und jetzt informiert sich Schiller mithilfe seines Schwiegervaters über unsere Ermittlungen. Auch über die Dinge, die nicht in den Berichten stehen.

»Sie hatten recht«, sagte Schiller nun und lächelte schwach. »Diese Geschichte macht mir zu sehr zu schaffen. Ab morgen früh kümmere ich mich wieder um meine eigenen Angelegenheiten. Ich muss hier raus …«

»Eine kluge Entscheidung«, unterbrach ihn Senda.

Er nahm ein Foto aus seiner Brieftasche und gab es ihr.

»Das ist eine meiner liebsten Aufnahmen. Behalten Sie sie! Denken Sie an meine Tochter, wenn Sie diesen Cassel festnehmen. Sie und Ihre Leute leisten ausgezeichnete Arbeit.«

Das Bild zeigte ein lächelndes Kindergesicht.

»Ich danke Ihnen, weil Sie so viel Geduld mit mir gehabt haben.«

»Das war doch nicht der Rede wert …«

Senda fühlte sich unwohl. Schiller stand auf und zog sein Jackett an.

»Sie sind mir immer noch einen Abend schuldig. Wir sprechen dann über Élodie. Diese Woche, wenn Sie wollen.«

»Vielleicht«, sagte Senda. »Ich rufe Sie an.«

V

»Er ist es«, sagte Senda. »Davon bin ich überzeugt.«

Sie trug eine dunkelblaue Jacke über einem gleichfarbigen Herrenhemd aus Kaschmir; Jeans und Stiefeletten, die sie im Jahr zuvor in Venedig gekauft hatte, vervollständigten ihre Garderobe. Sie hatte sich besonders sorgfältig geschminkt, weil sie heute Geburtstag hatte.

»Haben Sie denn konkrete Beweise?«, fragte Gallo und musterte die Kommissarin mit einem seltsamen Blick. Ausnahmsweise trug sie weder ihre Lederjacke noch ihre Nike-Sneakers.

»Noch nicht. Aber es gibt zu viele Indizien und kleine Details, die auf ihn verweisen. Denen muss ich nachgehen.«

Gallo wandte sich an Garcia und Berthier, die stehen geblieben waren, während sich Senda hingesetzt hatte.

»Welchen Eindruck haben Sie gewonnen?«

»Da ist etwas dran«, antwortete Garcia. »Ich bin derselben Meinung.«

»Und Sie, Berthier?«

»Er ist der Hauptverdächtige. Sein Ruf ist nicht der beste. Ich hatte Gelegenheit, mit seinen Nachbarn und den Angestellten seines Unternehmens zu sprechen. Ohne die Protektion seines Schwiegervaters hätte er große Probleme mit der Börsenaufsicht kriegen können.«

»Es ist schon ein Unterschied, ob jemand, sagen wir … ein etwas zwielichtiger Banker ist oder ob er sechs Menschen ermordet hat, darunter die eigene Tochter«, sagte Gallo. »Da bin ich nicht Ihrer Ansicht. Warum sollte er sich dann derart exponieren?«

»Um Informationen über unsere Ermittlungen zu bekommen«, antwortete Berthier.

»Genau das verwundert mich. Das von Doktor Posso erstellte Täterprofil beschreibt das Bild eines Mannes mit hohem Intelligenzquotienten. Aber Schiller verhält sich kontraproduktiv. Wir verdächtigen ihn, weil er sich zu sehr für den Fall interessiert.«

Der Polizeichef schüttelte den Kopf. Dass Schiller so vorgehen könnte, schien ihn nicht zu überzeugen.

»Das ist ein kalkuliertes Risiko«, sagte Senda. »In seinem Beruf macht er das ganze Jahr über nichts anderes. Er geht kalkulierte Risiken ein. Dadurch fühlt er sich unverwundbar.«

»Ich verstehe Ihren Standpunkt. Warum hat er Ihnen gestern jedoch zu verstehen gegeben, dass diese Situation für ihn unerträglich sei? Die Logik erschließt sich mir nicht. Außer er hat etwas gemerkt und verwischt die Spuren. Vielleicht … wenn man es unter diesem Gesichtspunkt betrachtet.«

»Ich glaube, dass er genau das getan hat, Monsieur.«

»Nehmen wir mal an, Sie haben recht. Wie werden Sie jetzt vorgehen? Auf der Basis reiner Intuition bekommen Sie keinesfalls einen Durchsuchungsbeschluss. Da spielt der Richter nicht mit.«

»Wir werden die Kopien aller Fahrzeugscheine der Rover mit dieser Farbe kontrollieren müssen«, sagte Berthier, »und werden Wochen brauchen, bis wir die richtigen Besitzer herausgefunden haben.«

»Ist Schiller einmal wegen überhöhter Geschwindigkeit am Steuer eines Rover aufgefallen?«, fragte Gallo.

»Das haben wir überprüft. Er hat nur Strafmandate mit dem Jaguar.«

Garcia räusperte sich. Er kam nicht oft in dieses Büro. Es war das dritte Mal in seiner zwanzigjährigen Dienstzeit.

»Könnten wir in Betracht ziehen, ihn zu beschatten und sein Telefon abzuhören?«, sagte er schüchtern.

Auf diese Frage folgte ein langes Schweigen. Plötzlich schienen alle vier wie fasziniert von den verschlungenen Mustern auf dem Teppich zu sein.

Es war später Abend. Gedämpfte Motorengeräusche drangen zu ihnen ins Büro. Draußen herrschte Berufsverkehr.

Gallo stand auf. »Arbeiten Sie weiter an dem Rover«, sagte er.

Als sie aufstand und die beiden Polizeibeamten schon fort waren, bat Gallo: »Senda? Bitte bleiben Sie noch einen Augenblick.«

Sie drehte sich um. Gallo durchquerte das Zimmer und schloss die Tür. Sie standen sich von Angesicht zu Angesicht gegenüber. In ihren Blicken spiegelte sich Entschlossenheit.

»Ich weiß nichts von alledem. Versuchen Sie, möglichst unbemerkt zu agieren!«

Senda gesellte sich zu den anderen in einen Raum, in dem schon einige Kollegen auf sie warteten.

Sie trank ein Glas Champagner und knabberte ein paar Mandeln. Zum Geburtstag hatten sie ihr die Lederjacke geschenkt, von der sie schon lange träumte. Denn in ihrer alten Jacke hatte sie eher wie eine etwas schlampige Streunerin ausgesehen.

Senda richtete es ein, dass sie einen Moment ihre beiden Mitarbeiter allein sprechen konnte.

»Morgen fangen wir mit der Beschattung und dem Abhören von Schillers Telefon an«, murmelte sie.

VI

Senda aß allein zu Abend. Sie ging zu Fulvio, dem besten sardischen Restaurant in Paris, in der Rue de Poitou. Es gehörte zu der Kategorie Restaurant, die nur wenigen Auserwählten vorbehalten waren. Fulvio hatte das Gesicht eines gut aussehenden Straßenräubers und durfte sich zu ihren wenigen Freunden zählen. Der Cannonau war ausgezeichnet, und nach einem Teller Tagliatelle mit Poutargue, gefolgt von einem Tiramisu, fühlte sie sich von einer sanften Wärme eingehüllt, die sie von der Außenwelt abschirmte. Ehe sie ging, schenkte Fulvio ihr eine Flasche Sambuca. »Ein Geschenk des Hauses«, sagte er in seinem singenden Akzent.

Als sie das Restaurant verließ, glänzten ein paar Sterne am Himmel. Sie ging direkt nach Hause, da sie keine besondere Lust hatte, in Saint-Germain etwas zu trinken. Ihr Kopf war ein wenig schwer, aber sie hatte zwei Stunden lang nicht an den Fall gedacht.

Sie aß einen Rest Schokoladeneis und rauchte dabei eine Zigarette. Dann steckte sie das Telefon aus, schob zum zehnten Mal *Pulp Fiction* in den Videorekorder und schwor sich, ihren Geburtstag das letzte Mal auf diese Weise gefeiert zu haben.

Auf einmal schreckte sie aus dem Schlaf hoch. Sie war auf dem Sofa eingeschlafen. Der Bildschirm flimmerte grau, der Fernseher rauschte, und die Leuchtziffern ihrer Uhr zeigten zehn vor drei. Das waren die ersten Dinge, die ihr bewusst wurden.

Schwankend stand sie auf und wäre fast hingefallen, als sie sich am Couchtisch stieß. Sambuca war hinterhältig, Schlaftabletten auch. Der Aschenbecher fiel auf den Teppich. Warum wurde sie sogar am Abend ihres Geburtstags nicht in Ruhe gelassen? Mit einer unwirschen Geste verlieh sie ihrer schlechten Laune und ihrer Erschöpfung Ausdruck.

Zwei Polizeibeamte standen vor ihrer Tür im Treppenhaus.

»Was gibt's?«, fragte Senda.

Ihr Mund war trocken und ihre Stimme belegt. Ihr fiel ein, dass sie die Flasche ausgetrunken hatte.

»Inspektor Berthier versucht, Sie seit über einer Viertelstunde zu erreichen, aber die Leitung ist tot. Sie müssen sofort kommen. Ein dringender Einsatz.«

»Warten Sie unten, ich bin gleich da.«

Sie hielt den Kopf unter den Wasserhahn, schnupfte den Rest Koks und zog ihren Blouson an. Kurz bevor sie ging, steckte sie nach kurzem Überlegen ihre Pistole in den Gürtel.

Ein schwarzer Dienstwagen mit eingeschaltetem Blaulicht wartete auf sie. Jemand gab ihr das Funkgerät. Sie stützte sich auf das Fahrzeug und atmete tief durch.

»Ich höre.«

»Senda, ich bin vor dem Haus der Cassels. Beeilen Sie sich, den Rest erkläre ich Ihnen unterwegs.«

Sie setzte sich auf den Beifahrersitz und nannte die Adresse. »Los!«

»Soll ich die Sirene einschalten?«, fragte der Fahrer.

Widerwillig nickte sie. Mein Schädel wird explodieren, dachte sie.

Berthiers Stimme drang knisternd aus dem Lautsprecher. »In der Notrufzentrale ist gegen zwei Uhr dreißig ein Anruf aus dem Haus der Cassels eingegangen. Die Nachricht war nicht besonders gut zu verstehen. Es soll im Haus Tote geben. Ich habe das Viertel abriegeln lassen. Es brennt kein Licht, niemand macht auf, und das Telefon ist besetzt. Wir müssen eine Scheibe einschlagen, um ins Haus zu kommen. Was sollen wir tun?«

»Sind Sie als Einziger bewaffnet?«

»Nein. Eine der Spezialeinheiten ist hier.«

»Warten Sie nicht auf mich. Ich bin gleich da.«

Beim Einbiegen in Cassels Straße ließ Senda die Sirene abstellen. Sie hörte das Knattern eines Helikopters und sah den schwarz-weißen Rumpf sowie den Lichtkegel seines Scheinwerfers, der das Geschehen beleuchtete.

Nicht weit von hier hatte sie eine solche Szenerie schon einmal erlebt. Nachbarn im Pyjama, mit einem hastig übergeworfenen Mantel oder im Morgenrock, die über das Vorgefallene im Ungewissen gehalten wurden. Sie kannte die vor Angst geweiteten Augen, die bleichen Gesichter, die schwarz-weißen Karosserien der Streifenwagen, die weißen und blauen Lichter, die sich wie Stroboskope drehten.

Der Helikopter hatte an Höhe gewonnen. Er zog Kreise und suchte mit seinem Scheinwerfer die Umgebung ab.

Kurz bevor die Kommissarin ausstieg, wurde sie über Funk gerufen. Gallo war am Apparat. »Senda, ich habe gerade mit dem Privatsekretär des Präsidenten gesprochen. Die Polizei durchkämme sein Viertel, und einer unserer Helikopter kreise über seinem Haus. Veranstalten Sie da eine Verfolgungsjagd?«

»Das weiß ich noch nicht. Ich bin vor dem Anwesen der Cassels. Berthier ist mit einer Mannschaft der Spezialeinheiten im Haus. Ich rufe Sie gleich zurück.«

Sie beendete das Gespräch und rannte zur Villa. Gestalten mit Sturmgewehren kamen aus dem Gebäude. Einer der Männer stellte sich ihr in den Weg und nahm seine Tarnmaske ab.

»Bazille!«, sagte sie überrascht.

Die beiden hatten sich auf der Polizeischule kennengelernt und gemeinsam einen Lehrgang in den USA besucht.

»Für uns gibt es da drin nichts zu tun, ein richtiges Gemetzel. Der Mann hat sich schon vor unserem Einsatz umgebracht. Viel Glück, Schätzchen.«

Er knuffte Senda freundschaftlich und trat zur Seite. Sie lächelte ihn an und ging zur Haustür. Alle Lampen waren eingeschaltet.

»Berthier!«, rief sie.

»Hier bin ich.«

In einem solchen Zustand hatte sie ihn noch nie gesehen. Völlig aufgelöst. Seine Dienstwaffe hielt er noch in der Hand.

»Die Sache ist eindeutig«, sagte er.

»Sind unsere Leute schon im Haus?«

Er schüttelte den Kopf. Sie wandte sich an einen Polizisten in Uniform. »Bringen Sie uns Handschuhe und sterile Überziehschuhe. Lassen Sie niemanden ins Haus außer den Gerichtsmediziner und die Spurensicherung.«

Sie hoffte, dass die Männer des Einsatzkommandos den Tatort nicht zu sehr verändert hatten. Sie ging durchs Wohnzimmer: Auf einem Sekretär lag der Hörer neben dem Telefon.

In einem großen Schlafzimmer im ersten Stock fand sie die erste Leiche. Sie trat zu dem Himmelbett und schob den Vorhangstoff beiseite. Eine Gestalt, deren Kopf mit dem Hals einen bizarren Winkel bildete, schien im Schlaf getötet worden zu sein.

Sie erkannte die Frau wieder, die sich vor dem Gymnasium auf sie gestürzt hatte: Madame Cassel. Auf der Matratze waren noch die Mulden der beiden Körper zu sehen.

In einem anderen Zimmer fanden sie Sophie. Auf den ersten Blick schien sie unter denselben Umständen getötet worden zu sein. Ihr zierlicher Kopf hing verdreht herab und erinnerte an einen Vogel, dem man das Genick gebrochen hatte.

Berthier machte eine hilflose Geste.

»Der dritte Tote ist im Keller«, sagte er.

Er zog eine Plastiktüte, die für die Sicherstellung von Beweismaterial benutzt wurde, aus seiner Tasche und hielt sie Senda hin.

»Hier. Falls Sie den Impuls nicht mehr unterdrücken können.«

Sie spürte bereits, wie sich ihr Magen verkrampfte.

Eine Holztreppe führte in einen Raum, der als Spielzimmer eingerichtet war. Ein Karambolage-Billard-Tisch nahm die Hälfte des Zimmers ein. Auf einer Anrichte in einer Ecke stand ein Fernseher, ihm gegenüber eine Couch. Drei Betonstufen führten in eine Werkstatt, die als Garage diente, und in der der Rover stand, dessen Kofferraumdeckel aufgeklappt war.

Dort hing Paul Cassel. Er war nackt und warf durch seinen erigierten Penis einen grotesken Schatten. Der Metalldraht um seinen Hals war an einem Haken befestigt, der aus einem Betonträger hervorragte. Der Draht hatte das Fleisch teilweise zerschnitten.

Über sein Geschlecht war ein Präservativ gezogen. Es zeigte Spuren von Blut und einer anderen, dunkleren Substanz und roch nach Fäkalien.

Senda konnte ihren Brechreiz nicht länger zurückhalten und ging nach draußen. Nach einigen Minuten ließen die Krämpfe nach, und sie fühlte sich etwas besser. Berthier kam mit einem Glas Wasser zurück. Sie spülte sich den Mund aus.

»Es ist noch nicht zu Ende«, sagte er. »Nehmen Sie davon.«

Sie rieb sich Mentholsalbe unter die Nase und warf ihm einen dankbaren Blick zu.

Die beiden gingen in die Werkstatt zurück.

»Hinter dem Rover«, sagte er und deutete auf die Stelle.

Sie tastete sich vorsichtig voran und achtete sorgfältig darauf, keine Spuren zu verwischen.

Als sie das Auto umrundete, verschlug es ihr schier den Atem. Zwei Neonröhren an der Decke waren hell genug, damit sie erkannte, was sich dort unten befand.

Ein Leichnam lag auf dem Boden. Der Körper musste aufgeschlitzt worden sein, denn die Eingeweide waren aus der Bauchhöhle herausgerissen worden und lagen als klebrige, helle Masse daneben. Die gewaltsam gespreizten Schenkel waren mit Exkrementen bedeckt. Eine dunkle, schmutzig wirkende Pfütze breitete sich unter dem Fahrzeug aus.

Die Tote musste ein sehr junges Mädchen sein, wenn man ihre Körpergröße in Betracht zog. Ihre Hände waren auf dem Rücken gefesselt, und an ihren Knöcheln waren offene Verletzungen, die aussahen, als seien sie von Fußeisen verursacht.

Das Blut war an die Wände und die Karosserie gespritzt. Jemand hatte damit folgende Worte an die Wand geschrieben: DER ERSTE IST DER LETZTE.

VII

Die gerade beendete Pressekonferenz hatte acht Tage nach dem Polizeieinsatz im Haus der Cassels stattgefunden.

Als wichtigsten Grund für diese Verzögerung nannten die Behörden die Sorgfalt, mit der sie die Untersuchung geführt hatten, und dass alle Indizien aufs Genaueste hätten ausgewertet werden müssen.

Die Autoren dieses zweihundertzwanzig Seiten umfassenden vertraulichen Berichts kamen zu dem Schluss, dass Monsieur Paul Cassel als alleiniger Täter für die tragischen Ereignisse infrage komme und er Selbstmord begangen habe, ehe er festgenommen werden konnte.

Die Presse sei über den Anruf informiert worden, den der Anwalt kurz vor seinem Suizid gemacht und der die Beamten der Kriminalpolizei veranlasst habe, in sein Anwesen einzudringen, leider jedoch zu spät, um den Opfern zu helfen.

Senda schaltete den Fernseher aus. Zumindest in einem Punkt hatte der Pressesprecher der Polizei die Wahrheit gesagt. Das Labor hatte nichts gefunden. Keine Hinweise, die auf eine Inszenierung hindeuteten. Alles passte zusammen: das Blut, die Fingerabdrücke, die Fasern, bis hin zu den Haaren von Alicia Molina, dem jungen Opfer im Haus der Cassels, das im Kofferraum des Rover gelegen hatte.

Die Kommissarin hörte sich ein letztes Mal die Aufnahme an: »Mein Name ist Paul Cassel. Ich habe sie getötet, alle. Der Erste ist der Letzte.«

Alicia Molina, das erste Entführungsopfer, war wahrscheinlich als Letzte gestorben. Die beiden anderen Leichen der verschleppten Jugendlichen waren immer noch nicht gefunden worden.

Die Stimme des Mörders auf dem Band war nicht wiederzuerkennen. Eine metallische, atemlose Stimme. Das war nicht ungewöhnlich: Der Mann befand sich in einer Phase der Befreiung. Jetzt sprach nicht mehr der Anwalt, sondern der andere, der Psychopath, der seine unbändige Wut und somit seine zwanghaften Impulse auslebte.

Gallo hatte Senda für ihre Intuition bezüglich der kleinen Sophie gelobt. Sie teilte die Meinung ihres Vorgesetzten nicht. Denn sie fühlte sich für den Tod dieser Familie verantwortlich.

Nun hatte sie eine Woche Urlaub. Sie würde am nächsten Morgen zu ihren Eltern nach Tunis fliegen. Ein Aufenthalt am Meer würde ihr guttun.

Ausweglos

Kapitel 1

Los Angeles, Gegenwart

I

»Das ist die ganze Geschichte«, sagte Senda. »Ich habe Raphaël Schiller nie wiedergesehen, er hat mich auch nie angerufen. Er ging auf Reisen. Ein paar Monate später wurde sein Haus verkauft, seine Bankkonten aufgelöst, sein Geschäft aufgegeben. Paul Cassel wurde offiziell als Täter für die Morde und die Entführungen erklärt und die Akte endgültig geschlossen.«

Sie stand auf und ging an die Minibar.

»Was trinken Sie?«

»Ein Bier, bitte.«

Tony Perez erhob sich und nahm die Dose Budweiser, die sie ihm reichte. Senda war genauso groß wie er. Er machte einige Schritte durch das Zimmer. Die Kommissarin blickte aus dem Fenster auf den Ozean, der jetzt schwarz war.

Perez sah sie an. Er schien besorgt.

»Etwas verstehe ich nicht.«

»Was?«, fragte Senda.

»Ihr Verdacht gegen Schiller ist durch keinen einzigen Beweis erhärtet worden. Warum sind Sie dann so felsenfest von seiner Schuld überzeugt?«

Sie wurde etwas blass, zuckte aber nicht mit der Wimper.

»Glauben Sie auch nur eine Sekunde«, sagte Senda pikiert,

»dass ich mich gemütlich zurücklehne und diesen Kerl weiter morden lasse?«

Ihr Blick war hart wie Stein.

»Ich glaube nicht, dass Sie das noch etwas angeht«, antwortete Perez und versuchte, überzeugend zu klingen.

»Na gut, aber dann können Sie nicht auf mich zählen.«

Sie ging ins Nebenzimmer und schlug die Tür hinter sich zu, als könne sie so viel Dummheit nicht eine Minute länger ertragen. Nach fünf Minuten kam sie wieder zurück. Perez wusste, dass seine Kollegin zutiefst frustriert war. Sie öffnete ihre Tasche und hielt ihm eine Zeitschrift hin.

»Das ist hier bei Ihnen erschienen. Ein Lokalmagazin«, sagte sie, schlug es auf und legte es auf das Möbelstück, das zugleich als Sekretär und Frisiertisch diente. »Schauen Sie sich das Foto an. Kennen Sie diesen Mann?«

Perez beugte sich über die Zeitschrift. Er betrachtete ein Foto von einem Galaempfang. Männer im Smoking lächelten in die Kamera. Er erkannte den Bürgermeister und zwei seiner Berater; lokale Berühmtheiten und Medienstars, die an runden Tischen standen. Um ein Gesicht am Tisch des Bürgermeisters war ein Kreis gezogen.

»Das ist Connely«, sagte Perez. »Vincent Connely. Warum?«

Er kannte Connely nicht persönlich, doch der Mann bekleidete eine wichtige Position im wirtschaftlichen und politischen Leben von Los Angeles.

»Und nun werfen Sie einen Blick auf diese Titelseite des *Figaro* von vor einigen Jahren. Das ist Schiller.«

Die Haltung der beiden Männer war nicht dieselbe. Schiller sah eher wie ein Student aus, während man bei Connely den selbstbewussten und etablierten Geschäftsmann ahnte. Connelys Gesichtszüge schienen gröber zu sein; Schiller hatte kürzere und dunklere Haare.

»Ich weiß nicht. Schwer zu sagen. Es gibt natürlich eine gewisse Ähnlichkeit, aber …«

»Zwischen diesen Fotos liegen viele Jahre, Tony. Ganz zu schweigen von der plastischen Chirurgie.«

Perez musterte die Aufnahmen noch einmal.

»Ganz ehrlich, ich kann Ihnen das nicht bestätigen.«

»Es ist derselbe Mann. Er ist es. Er entführt, vergewaltigt und tötet wieder. Wie damals in Paris.«

»Wie sind Sie an diese Zeitschrift gekommen? Die erscheint nur in einer begrenzten Auflage für Einheimische.«

»Durch Zufall. Ich war vor zwei Jahren in Santa Monica«, antwortete Senda.

»Und wie haben Sie von den vermissten Kids bei uns erfahren?«, fragte Perez.

Senda zog ein Dokument aus einem braunen Umschlag. »Durch das FBI. Das sind die erkennungsdienstlichen Angaben mit den Namen und den Beschreibungen der Jugendlichen, die bei Ihnen verschwunden sind.«

»Ist das ein Routineverfahren?«, fragte Perez verwundert. Für ihn war das FBI ein Synonym für Fucking Bureau of Incompetents.

»Nein«, sagte Senda lächelnd. »Aber seit ich Schiller in dieser Zeitung wiedererkannt habe, habe ich ein Informationsnetzwerk aufgebaut.«

Perez schüttelte den Kopf. Eigensinn scheint einer der Hauptcharakterzüge der Französin zu sein, dachte er.

»Wussten Sie auch über die Radierung Bescheid?«

»Das haben Sie mir vorhin im Auto bestätigt. Allerdings war ich mir dessen praktisch sicher, sonst wäre ich nicht hier. Wir haben den Wortlaut der in den Häusern der Opfer zurückgelassenen Botschaft nie veröffentlicht, Tony. Das kann keine zufällige Übereinstimmung oder ein Trittbrettfahrer sein. Er ist es.«

»Was schlagen Sie vor?«

»Das sind die Fingerabdrücke von Schiller«, sagte sie und seufzte. Dann übergab sie ihm eine Karteikarte. »Connely ist Eigentümer von Hotels, Restaurants und Bars. Also muss er eine Lizenz für den Alkoholausschank haben. Dafür musste er sich seine Fingerabdrücke abnehmen lassen, das ist bei solchen Dokumenten vorgeschrieben. Sie können ganz einfach vergleichen, ob es dieselben sind und zwar ohne, dass er es merkt.«

»Selbst wenn die Fingerabdrücke überstimmen sollten, dürfen Sie aber nicht hoffen, dass wir ihn einfach auf einen mehrere Jahre alten Verdacht hin verhören!«

»Bloß nicht! Lassen Sie ihn in Ruhe! Laden Sie ihn erst vor, wenn Sie genug Beweise gesammelt haben«, sagte Senda erschrocken.

»Danke für den Tipp. Wir sind keine Amateure.«

»Sie kennen Raphaël Schiller nicht! Glauben Sie mir, mit jemandem wie diesem Mann hatten Sie noch nie zu tun.«

Perez überlegte. Hatte Senda Barhi ihm alles über diesen Schiller erzählt?

»Ich bin müde, Tony. Ich muss schlafen.«

»Das war ein langer Tag für Sie. Danke für das Bier. Ich hoffe, Sie irren sich nicht im Hinblick auf Connely.«

»Ich irre mich nicht. Da hatte ich nie auch nur den geringsten Zweifel.«

Perez nickte ihr zu und ging. Als er wieder in der lauen und feuchten Luft der Bucht stand, wurde ihm bewusst, wie aufgeladen und angespannt diese Frau war; eine Atmosphäre, die sie fast greifbar umgab.

11

Am Nachmittag des nächsten Tages fand im Büro von Eduardo Navarro, dem Oberbürgermeister von L. A., eine Sitzung statt.

»Irgendetwas stimmt mit ihrer Geschichte nicht«, sagte Perez. »Senda Barhi gehört nicht zu den Menschen, die lockerlassen, wenn sie sich einmal festgebissen haben. Erst wollte sie Schiller abhören und beschatten lassen, dann hat sie alle Ermittlungen eingestellt. Schiller ist einerseits offiziell unschuldig, verschwindet aber ohne offensichtlichen Grund, beendet in Frankreich alle seine Geschäfte und taucht bei uns unter der Identität eines Vincent Connely wieder auf.«

William Ingham, der Polizeichef, und Michael Brennan vom FBI betrachteten nacheinander die beiden Zeitschriften. Auch Peter Madsen, der District Attorney, war anwesend.

»Ich kenne Connely persönlich«, sagte der Bürgermeister. »Dieser Verdacht ist nicht haltbar. Er ist seit sechs Jahren mit der Tochter von Raul Carvajal verheiratet. Die beiden haben einen Sohn …«

»Alle kennen Connely, Ed. Und alle wissen um seine Beziehungen zur mexikanischen Community in L. A. und deren Führer. Aber was wissen wir wirklich über diesen Mann?«, fragte Madsen.

»Die Fotos besagen gar nichts«, fuhr Navarro fort. »Darauf kann man sich nicht verlassen. Und diese französische Schnüfflerin, wer sagt uns, dass diese Frau überhaupt kompetent ist?«

»Sie ist die Nummer eins der Pariser Kriminalpolizei«, sagte Madsen mit Blick auf seine Aufzeichnungen. »Einer Stadt mit immerhin fast zehn Millionen Einwohnern. Wir müssen ihre Zweifel wenigstens berücksichtigen.«

»Ich bin auch dafür«, sagte Ingham. »Selbst wenn ihre Geschichte Lücken aufweist. Sie ist immerhin gekommen, um uns zu warnen. Auf jeden Fall ist das der erste Anhaltspunkt, den wir bei diesen Entführungen haben.«

»Ich bin dagegen«, sagte Navarro, »solange nicht bewiesen ist, dass Schiller und Connely ein und dieselbe Person sind.«

Madsen wandte sich jetzt an Brennan.

»Michael?«

Brennan stand auf, ging um den ovalen Mahagonitisch und legte jedem der Männer eine Mappe hin.

»Wir haben das schon überprüft. Sie hat recht.«

Der Bürgermeister steckte die Niederlage ein, ohne mit der Wimper zu zucken. Er machte sich nicht einmal die Mühe, die Auswertungen des Labors zu lesen. Sofort wandte er sich an den District Attorney.

»Wie gehen Sie jetzt vor?«, fragte Navarro.

»Michael«, bat Peter den FBI-Beamten, »wir brauchen alles über das Leben dieses Typen, seitdem er in den Staaten lebt. Kontaktieren Sie das Sittendezernat, die Finanzbehörde, die Einwanderungsbehörde, einfach alle.«

Als sie Navarros Büro verließen, fragte D. A. Madsen Tony Perez: »Wo wohnt Miss Barhi?«

»Im Marriott.«

»Ich erwarte Sie morgen mit ihr in meinem Büro. Punkt achtzehn Uhr.«

Kapitel 2

I

Tony Perez kam fast eine Stunde zu spät. Er ließ die Augen über die an der Bar hockenden Gestalten gleiten. Hinten im Saal schnippte jemand mit den Fingern. Er ging am Tresen entlang, an dem Singles beiden Geschlechts klebten und nach Abenteuern suchten, und sein Blick blieb bisweilen an einem schlanken Hals oder einer schön geschwungenen Schulter hängen.

»Ich wollte gerade gehen«, sagte Art Liep.

»Tut mir leid, ich konnte mich nicht früher freimachen.«

Sie gaben sich die Hand, dann ließ sich Perez auf die lederbezogene Bank fallen.

»Gibt es was Interessantes für mich?«, fragte Liep lächelnd.

Perez knabberte ein paar Erdnüsse und bestellte einen Bourbon. Er hatte Liep, einen Journalisten vom *Herald*, vor einigen Monaten anlässlich eines heiklen Falls kennengelernt. Eine junge Deutsche hatte sich beim Verlassen des Flughafens in ein gefährliches Viertel verirrt. Als sie anhielt und nach dem Weg fragte, hatten zwei Schwarze sie vor den Augen ihrer Familie ermordet und ausgeraubt. Liep hatte den Fall mitverfolgt und eine Reihe von Artikeln geschrieben, die dem Bürgermeister gefallen hatten. Denn er hatte sich bemüht, das Image der Stadt zu wahren und Lokalpolitiker zu unterstützen. Der Vorfall hatte klein gehalten werden müssen, um Touristen nicht abzuschrecken. Dafür musste man sich an gewisse Spielregeln halten. Die Schilder an der Flughafenausfahrt waren geändert und die Kennzeichen der Mietwagen an die der anderen Autos angeglichen worden. Gleichzeitig wurde jedoch vermieden, von einer schwarzen Gang zu sprechen, die dort ihr Unwesen trieb und über die mit Ausnahme der Touristen alle Bescheid wussten. Seitdem verfügte Art Liep über gute Kontakte zum Rathaus.

Der junge Journalist war blond und hatte blaue Augen, war Emerson-Absolvent und lebte seit vier Jahren in L. A. Seit Kurzem moderierte Art einmal in der Woche eine Sendung auf Kanal 7. Er repräsentierte eine Bevölkerungsschicht, deren Wähler Navarro, ein katholischer Mexikaner der zweiten Generation, für sich gewinnen wollte. Perez mochte ihn.

»Was ist eigentlich los?«, fuhr Liep fort. »Sie waren heute Nachmittag beim Bürgermeister. Der ganze Verein! Ihr Chef, Madsen, das FBI; die Spitzenleute bei der Verbrechensbekämpfung ...«

»Wollen Sie mir etwas erzählen?«

»Nichts, was Sie nicht schon wüssten, Tony.«

Sie bestellten noch eine Runde, dazu Chicken Wings mit scharfer Sauce.

»Geht es um diese vermissten Kinder? Ihr seid jetzt bei Nummer ...«

Liep zog sein Notizbuch aus der Hemdtasche und setzte seine Brille auf.

»... vier, glaube ich. Eine gewisse Sarah Madoone aus La Brea.«

Perez schwieg.

»Ich verstehe etwas von meinem Beruf, Perez. Ich weiß, wie man die kleinen Informationsschnipsel zusammensetzen muss, auch wenn ihr versucht, sie möglichst unwichtig erscheinen zu lassen.«

»Hören Sie auf. Ihr Journalisten versucht ständig um jeden Preis, Zusammenhänge zu konstruieren, wo es keine gibt. Jeden Tag laufen Kinder von zu Hause weg.«

»Das ist Quatsch, Tony! Sollte diese Geschichte jemals aufgedeckt werden, wird es Sie alle teuer zu stehen kommen. Ich repräsentiere die Steuerzahler, und diese Leute bestimmen die finanziellen Mittel der Polizei. Die Wähler würden Ihnen mehr Verständnis entgegenbringen, wenn Sie sie über den Stand Ihrer Ermittlungen informieren.«

Perez zwang sich nachzudenken. In seiner Position konnte er es sich nicht einmal erlauben, bruchstückhafte Informationen preiszugeben. Diese Entscheidung musste von oben kommen. Liep hatte nicht unrecht: Die Polizei war an einem Punkt angelangt, wo sie etwas durchsickern lassen musste. Und wenn auch nur als vorbeugende Maßnahme.

»Reden Sie mit Ingham darüber«, beharrte Liep. »Halten Sie mich auf dem Laufenden. Ich möchte diese Informationen exklusiv haben. Ich bin voll auf Ihrer Seite, Tony. Sie müssen Scheiße fressen, und die da oben ernten dann auf den Pressekonferenzen die Lorbeeren. Ich kümmere mich um Navarro und den District Attorney. Diese Typen brauchen uns, um wiedergewählt zu werden.«

Er schwieg kurz, damit Perez Gelegenheit hatte, den Vorschlag abzuwägen.

»Also? Wie sieht Ihr nächster Schritt aus?«

Perez leckte sich die Reste der scharfen Sauce von den Fingern, trank einen Schluck Bourbon und drehte sich um.

»Die junge Frau an der Bar. Die mit dem schwarzen T-Shirt, die jetzt gerade zu uns herüberschaut.«

II

Nachdem Senda Perez' Nachricht erhalten hatte – er würde sie um siebzehn Uhr dreißig zu einem Gespräch mit dem District Attorney abholen –, kaufte sie sich in einer Boutique im Hotel einen Badeanzug und fuhr mit dem Shuttleservice zum Strand.

Obwohl sie sich mit einer Sonnencreme eingerieben hatte, verbrannte ihr die Sonne die Schultern und Beine. Sie musste eingeschlafen sein. Ihr Nacken war verschwitzt und ihr Körper wie gelähmt. Das Meer war kalt und hatte eine Farbe, die sonst Reiseprospekten vorbehalten war. Sie ließ sich ins Wasser gleiten und trieb auf dem Rücken dahin, während sich ihr Blick im Blau des Himmels verlor.

Ich werde bald zweiundvierzig. Und mein Liebesleben ist praktisch nicht existent.

Ich habe keine Lust darüber nachzudenken, nicht hier. Das hebe ich mir für verregnete Tage in Paris auf, für den grauen Alltag der Vorstädte und Körper, die so schwer auf dem Boden liegen, mit einem Gewicht, das nur der Tod verleiht, und für Blut, dessen Farbe nicht einmal mehr rot ist.

Sie duschte am Strand, aß ein Sandwich und gab ein paar Hundert Dollar in einem Abercombie & Fitch-Laden aus. Sie kaufte eine weiße Baumwollbluse, einen Jeansrock, der etwas kürzer als üblich war, und ein Paar Sandalen. Sie setzte sich auf die Terrasse eines Cafés, bestellte einen Espresso und zündete sich eine Zigarette an.

Vorhin war sie in Richtung des Normandy gegangen, eines der Hotels in Connelys Besitz. Dass sie unter diesen Umständen wieder auf seine Spur stoßen würde, hatte sie nicht gedacht, hier, an der kalifornischen Küste. Sie hatte angenommen, er würde eher in Asien untertauchen, wo Kinderprostitution keine Empörung hervorrief.

Sie war nicht die Einzige, die hinter Schiller her war. Was

die Herkunft der Zeitschrift betraf, so hatte sie gelogen. Sie war ihr geschickt worden. Jemand manipulierte sie, aber momentan konzentrierte sie sich auf ihre Beute und nicht auf den anderen Jäger.

Auf wen hatte er es abgesehen? Auf Schiller? Auf Connely? Es sei denn, er hatte sie im Visier.

Als Tony Perez die Lobby des Marriott betrat, wartete Senda in einem der tiefen Sessel nahe der Rezeption auf ihn. Er brauchte ein bisschen, ehe er sie wieder erkannte. Sie trug ihre Haare offen, und ihre Blässe war verschwunden: eine elegante junge Frau, die ihre Ferien in einem schicken Hotel verbrachte. Ihr Blick hat sich nicht verändert, dachte Perez. Er wird sich nie verändern. Sie setzte ihre Sonnenbrille wieder auf. Er mochte ihr Parfüm. Es war nicht dasselbe wie am Tag zuvor.

»Ihr Parfüm gefällt mir«, sagte er kühn.

Sie musterte ihn verächtlich durch ihre Gucci-Brille und ignorierte das Kompliment.

»Es geht mir einfach nicht aus dem Kopf, dass ich den Familien, den Opfern und mir selbst etwas schuldig bin.«

Tony drückte Sendas Hand.

»Das kann ich gut verstehen«, sagte er. »Das kann ich wirklich gut verstehen.«

III

Peter Madsen stand in dem Ruf, als District Attorney keine besonders glückliche Hand zu haben. Immerhin hatte er bisher schon einige wichtige Fälle verloren. Er war ein großer, schlanker Schwarzer mit einem kurzen, weiß gesprenkelten Bart.

Als Tony Perez und Senda sein Büro betraten, waren auch

der FBI-Agent Brennan und ein freundlicher junger Mann namens Jim Nash, ein Assistent Madsens, anwesend.

»Seien Sie willkommen, Miss Barhi«, sagte Madsen und stand zur Begrüßung auf. »Wir wollten gerade über Connely sprechen. Bevor wir anfangen, wollte ich Ihnen dafür danken, dass Sie persönlich angereist sind. Wir alle hier« – er zeigte in die Runde – »sind Ihnen für Ihre Unterstützung sehr dankbar.«

Er wandte sich an Brennan. »Bitte, Michael, wir hören.«

»Connelys erste Einreise in die Staaten liegt neun Jahre zurück. Er legte einen australischen Pass auf den Namen Connely vor, den Mädchennamen seiner Mutter«, las Brennan laut aus der Akte.

Er hob den Kopf und zupfte seine Krawatte zurecht. Seit sechs Jahren lebte er in L. A. und leitete das örtliche Büro des FBI. Das Klima und das Bier hatten dafür gesorgt, dass er in die Breite gegangen war.

»Er wurde amerikanischer Staatsbürger, nachdem er die Tochter von Carvajal geheiratet hat, eine Lokalgröße der mexikanischen Bürger der Stadt«, erklärte er für Senda. »Vonseiten des FBI ist das alles. Er ist lupenrein, sogar die Drogenfahndung hat ihm nichts vorzuwerfen.«

Er klappte die Mappe zu und legte sie auf Madsens Schreibtisch.

»Das ist alles, was ich habe. Tut mir leid.«

»So ein Typ muss doch Dreck am Stecken haben!«, entfuhr es Tony. »Zumindest mehr als ein paar Strafzettel wegen überhöhter Geschwindigkeit …«

»Anscheinend nicht. Er ist hier mit vielen Millionen Dollar angekommen, die er ganz legal aus Sydney überwiesen hat«, erklärte Nash.

Er stand mit einem Block in der Hand da und lehnte sich an die Glastür des Büros.

»Seine Heirat hat es ihm ermöglicht, das Kapital von Carvajals Freunden an sich zu ziehen und bei den Banken beträchtliche Kredite aufzunehmen. Diese Leute haben Hotels, Restaurants, Bars und Grundstücke an der Küste gekauft. Letztes Jahr ist das Unternehmen an die Börse gegangen. Seitdem hat die Aktie um dreißig Prozent zugelegt, eine Kapitalanhäufung von fast sechshundert Millionen Dollar.«

»Wenn durchsickert, dass wir ihn verdächtigen, könnte das unter den Aktionären Panik auslösen«, sagte Madsen. »Und sollten wir keine stichhaltigen Beweise für eine Anklage haben, wird er gerichtlich gegen uns vorgehen.«

»Das ist noch nicht alles, Pete. Connely ist ein bedeutender Förderer aller möglicher städtischer Wohltätigkeitsvereine, und er war einer der größten Geldgeber für die Wahlkampagne des Gouverneurs.«

»Und es gibt nichts über seine Vergangenheit?«, fragte Madsen, als habe er das alles nicht gehört.

»Für uns beginnt seine Existenz vor neun Jahren«, sagte Brennan. »Was den Rest angeht, ist Miss Barhi weitaus besser informiert als wir.«

Senda hatte Lust auf eine Zigarette, aber ein deutlich sichtbares Verbotsschild hielt sie vom Rauchen ab.

In diesem Moment fragte Madsen sie: »Was wissen Sie über diesen Mann?«

»Das steht alles in dem Bericht, den ich Sergeant Perez gegeben habe«, antwortete Senda und fügte nach einer Weile hinzu: »Ich möchte Akteneinsicht haben, was die vermissten Kinder betrifft.«

Pete Madsen warf Tony Perez einen Blick zu.

»Das erscheint mir beim gegenwärtigen Stand der Dinge unmöglich«, sagte der D. A. »Allerdings brauchen wir alle Informationen über die Geschehnisse in Paris. Können Sie uns ...«

»Die Akte ist nicht mehr in meinem Besitz. Sie befindet sich im Archiv des Justizministeriums. Deshalb müssen Sie einen formellen Antrag stellen.«

»Wie lange wird das Ihrer Ansicht nach dauern?«

»Ich weiß es nicht. Drei oder vier Wochen vielleicht. Doch bis dahin kann er wieder zugeschlagen haben.«

Madsen stand auf.

»Ich lasse Sie zu Ihrem Hotel zurückbringen. Vielen Dank, dass Sie sich Zeit genommen haben. Ich kenne Ihre Anweisungen nicht, aber sollten Sie sich entschließen, noch ein paar Tage hier zu bleiben, werde ich Sie auf dem Laufenden halten.«

Als Senda gegangen war, wandte sich Madsen an Brennan und Perez.

»Heute Nachmittag hatte ich ein Gespräch mit dem Bürgermeister und dem Polizeichef. Wir werden ein paar Informationen preisgeben, eine Großrazzia durchführen und versuchen, auf diese Weise die vermissten Kids zu finden. Darauf haben wir uns geeinigt. Den Inhalt der Botschaft werden wir nicht präzisieren, sondern lediglich bekannt geben, dass eine entfernte Ähnlichkeit dieser Schreiben bedeuten könnte, dass es sich um ein und denselben Täter handelt. Perez, anscheinend haben Sie einen Freund, der Journalist ist und das übernehmen kann.«

Perez unterdrückte ein Lächeln. Art Liep hatte keine Zeit verloren. »Stimmt.«

»Von jetzt an sind Sie seine Nachrichtenquelle. Ich habe das mit Ihrem Chef abgesprochen. Wir werden ihm die Informationen aber nur sehr sparsam herausgeben. Und natürlich kein Wort über Connely.«

»Ich habe Neuigkeiten«, sagte Perez. »Ich wollte in Miss Barhis Anwesenheit nicht darüber reden. Ashley Madoone hat für das Normandy gearbeitet. Es wird noch besser. Ich habe die Familien angerufen, und alle hatten zu irgendeinem Zeitpunkt mit einem von Connelys Unternehmen zu tun. Das ist doch sonderbar, oder?«

Der Detective nahm ein zusammengefaltetes Blatt Papier aus seiner Tasche und gab es Madsen.

»Das ist das einzige Exemplar. Und ich bin der Einzige, der darüber Bescheid weiß.«

Madsen setzte seine Brille auf und überflog das Dokument.

»Wir werden sehr vorsichtig vorgehen müssen, Perez, äußerst vorsichtig. Die Verbindung ist viel zu schwach, und das sind ganz, ganz hohe Tiere.«

Wieder in ihrem Hotel zurück, ging Senda gleich darauf in ein nahe gelegenes Einkaufszentrum. Von einem öffentlichen Telefon aus verlangte sie eine Nummer in Paris. Sie wollte nicht aus ihrem Zimmer anrufen, da sie nicht wusste, ob der Anschluss abgehört wurde.

Sie vernahm die Stimme von Charles, der etwas verschlafen klang.

»Wie weit sind Sie da drüben?«, fragte er.

»Ich habe noch keine Einsicht in die Ermittlungsakten, aber ich hoffe, das wird sich bald klären. Was Schiller betrifft, nichts, was ich nicht schon wusste.«

»Was haben Sie denen erzählt?«

»Nur das, was sie unbedingt erfahren mussten. Doch ich vermute, das wird ihnen nicht reichen. Sie werden einen Antrag stellen, damit sie komplette Einsicht in unsere Akten bekommen.«

Es entstand ein Schwiegen in der Leitung.

»Ich fürchte, dass das sehr lange dauern wird. Unsere Justiz nimmt es mit solchen Verfahren sehr genau. Wer ist vor Ort für die Ermittlungen zuständig?«

»Wenn Connely offiziell angeklagt wird, Peter Madsen, der District Attorney.«

»Ich will sehen, was ich in Washington erreichen kann, damit er Sie bei dem Fall mitmischen lässt. Aber ich muss absolut diskret vorgehen, sonst schöpfen die Amerikaner Verdacht. Senda?«

»Ja.«

»Sie bleiben da drüben. Sie müssen an vorderster Front sein, falls ...«

»Ich habe verstanden.«

»Wir stehen voll hinter Ihnen.«

»Danke.«

IV

Tony Perez traf sich mit Art Liep in der Bar des Prezzo's, einem italienischen Restaurant in Brentwood, das gerade angesagt war. Liep schob dem Detective den Barhocker zu, den er für ihn freigehalten hatte.

»Der Merlot ist köstlich. Soll ich Ihnen ein Glas bestellen?«

Die Bar war voller schöner Frauen. Zwölf Dollar für ein Glas Wein: Das war nicht die Art Etablissement, in dem Perez gewöhnlich verkehrte, aber heute war er Gast des Journalisten. In der Rolle des Informanten fühlte sich Perez nicht besonders wohl. Immerhin hatte die Polizei eine Presseabteilung, der District Attorney ebenfalls. Wieder würden die Politiker es schaffen, ihre Botschaft unters Volk zu bringen. Und sicherlich würde ihnen Liep Gleiches mit Gleichem vergelten.

Detective Perez war für die Ermittlungen vor Ort zuständig. Er kannte den Fall ganz genau, und er kannte Art, und ihm gefiel die Arbeitsweise des Journalisten.

Wenn ich es mir recht überlege, konnte etwas Werbung für Tony Perez nicht schaden. Ich muss langsam an meine Karriere denken, dachte der Sergeant. Der Geruch der Leichen, des Äthers und Formols, das entweder zu heiße oder zu kalte, aber immer schlecht schmeckende Essen, das alles schlägt mir allmählich auf den Magen.

Er probierte den Wein, der samtig weich, gleichzeitig aber frisch und fruchtig war.

»Haben Sie grünes Licht bekommen?«

»Ja.«

Perez beugte sich zu ihm herüber.

»Sie hatten recht. Es scheint eine Verbindung zwischen den vier verschwundenen Kids zu geben. Bis jetzt ist das zwar nur eine Hypothese, aber wir versuchen, sie zu untermauern. Das FBI arbeitet ebenfalls daran. Es gleicht die vorhandenen Fakten mit ihren Dateien ab.«

»Könnte es sich um einen Serienkiller à la Jeffrey Dahmer handeln?«

»Ich hoffe nicht!«

»Haben Sie bereits eine Spur?«

»Nicht wirklich. Wir gehen verschiedenen Indizien nach. Einige sind vielversprechender als andere.«

Perez warf dem Journalisten einen schrägen Blick zu. Liep lachte.

»Sie haben in letzter Zeit zu viel mit Politikern zu tun, Tony. Sie reden schon wie die. Ich brauche mehr Informationen. Die Öffentlichkeit wird sich nicht mit Ihren vagen Andeutungen zufrieden geben.«

»Wir haben eine heiße Spur, aber keine Beweise. Sollten wir jemanden festnehmen, werden Sie als Erster informiert.«

»Welche Verbindung besteht zwischen den Fällen?«

»In der Wohnung der vermissten Kinder wird immer eine

Botschaft hinterlassen. Der Inhalt ist streng vertraulich, ich kann Ihnen daher nicht …«

»Aus Angst vor Trittbrettfahrern?«

»Unter anderem.«

Die beiden bestellten Risotto und eine Flasche Pinot Noir.

»Wir planen eine Großrazzia im gesamten Bundesstaat. Dabei werden alle Kräfte mobilisiert«, sagte der Detective.

»Wenn Sie etwas finden, will ich vor den anderen da sein. Wer steckt hinter diesen Entführungen?«

»Alle möglichen Psychopathen. Sadisten, Sektenanhänger, Organhändler …«

»Die beiden letzten Kategorien würde ich ausschließen.«

»Warum?«

»Wegen der Botschaft. Solche Organisationen meiden im Allgemeinen die Öffentlichkeit.«

»Nicht, wenn sie uns vom Gegenteil überzeugen und uns glauben machen wollen, dass es sich bei dem Täter um einen Geisteskranken handelt.«

Liep zuckte mit den Schultern.

»So raffiniert sind die nicht. Das wäre das erste Mal.«

Sie aßen ihr Risotto. Für den Preis hätten mehr Meeresfrüchte drin sein können, fand Perez. Vor seiner Verabredung war er kurz zu Hause gewesen und hatte sich umgezogen: Er trug nun Jeans und ein Sporthemd. Das war eine gute Idee gewesen, denn sein Fünfzig-Dollar-Anzug aus Synthetik war in solchen Restaurants deplatziert.

Er dachte an die Französin. Madsen hat einen Fehler gemacht, als er es ablehnte, ihr Einblick in die Akte zu gewähren. Sie weiß sicher mehr über diesen Fall, als sie preisgibt. Wenn ich nach Hause komme, rufe ich sie an und lade sie zum Essen ein. In das kleine kubanische Restaurant meines

Cousins in Venice. Gutbürgerliche Küche. Das wird ihr sicher gefallen, und mein Cousin spendiert immer den Wein und den Kaffee.

Art legte seine Hand auf Tonys Arm.

»Wer ist die Frau, die Sie zu Madsen begleitet hat?«, fragte er den Sergeant.

Dieser Kerl ist ein richtiger Schnüffler, dachte Perez. Dazu kann er noch Gedanken lesen. Normalerweise stelle ich die Fragen.

Er lächelte gezwungen.

»Eine Polizistin aus Paris. Sie schicken ihre Leute her, damit sie unsere Methoden studieren. Ein Austausch sozusagen. Sie wissen schon ...«

»Hmmm ...«

Liep schien von der Antwort wenig überzeugt. Er bestellte zwei Espressi, dann redeten sie über die Lakers, die Basketballmannschaft der Stadt.

Perez wohnte in einem Einzimmerapartment im siebten Stock eines kleinen Wohnhauses. Er ging auf seinen winzigen Balkon. Durch eine Lücke zwischen zwei Hochhausreihen konnte er ein Stück Meer sehen.

Für Liep wäre das einzig Interessante gewesen, dachte er, wenn ich ihm etwas über Vincent Connely erzählt hätte.

Mit Blicken folgte er der Leuchtspur seiner Zigarette, die er gerade nach unten geworfen hatte. Er wollte sichergehen, dass sie wirklich auf die Straße fiel.

Kapitel 3

1

Die verlassenen Hangars der Firma Delta befanden sich auf einem Terrain, das zehn Meilen westlich der Interstate 1 lag.

Verrostete Baumaschinen, eine Menge Schrott und auseinanderfallende Kräne häuften sich auf dem Gelände, das an ausgedehntes Sumpfland grenzte. Dem gegenüber, an einem Querfeldeinweg und einem Parkplatz, standen die Gebäude. Ein Gitterzaun umgab das gesamte Areal. Gemessen an dem heruntergekommenen Zustand des ganzen Komplexes, schien der Zaun neueren Datums zu sein.

Mehrere Geländefahrzeuge der Polizei hatten den Zaun umrundet und standen auf der anderen Seite des versumpften Gewässers. Ein Van und zwei Zivilfahrzeuge hatten auf der Straße gehalten.

In einem von ihnen versuchte D. A. Madsen vergeblich, einen Teil der beschlagenen Windschutzscheibe freizuwischen.

»Mach dein Fenster einen Spalt auf, Jim. Seit dieser verdammte Regen angefangen hat, sieht man überhaupt nichts mehr.«

Die hintere Tür wurde geöffnet, und Perez ließ sich auf den Rücksitz fallen. Sein gelber Regenmantel triefte.

»Sie schulden mir ein Paar Schuhe«, sagte er zu Madsen, »meine sind ruiniert.«

»Wie weit sind die Taucher?«, fragte der D. A. und ignorierte die Forderung des Detectives.

Er schenkte sich einen Becher Kaffee ein.

»Sie haben bisher zwei Säcke raufgeholt und suchen weiter. Das Wasser ist nicht sehr tief, höchstens ein Meter fünfzig.«

»Was ist in den Säcken?«

»Das wissen wir noch nicht. Wir wollen Sie in Ihrer Anwesenheit im Van öffnen. Gehen wir?«

»Scheißtag«, sagte Madsen, als er unter dem Regenschirm von Nash Schutz suchte, der um das Fahrzeug herumgekommen war.

Er schüttete seinen lauwarmen Kaffee weg.

Die drei Männer zogen die Schiebetür des Vans hinter sich zu. Der Wagen war für Analysen am Tatort eingerichtet. Die beiden Kriminaltechniker rückten zusammen, um ihnen Platz zu machen.

»Gaffey, wir wollen uns nur ein Bild von dem Inhalt machen«, sagte Detective Perez zu einem der beiden Männer in weißen Kitteln.

Madsen nickte zustimmend. »Genau«, sagte er. »Machen Sie die Dinger auf! Damit wir es hinter uns haben.«

Zwei große Müllsäcke, wie man sie für Gartenabfälle verwendet, lagen in großen Behältern auf dem Boden des Van.

Die Säcke sind für je eine Leiche groß genug, aber nicht, wenn sie noch in einem Stück sind, dachte Perez.

Die Polizei war aufgrund eines anonymen Anrufs gekommen. Vor ein paar Tagen hatte ein Autofahrer gegen drei Uhr früh im Licht seiner Scheinwerfer einen Wagen gesehen, der auf dem Gelände der Firma Delta stand, ein schwarzes, ausländisches Auto. Und jemand hatte – wie es schien – große Pakete in den Sumpf geworfen.

Perez hörte den Regen auf die Karosserie trommeln. Der

Atem der Männer war schwer und pfeifend geworden. Sie hatten auf dem Boden eine durchsichtige Folie ausgebreitet. Perez betrachtete seine Schuhe: Sie waren endgültig hinüber. Völlig umsonst, hoffte er.

Das Metallband um die Öffnung des Sacks hielt der Zange nicht lange stand.

»Da ist ein zweiter Sack drin. Dasselbe Material, dieselbe Farbe … Auf ähnliche Weise verschlossen«, sagte Gaffey.

»Mach ihn auf«, sagte Perez.

Gaffey ging vorsichtig ans Werk. Er zog die oberen Ränder des Sacks auseinander. Es stank nach Verwesung.

»Machen Sie die Türen auf, sonst krepieren wir hier drin!«, rief Madsen.

Er zog ein Taschentuch hervor und wandte sich zum Heck des Vans.

»Nehmen Sie das!«, sagte Gaffey.

Madsen und Perez setzten weiße Plastikmasken auf und traten näher heran, um besser sehen zu können. Nash war aus dem Fahrzeug gestiegen.

»Es handelt sich um große Stücke, die in einer schwärzlichen Flüssigkeit schwimmen. Ich nehme das Erste heraus«, sagte Gaffey und griff mit dem Arm hinein.

»Scheiße!«, sagte Madsen.

Nach der Form des Kiefers und den vorspringenden Zähnen zu schließen, hielt Gaffey einen zu drei Vierteln verwesten Hundekopf in der Hand.

Perez war erleichtert. Er hatte das Schlimmste befürchtet.

»Ich gieße den Inhalt in den Bottich«, sagte Gaffey.

Alle wichen zurück, damit sie keine Spritzer abbekamen. Es war nicht hell genug, um erkennen zu können, was da an der Oberfläche schwamm.

»Gib mir eine Taschenlampe«, bat Gaffey seinen Kollegen.

Sie knieten um den Behälter, in dem große dunkle Teile schwammen. Trotz der Masken war der Gestank unerträglich.

»Was ist denn das da für ein Ding?«

Perez deutete auf einen helleren Klumpen.

Gaffey nahm das Ding und hielt es einen Moment in den Lichtkegel.

»Sieht aus wie eine Plastiktüte«, sagte Madsen. »Man kann nicht erkennen, was drin ist. Können Sie sie reinigen?«

»Frank, gib mir das destillierte Wasser«, bat Gaffey.

Er tauchte die Tüte mehrmals in den Eimer und bewegte sie dabei, um sie zu reinigen.

»Ich glaube, das reicht.«

Er stand auf und hielt sie wieder ins Licht.

»Mein Gott!«, entfuhr es Perez.

Ihm stockte der Atem. Er nahm die Maske ab und betrachtete das Ganze noch einmal.

»Sehen Sie dasselbe wie ich?«

Er packte Madsens Arm. Der nickte.

»Ich glaube, wir haben sie gefunden, Tony«, sagte er.

Durch das transparente Plastik sahen sie in Stücke geschnittene, menschliche Geschlechtsteile.

II

»Ist das der Durchsuchungsbeschluss?«, fragte Perez.

»Ja«, sagte Nash.

Er riss die Seite ab, die gerade aus dem tragbaren Fax gekommen war. Sie saßen im Auto von D. A. Madsen. Die Taucher hatten drei Säcke aus dem Sumpf geholt. Der Inhalt war identisch. Die Organe waren nicht verwest. Sollten sie nicht gekühlt aufbewahrt worden sein, lag die Kastration weniger als achtundvierzig Stunden zurück.

Madsen überflog das Fax und prüfte die Unterschrift. Dann lehnte er sich durch das geöffnete Autofenster nach draußen.

»Alles in Ordnung«, bestätigte er. »Perez, sagen Sie Ihren Leuten, sie sollen uns Zugang verschaffen.«

Perez, der am Wagen lehnte, nickte. Über ein tragbares Funkgerät gab er Anweisungen. Weitere Dienstfahrzeuge waren zu ihnen gestoßen. Eine Gruppe Männer in braunen Regenmänteln mit den gelben Leuchtbuchstaben POLICE auf dem Rücken näherte sich dem Doppeltor aus Rohrstahl und engem Maschendraht. Einer der Männer trug einen Bolzenschneider. Er durchtrennte mehrere Glieder einer dicken, mit einem Vorhängeschloss versehenen Kette, die die beiden Torflügel zusammenhielt.

Die Autos fuhren nacheinander auf das Gelände der Firma Delta. Madsen parkte vor den Gebäuden, gegenüber des Sees.

»Sagen Sie den Tauchern, sie sollen von dieser Seite aus arbeiten, das dürfte einfacher sein«, sagte Perez zu einem der uniformierten Beamten, die sie begleiteten. »Sie müssen den Teich weiter absuchen.«

Mit einem Rammbock wurde eine der Türen eingedrückt. Das morsche Holz gab sofort nach, der Riegel riss ab.

»Warten Sie! Man weiß nie, was alles da drin sein kann.«

Perez hatte sich Madsen in den Weg gestellt. Er schickte zwei seiner Leute auf Erkundung und hielt mit ihnen Funkkontakt.

»Alles ruhig! Offenbar ist niemand hier. Sie können reinkommen«, sagte eine knisternde Stimme nach etwa zehn Minuten.

Perez, Madsen und mehrere uniformierte Polizisten betraten die erste Halle. Ihre Schritte hallten in dem leeren Hangar wider. An einer Seite gab es eine Reihe Büros. Sie gingen von Raum zu Raum. Alte Metallmöbel voller Staub und Kot; eine vorsintflutliche Telefonanlage; keine Spuren auf dem Boden. Sie verließen die Zimmer. Ein zweites Gebäude war direkt an das erste angebaut.

Genau so hatte sich Perez das Ganze vorgestellt, als er es von außen betrachtet hatte.

Auch da gab es eine große freie Fläche, die von einer Reihe Fenster mit teilweise zerbrochenen Scheiben erhellt wurde. Das Dach war undicht; hier und dort hatten sich kleine Pfützen gebildet.

Eine schwere Metallschiebetür trennte diese Räumlichkeiten von einem dritten Gebäude, das man von außen nicht sehen konnte. Die Männer versuchten vergeblich, die Tür aufzuschieben.

»Wahrscheinlich sind sie von der anderen Seite blockiert. Ich gehe da mal hin«, sagte Perez. »Es gibt einen Zugang über den Parkplatz und den kleinen Weg hinter den Hallen.«

Kurz bevor der Detective in sein Auto steigen wollte, stieg Nash aus Madsens Wagen und lief auf ihn zu.

»Tony! Wissen Sie, wem die Delta gehört?«, fragte er mit sich überschlagender Stimme.

Er ließ Perez keine Zeit für eine Antwort.

»Connely hat das Gelände samt Gebäuden vor sechs Monaten gekauft.«

Er spreizte zwei Finger zum Siegeszeichen und eilte auf der Suche nach Madsen davon.

Reporter hörten ununterbrochen die Frequenzen des Polizeifunks ab; bald würden sie hier eintreffen, dachte Perez. Was die Lage noch komplizierter machte. Denn in nicht mal einer Stunde wäre publik, dass Connely der Eigentümer des Geländes war, weil irgendein Schlaumeier bestimmt beim Grundbuchamt anrufen würde.

Perez überlegte es sich anders. Er stieg wieder aus seinem Wagen und traf auf Madsen, der gerade zu ihm ging.

»Was machen wir mit Connely. Die Presse wird ihm die Tür einrennen«, sagte Tony.

»Wo ist er jetzt?«, fragte Madsen.

Perez nahm sein Mobiltelefon aus der Tasche und rief in seinem Büro an.

»Perez am Apparat. Ich will wissen, wo sich dieses Schwein rumtreibt. Rufen Sie mich sofort zurück.«

Die beiden mussten sich zwanzig Minuten gedulden, ehe sie die gewünschte Information bekamen.

»Er ist in seinem Büro im Normandy«, sagte Perez zu Madsen.

Der D. A. überlegte einen Augenblick. »Im Moment können wir nichts tun. Ihre Männer dürfen ihn jedoch nicht aus den Augen lassen. Wenn er die Stadt verlässt oder zu fliehen versucht, nehmen Sie ihn fest!«

»Ich lasse den Zugang zu diesem Gelände weiträumig abriegeln. Das wird uns eine Atempause verschaffen.«

»Jetzt müssen wir so schnell wie möglich diese Tür aufbrechen.«

Perez ging mit zwei seiner Männer über den Feldweg zur Westfassade des Gebäudes.

Durch zwei breite, mit Metallrollläden verschlossene Tore gelangte man auf den betonierten Parkplatz.

»Diese Dinger wiegen mindestens eine Tonne. Konzentrieren wir uns lieber auf den Personaleingang«, sagte Perez.

Sie untersuchten die Tür.

»Das sind Sicherheitsschlösser, und die sind erst vor Kurzem eingebaut worden«, sagte einer der Polizisten.

Perez prüfte das selbst nach.

»Wie lange braucht ihr, um sie zu öffnen?«

»Dazu brauche ich den Schneidbrenner, und der liegt im Kofferraum des Wagens … Höchstens zehn Minuten.«

»Ich warte hier. Holen Sie Ihre Ausrüstung. Und beeilen Sie sich!«

Er wandte sich an den anderen Beamten. »Begleiten Sie Ihren Kollegen. Und besorgen Sie ein Funkgerät und geben Sie es Madsen. Bringen Sie auf dem Rückweg einen Scheinwerfer mit.«

Noch immer regnete es. Perez stellte sich unter den schmalen Torbogen und zündete sich eine Zigarette an. Wer wusste schon, was sie da drinnen finden würden. Seine Schuhe hatte er völlig vergessen.

Kapitel 4

1

An diesem Wochenende fand im ganzen Bundesstaat Kalifornien eine Suchaktion statt. Fotos der vier verschwundenen Kinder wurden nun stündlich auf allen Fernsehkanälen gezeigt; dazu wurde eine Rufnummer eingeblendet. Die örtlichen und die bundesstaatlichen Polizeibehörden hatten sich zusammengeschlossen, um alle Informationen zu analysieren und Hinweise zu überprüfen.

Senda Barhi litt noch unter der Zeitverschiebung und dem langsam abklingenden Sonnenbrand vom Vortag. Gegen drei Uhr nachmittags war sie eingeschlafen. Seit zwei Tagen hatte sie nicht viel zu tun.

Sie hatte ein Auto gemietet und ihre Zeit am Strand, mit Lesen und ein paar Ausflügen in die Umgebung verbracht. Morgen würde sie vielleicht bis nach San Francisco fahren.

Das Läuten des Telefons weckte sie.

»Miss Barhi?«

Die Rezeption des Hotels war am Apparat.

»Ein Polizeibeamter möchte Sie sprechen.«

Einen Moment war es still, dann fragte eine ihr unbekannte Stimme: »Sergeant Perez schickt mich. Er wartet auf Sie. Es ist dringend. Können Sie gleich mitfahren?«

»Ich komme runter«, sagte sie und legte auf.

II

Der Detective fuhr in Schlangenlinien zwischen den Autos hindurch und hatte alle roten Ampeln ignoriert, bis die beiden schließlich die Straßensperren sahen. Der Bereich, in dem der Verkehr umgeleitet wurde, kam ihr sehr weitläufig vor. Am Straßenrand warteten ungeduldig mehrere Kameraleute und viele Reporter, ihre Mikrofone in der Hand.

»Es wäre besser, wenn Sie sich verstecken würden. Diese Kerle liegen hier auf der Lauer. Unser Erscheinen muss ja nicht noch zusätzliche Fragen aufwerfen.«

Der Detective fuhr wegen des dichten Verkehrs langsamer. Senda bückte sich und versuchte, sich so gut wie möglich unsichtbar zu machen.

Etwas später klopfte ihr der Detective auf die Schulter. »Sie können wieder hochkommen. Danke.«

Senda erwiderte sein Lächeln. Sie umrundeten eine Reihe Gebäude, um die sich sämtliche Polizeikräfte der Region konzentriert zu haben schienen, und bogen in eine kleine Nebenstraße ein. Mehr als ein Dutzend Autos und die Fahrzeuge der Kriminaltechniker standen bereits auf dem Parkplatz. Deshalb mussten sie am Straßenrand parken.

Es hatte aufgehört zu regnen. Die Wolkendecke riss auf, sodass sich in den Pfützen und den feuchten Karosserien die Sonne spiegelte. Auf einmal war es sehr hell. Senda setzte ihre Sonnebrille auf.

»Ich bringe Sie hin«, sagte der Detective.

Sie stieg aus. Während der Fahrt hatten ihr wieder die alten Bilder vor Augen gestanden. Die Umstände hatten sich verändert, aber der Mörder war derselbe. Und sie war auch dieselbe geblieben.

Mit den vor Jahren in Paris getroffenen Entscheidungen war sie noch immer nicht einverstanden. Aber damals hatte sie keine andere Wahl gehabt.

Sie hoffte verzweifelt, die verschwundenen Kinder würden leben, doch der gewaltsame Tod in seiner ganzen Brutalität war schon zu lange ihr Begleiter, um sich an diesen Strohhalm klammern zu können. Sie wusste, warum Perez sie hatte holen lassen und was die Polizisten gefunden hatten.

III

Der Hangar lag im Halbdunkel. Früher war er wohl als Lagerraum oder Werkstatt genutzt worden.

Entlang der Mauern standen verstaubte Arbeitstische mit verrosteten Werkzeugen; in den Ecken stapelten sich Gerüste und Holzplanken, Zementsäcke und alte Betonverschalungen.

Senda machte ein paar Schritte ins Innere des Gebäudes. Sie nahm ihre Sonnenbrille ab und steckte sie in die Tasche ihrer Stoffjacke. Allmählich gewöhnten sich ihre Augen an die Dunkelheit. Auf dem Zementboden war mit gelber Kreide ein Weg vorgezeichnet worden.

»Ich hole Tony«, sagte der Detective, der sie vom Hotel abgeholt hatte.

Das Geschehen schien sich in einem Raum neben dem Hangar abzuspielen, in den eine Gruppe Männer und Frauen hinein- und wieder herauslief. Die Geräusche und Blitzlichter der Kameras weckten bei Senda schmerzliche Erinnerungen.

Sie bemerkte, wie sich Perez aus der Gruppe löste und zu ihr ging. Er packte sie am Arm und zog sie nach draußen. Er war blass.

»Ich muss Sie darauf hinweisen, dass alles, was Sie hier sehen, vertraulich ist«, sagte er.

Sie wartete, bis sich die Bemerkung in der Stille verlor.

Der schwere Duft nach Regen und feuchtem Gras stieg ihr zu Kopf. Sie dachte kurz daran, dass sie gern barfuß durch die Pfützen laufen würde.

Ihr Blick fiel auf Perez' Schuhe, dann sahen sie sich an. Keiner der beiden konnte sich zu einem Lächeln aufraffen.

»Ist es wirklich so schlimm?«, fragte sie, ohne mit einer Antwort zu rechnen.

IV

Die Szene wirkte wie ein Set beim Film. Sie hörte das Brummen des Notstromaggregats, das die Polizei aufgestellt hatte. Schwarze Kabel schlängelten sich zu einer Reihe Scheinwerfer, die gleißendes Licht verbreiteten und den umherlaufenden Personen einen unwirklichen Charakter verliehen. Selbst die Geräusche wirkten gedämpft, als würden sie auf ein Zeichen warten.

Silhouettenhafte Gestalten setzten ihre minutiösen Untersuchungen fort und suchten nach jenen winzigen Partikeln, die es später vielleicht dem Staatsanwalt ermöglichen würden, eine beweiskräftige Indizienkette aufzubauen.

Senda folgte Tony Perez und achtete darauf, auf dem engen, fluoreszierenden Weg zu bleiben. Sie wunderte sich, dass niemand Überschuhe aus Plastik trug. Sie dachte an die Transfer- und Austauschtheorie. Der Verteidiger würde es sich nicht nehmen lassen, die Verunreinigung des Tatorts zu erwähnen, um bei den Geschworenen Zweifel zu säen.

Bewegungslos stand sie in einigem Abstand zu einer Türöffnung. Die Tür selbst hatte man aus ihrem Rahmen gerissen. Helle Holzsplitter ragten aus der Verkleidung, und die rissige schwarze Farbe war abgeblättert. Sie trat näher und hob den Vorhang, der den Raum abtrennte.

Er lag im Dunkeln. Auf dem Boden leuchteten bläulich

schimmernde Flecke auf – vom Luminol sichtbar gemachte Blutspuren. Sie waren überall.

Senda sah, wie D. A. Madsen den Kopf in ihre Richtung wandte und ihr bedeutete, sie solle bleiben, wo sie war. Sie ließ den Vorhang wieder fallen.

Sie nutzte diesen Augenblick und atmete tief durch, saugte die letzten Moleküle Sauerstoff ein, die nicht besudelt waren, wie in einer Klimakammer.

Ein Déjà-vu-Erlebnis ergriff von ihr Besitz und löste ein unangenehmes Schwindelgefühl aus, als stünde sie am Rand eines Abgrunds. Sonst gültige Orientierungspunkte tanzten wie Sternschnuppen vor ihren Augen. Sie konnte fast fühlen, wie sich Herzschlag und Atem der Menschen um sie herum beschleunigten.

Madsens Stimme klang zugleich fest und vor Beklemmung heiser: »Danke, dass Sie gekommen sind. Die Spurensicherung ist fertig. Ich muss wissen, ob das, was in diesem Raum geschehen ist, dem ähnelt, was Sie vor einigen Jahren gesehen haben.«

Senda nickte. Ihr Gehirn musste nun aufnahmebereit sein, damit es alles registrieren konnte, was sie später mit anderen Bildern vergleichen würde. Sie nahm den Geruch wahr. Er wurde stärker, je weiter sie ging, und war unter Tausenden zu erkennen, der Geruch verfaulenden Fleisches. Sie begann durch den Mund zu atmen, von einem Wissen gequält, auf das sie lieber verzichtet hätte.

Schließlich schloss sie die Augen, zählte bis zehn und dann bis zwanzig, um jede vorgefasste Meinung aus ihrem Kopf zu verbannen und um ihren Blick für jegliches Detail zu schärfen. Sie bemühte sich, die Garage der Cassels und den grausamen Fund darin zu vergessen; sie bemühte sich, Raphaël Schiller zu vergessen, den Mann, der seinen Wahnsinn sogar in seinen eigenen vier Wänden ausgelebt hatte;

sie bemühte sich, die Verpflichtungen zu vergessen, die sie gegenüber den Opfern eines kaltblütigen Kriminellen eingegangen war, der der Justiz entkommen war.

Allein zählte, beide Szenerien gegenüberzustellen und Schlussfolgerungen zu ziehen.

Jetzt störte sie nur noch das Brummen des Notstromaggregats. Der Raum war wieder beleuchtet.

»Ich bin bereit«, sagte sie und öffnete die Augen.

V

Die Wände waren dunkelrot gestrichen, die Decke schwarz. Der Betonboden war mit Unrat bedeckt – ekelerregender, unkenntlicher Abfall und Exkremente.

Zu ihrer Linken sah sie ein Waschbecken und ein Urinal voller Fäkalien; die weiß gekachelte Dusche erschien ihr im Vergleich zum Gesamtbild bemerkenswert sauber.

An der Wand gegenüber lehnte ein Spiegel. Vor ihm stand ein seltsames Gerät, der an ein Turnpferd erinnerte.

Wie angewurzelt blieb Senda im Türrahmen stehen. Sie konnte den Blick nicht von den albtraumartigen Bildern lösen, die sie umgaben.

An alle Wände waren Fotos nackter Jugendlicher geheftet, die offensichtlich aus pornografischen Büchern ausgeschnitten worden waren.

Manche Körper waren zusammengesetzt worden. Ein buntes Durcheinander von Oberkörpern, Köpfen und disproportionierten Genitalien in grotesken Stellungen. Sie bildeten einen Reigen aus Körpern, der einem abstoßenden Schauspiel beiwohnte.

Senda fiel auf, dass die Genitalien mit roten Stecknadeln befestigt waren, während weiße für die restlichen Ausschnitte verwendet worden waren.

Die Luft in dem Raum war stickig, die Atmosphäre bedrückend. Der durch die Hitze der Schweinwerfer immer penetranter werdende Gestank drang in jede Pore.

Senda spürte, wie ihr der Schweiß in Strömen am Körper herunterlief. Ein überwältigendes Gefühl des Eingeschlossenseins und Erstickens überkam sie, aber sie zwang sich, noch einen Schritt weiterzugehen. Sie fürchtete sich vor einer Panikattacke. Also nahm sie zwei Tabletten aus ihrer Tasche und legte sie sich unter die Zunge.

Es gibt Polizisten, die nichts zu erschüttern scheint. Sie sind in der Lage, sich die schlimmsten Gräuel anzusehen, und haben immer den passenden Witz parat. Das gehört zu ihren Überlebensstrategien. Doch ein solches Verhalten überstieg Sendas Kräfte.

Ein Wandschirm aus Stoff behinderte die Sicht. Also musste sie fast bis zur Mitte des Raums gehen, um den Rest der Szenerie zu überblicken.

Eine Reihe von Polaroidaufnahmen vervollständigte die obszöne Ausstellung. Großaufnahmen eines Penis, die mit lebenden Personen nachgestellte Szene dessen, was auf der Radierung zu sehen war: ein anal koitierender Mann zusammen mit einem vom Tod gezeichneten Jungen.

Auf einem Resopaltisch sah sie einen batteriebetriebenen Radiokassettenrekorder, neben dem rechts und links schwarze Lautsprecherboxen standen. In einer Ecke befanden sich eine Petroleumlampe und ein Kanister, vermutlich mit dem Brennstoff.

Widerwillig drehte sie den Kopf und wich zurück, als sie erkannte, was hinten im Raum zu sehen war.

Sie hatte das Gefühl, von der Hand eines Riesen zerquetscht zu werden. Ein Schleier trübte ihren Blick, und sie musste sich an ihren Rest klaren Bewusstseins und ihre Kaltblütigkeit klammern, um nicht taumelnd zu Boden zu stürzen. Also konzentrierte sie sich auf ihre Körperfunktionen, damit sie sich wieder unter Kontrolle bekam.

Aus den Augenwinkeln sah sie Sergeant Perez und D. A. Madsen in der Tür stehen; sie nahm die Männer nur schemenhaft war, denn sie schienen gesichtslos zu sein, wie Gestalten im dichten Nebel. Sie hatte Schmerzen in der Schulter und im linken Arm und konnte nur mühsam atmen. Sie hielt die Luft an, bis sie fast erstickte. Die Schmerzen verschwanden.

Die Wände waren von oben bis unten voller Indizien, aber hier, direkt vor ihr, prunkte die Höllenmaschine: die Erfindung eines Monsters, das seinen unstillbaren Hunger bei einem Festessen zu stillen versuchte.

Als würde Senda in ein Mikrofon sprechen, hörte sie sich in ihrem Kopf sagen: Diese Wand wurde extra weiß gestrichen. Überall ist Blut verteilt. Die Spritzer sehen wie schwarze Insekten aus. Es gibt auch blassrote Streifen: Sie sind auf den Boden hinuntergetropft und bilden kleine Pfützen. Der poröse Beton hat sich vollgesaugt, so wie sich das Ufer eines ausgetrockneten Sees mit ersten Regentropfen vollsaugt.

Einige kleine Pfützen sehen noch frisch aus.

Die drei gefolterten, an die Wand genagelten Körper erinnern an die Haltung Christi am Kreuz.

Auf dem Boden liegt ein mit Riemen versehenes Werkzeug. Damit wurden die Jungen vor ihrem Tod geschlagen. Wunden klaffen in den bleichen Oberkörpern. Sie wurden ausgeweidet. Der Schnitt reicht vom Brust- bis zum Schambein. Es sieht aus, als seien wilde Tiere aus ihren Bäuchen gekrochen.

Er muss jedes Mal die Hände in die Bauchhöhlen getaucht und sie ausgenommen haben, wie man es mit Hasen macht. Die darin herrschende Wärme scheint ihn zu erregen. Ein entsetzlicher Auswuchs hängt an ihren Beinen herab.

Er hat sie kastriert. Wahrscheinlich, bevor er sie getötet hat. Der Penis und die Hoden sind abgetrennt. Die Ränder der Verletzungen hängen in Fetzen herunter; als sei ein Stück Fleisch durch den Biss eines ausgehungerten oder tollwütigen Tiers herausgerissen worden.

Ihr Klagen und Stöhnen lässt ihn kalt. Wie bei den anderen Opfern sind ihre Wangen mit getrockneten Tränen bedeckt.

Mein Gott! Sie sind so mager und schmutzig, ich kann ihnen nicht in die Augen blicken.

Senda hatte mit eigenen Augen gesehen, was er getan hatte, und sie wollte, dass er für die entsetzlichen Grausamkeiten bezahlte, das Resultat seiner Wahnfantasien. Sie schwor, dass er seine Blutschuld mit Blut bezahlen würde. Darauf legte sie einen Eid ab.

Wo war der vierte Leichnam? Wo war Sarah?

Kapitel 5

I

Nach einem anstrengenden Tag bei Gericht hatte Judith Graham zum Kochen keine Lust. Tim war die Ferien über bei seiner Großmutter in San Francisco. Es war fast sieben Uhr, als sie bei Giorgio die Speisekarte studierte.

Wenn es ums Essen ging, hatte Judith ein großes Problem. Sie hatte im Jahr zuvor abgenommen und wollte ihr Gewicht halten, doch leider hatte sie immer Hunger. Sie schaffte es höchstens zwei Tage, ihre Diät durchzuhalten, dann ließ sie sich von einem Nudelgericht oder einer Pizza in Versuchung führen. Aber Desserts mied sie wie der Teufel das Weihwasser.

Sie beschäftigte sich eingehend mit der Karte, die eine große Auswahl anbot, und entschied sich schließlich für einen Kompromiss. Sie bestellte einen Salat mit einer Scheibe geschmorten Thunfisch und ein italienisches Mineralwasser.

Während sie auf ihr Essen wartete, blätterte sie in ihrem Notizbuch und versuchte, den Ablauf des folgenden Tages zu organisieren. Es gingen ihr eine Menge Dinge im Kopf herum. Nach ihrem Fernsehauftritt hatte ein überregionaler Sender angefragt, ob sie nicht zweimal im Monat eine Diskussion über die Funktionsweise des Rechtssystems moderieren wolle. Ihr blieben noch ein paar Tage für die

Antwort, doch bisher hatte sie noch keine Entscheidung getroffen.

Ihre Kanzlei war im Belagerungszustand. Potenzielle Klienten wollten, dass Judith Graham sie verteidigte. Ein Senator, dem eine Anklage wegen sexueller Nötigung drohte, hatte sie persönlich angerufen.

Ihre berufliche Karriere nahm eine Richtung, die sie zwar unbewusst erhofft, aber nicht forciert hatte. Denn sie ging damit das Risiko ein, Tim nicht mehr genügend Zeit widmen zu können. Ihr Sohn brauchte sie, und Judiths Entscheidungen würden ihrer beider Leben verändern.

Ihr Beeper meldete, dass jemand versuchte, sie zu erreichen. Sie kannte die angezeigte Nummer nicht, doch die nachfolgende 911 bedeutete, dass für ihren Gesprächspartner höchste Dringlichkeit bestand.

Sie gönnte sich zehn Minuten, um ihre Mahlzeit zu beenden und die Rechnung zu bezahlen. Als sie zu ihrem Wagen ging, wählte sie die Nummer auf ihrem Mobiltelefon.

»Judith Graham«, sagte sie, als am anderen Ende abgenommen wurde. »Sie wollen mich sprechen?«

»Vincent Connely am Apparat. Die Polizei ist mit einem Durchsuchungsbeschluss bei mir im Haus. Kommen Sie sofort.«

II

Connely residierte in Venice Beach, einem Ort für Reiche mit einer Vorliebe für Jachten.

Das Bronzetor stand offen, davor parkten drei Streifenwagen. Judith wollte in die Auffahrt einbiegen, aber aus einem der Fahrzeuge stieg ein Polizeibeamter aus und bedeutete ihr, sie solle halten. Sie ließ das Fenster herunter.

»Ich fürchte, hier können Sie nicht reinfahren, M'am.«

»Mr. Connely ist mein Mandant. Ich bin Anwältin«, antwortete sie und reichte ihm ihre Mitgliedskarte der Anwaltskammer von Los Angeles.

Der Polizist trat zur Seite, überprüfte das Dokument mit seiner Taschenlampe und gab es ihr zurück.

»Ich habe Anweisung, niemanden reinzulassen.«

Judith schwieg bewusst und sagte dann: »Das gilt nicht für die Anwältin von Mr. Connely.«

Der Polizist warf ihr einen bösen Blick zu und ging zu seinen Kollegen, um gleich darauf wieder zurückzukommen.

»Das geht in Ordnung. Sie können passieren.«

Judith bedankte sich mit einem Nicken und schloss das Fenster. Nach der letzten Biegung der Auffahrt tauchte eine herrlich ausgeleuchtete Villa im Kolonialstil vor ihr auf. Sie nahm die ganze Breite einer Parzelle des Grundstücks ein, die in einem Winkel zwischen zwei Kanälen lag. Judith parkte neben einem Streifenwagen und stieg aus.

Im Garten befanden sich mehrere uniformierte Polizeibeamte. Einer von ihnen erwartete sie an der Eingangstür und brachte sie in ein riesiges Wohnzimmer. Durch die geöffneten Fenster sah sie andere Beamte am Swimmingpool. Außerdem erblickte sie eine weiße Jacht, die an einem Steg festgemacht war und einen Teil der Aussicht versperrte.

Vincent Connely stand auf der Terrasse, an seiner Seite eine junge, spanisch aussehende Frau. Sie trug ein ziemlich kurzes, rotes Cocktailkleid, das ihre gebräunten Beine betonte. Eine hübsche Frau, fand Judith.

Ein Detective in Zivil mit dunkler Hose und hellem Hemd, der ebenfalls spanisch aussah, sprach mit der jungen Frau. An seinem Gürtel glänzte eine Dienstmarke. Er trug keine Waffe. Judith ging zu der Gruppe und unterbrach das Gespräch.

»Ich bin Sergeant Perez, Mrs. Graham«, sagte der Polizeibeamte.

Noch ehe Judith den Mund aufmachen konnte, hielt ihr Connely ein zerknittertes Blatt Papier hin.

»Ist das ein gültiger Durchsuchungsbefehl?«

»Dieser Durchsuchungsbeschluss wurde von Richter Hoke unterzeichnet, Mrs. Graham. Ich hätte schon anfangen können, habe aber gewartet, damit Ihr Mandant während der Durchsuchung einen Rechtsbeistand hat«, fuhr Perez fort.

Diese Rücksichtnahme hatte nichts mit Ethik zu tun. Jeder hier kannte Connely und wusste, wie mächtig dieser Mann war.

Die junge Frau muss seine Gattin sein, dachte Judith, die Tochter von Raul Carvajal. Perez war sicherlich angeraten worden, vorsichtig vorzugehen, dachte Judith. Er bewegt sich auf dünnem Eis.

»Der Durchsuchungsbeschluss ist gültig«, bestätigte Judith, nachdem sie ihn geprüft hatte.

»Können Sie mir wenigstens die Anklagepunkte sagen? Warum diese Hausdurchsuchung?«

»Ich fürchte, diese Fragen müssen Sie dem District Attorney stellen, Mrs. Graham. Ich habe Anweisung erhalten, alle Anfragen an ihn weiterzuleiten.«

»Wo kann ich ihn erreichen?«

»Das weiß ich nicht. Wahrscheinlich zu Hause. Ich bin nicht befugt, seine Privatnummer herauszugeben.«

»Was ist das hier für ein Unsinn?«, sagte Connely, und in seiner Stimme schwang Wut mit.

»Beruhigen Sie sich, Vincent«, sagte Judith. »Der Durchsuchungsbeschluss ist legal, und die Polizei hat das Recht, eine Hausdurchsuchung zu machen. Sollte er einen Fehler aufweisen, kann ich alle Beweismittel, die eventuell gefunden werden, aus der Ermittlungsakte ausschließen lassen.«

»Beweise für was denn?«, fragte Connely empört. »Die Polizei weigert sich mir mitzuteilen, was sie sucht.«

»Darling«, sagte die junge Frau im roten Kleid und legte die schlanke Hand auf die Schulter ihres Mannes, »lass sie ihre Arbeit machen. Vorher werden sie nicht von hier weggehen, und ich möchte sie so schnell wie möglich aus dem Haus haben.«

Mit einer unwilligen Geste schüttelte Connely ihre Hand ab.

»Wühlen Sie sich durch diese verdammte Bruchbude, Perez! Aber besorgen Sie sich vor allem einen guten Anwalt!«, schloss er wütend.

Perez ging in Richtung der Villa und achtete nicht auf die verletzenden, spöttischen Bemerkungen, die Connely ihm hinterherrief. Als er durch die Flügeltür ging, trat ein Detective auf ihn zu.

»In einer der Garagen steht ein schwarzer Bentley«, sagte der Beamte.

»Das weiß ich. Er ist nicht der einzige in der Gegend. Was ist mit dem Innenraum des Wagens?«

»Anscheinend keine verdächtigen Spuren. Wir haben die Polster und den Kofferraum komplett abgesaugt. Fürs Labor.«

»Ist das alles?«, fragte Perez gereizt.

Bisher hatten sie zwischen Connely und den Opfern keine Verbindung herstellen können, das hatte Madsen ihm bestätigt. Dass die Opfer auf dem Gelände der Firma Delta gefunden worden waren, bewies gar nichts. Die Räumlichkeiten standen leer, und es gab keinen Hausmeister. Jeder dahergelaufene Verrückte hätte sich dort austoben können. Es blieb die Zeugenaussage von Senda, aber die würde nicht viel zählen. Die Polizistin hatte nur ihrer persönlichen Meinung Ausdruck verliehen.

»Nein. Da steht noch ein Chevrolet-Pick-up. Er ist auf eines seiner Unternehmen angemeldet. Das haben wir überprüft.«

»Und weiter?«, fragte Perez ungeduldig.

»Unter dem Reserverad liegt ein Stapel Pornomagazine. Kinderpornografie.«

Perez bedeutete zwei uniformierten Polizeibeamten, die auf dem Rasen standen, sie sollten ihm folgen. Zu dritt gingen sie zu Connely zurück.

»Vincent Connely, ich verhafte Sie wegen Mordes an Brian Aviles, Richard Roth und Oscar Nasso.«

Connely schüttelte den Kopf. An seinem Hals traten Muskeln und Sehnen hervor. Er schien kurz davor, Perez an die Gurgel zu springen. Das Blut war aus dem Gesicht der jungen Frau gewichen; instinktiv klammerte sie sich an Judith.

»Sie haben das Recht zu schweigen …«

»Was soll diese ganze Scheiße?«, brüllte Connely.

»Ich denke, Sergeant, wir haben ein Recht auf eine Erklärung«, sagte Judith.

»Nein, Mrs. Graham. Darauf haben Sie kein Recht.«

Ungerührt leierte Perez die Standardformel der Rechtsbelehrung herunter. Dann ging er einen Schritt auf Connely zu.

»Wir werden Ihnen jetzt Handschellen anlegen. Dieses Prozedere gehört dazu.«

»Gar nichts werden Sie mir anlegen, Sie Idiot!«

»Leisten Sie keinen Widerstand, Vincent«, riet Judith. »Das bringt Ihnen überhaupt nichts. Sogar, wenn die Verhaftung nicht rechtmäßig ist. Fügen Sie sich. Aber sagen Sie kein Wort mehr.«

Sie wandte sich an Perez. »Ich möchte meinen Mandanten begleiten.«

»Das geht nicht. Sie können ihn nicht vor morgen früh sehen. Denn die Formalitäten werden fast die ganze Nacht beanspruchen.«

»Wie hoch ist meine Kaution?«, fragte Connely mit tonloser Stimme.

»Bei Mord gibt es keine Kaution«, antwortete Perez ruhig. »Doch Mrs. Graham kann eine außerordentliche Anhörung beim Ermittlungsrichter beantragen.«

»Ich verstehe nicht, was dieser Polizist erzählt«, sagte die junge Frau und wandte sich an die Anwältin.

Judith schenkte ihr ein beruhigendes Lächeln.

»Kann ich einen Moment mit meinem Mandanten sprechen?«, fragte Judith den Sergeant. »Unter vier Augen.«

Perez nickte.

»Gehen Sie da rüber«, sagte er und zeigte auf eine Ecke des Wohnzimmers.

Judith zog Connely in diese Richtung. Seine junge Frau wollte mitgehen, aber Perez hielt sie zurück. Sie durfte an dem Gespräch nicht teilnehmen.

»Holen Sie mich mit Kaution da raus!«, zischte er. »Ich habe nicht die Absicht, auch nur eine Minute im Gefängnis zu verbringen.«

»Sie sind des Mordes angeklagt, Vincent. Das schließt eine Kaution aus. Aber es existiert ein Verfahren, um sie trotzdem auf Kaution freizulassen. Ich muss eine Anhörung beantragen. Dann wird der Richter entscheiden. Ich sehe Sie morgen in aller Frühe.«

Energisch schüttelte er den Kopf und versuchte zu verstehen, was ihm widerfuhr. Er warf einen Blick in Richtung der Polizisten. Perez ließ ihn nicht aus den Augen.

»Das darf doch nicht wahr sein!«, flüsterte Connely seiner

Anwältin zu. »Diese Geschichte geht über meinen Verstand.«

»Im Moment können wir nichts dagegen tun. Hören Sie mich an. Alles, was Sie sagen, kann gegen Sie verwendet werden. Sprechen Sie mit niemandem. Nicht mit den Polizisten, nicht mit Ihren Zellennachbarn, nicht mit den Wächtern. Mit niemandem.«

»Verdammte Scheiße, Graham! Holen Sie mich da so schnell wie möglich wieder raus. Ich habe Sie bezahlt, damit Sie mir so etwas ersparen … Da kommen sie schon«, schloss er nervös.

»Denken Sie daran: zu niemandem ein Wort!«

Einer der beiden uniformierten Beamten stellte sich hinter Connely. »Ihre Hände, bitte.«

Ein kaum merkliches Zittern durchlief den Mann, als das metallische Klicken in der Stille des Zimmers widerhallte.

»Morgen, in aller Frühe«, rief er seiner Anwältin zu, als man ihn wegbrachte.

»Ich werde da sein.«

III

Eine Hand legte sich auf Judith Grahams Arm.

»Mrs. Graham …«

»Judith.«

»Ich bin Linda, Vincents Frau. Was geht hier vor? Warum hat die Polizei ihn verhaftet?«

Die junge Frau schüttelte den Kopf, aber Judith sah, dass keine Tränen in ihren Augen standen. Linda Connely wirkte eher verärgert als besorgt.

»Ich weiß nicht mehr als Sie. Hat die Polizei etwas Konkretes gesagt?«

»Sie hat etwas erwähnt … aber das ist undenkbar! Die

Beamten haben uns über drei Jungen ausgefragt, die tot in alten Hangars aufgefunden wurden, die mein Mann letztes Jahr gekauft hat.«

»Ja …«, murmelte Judith.

Die von Perez erwähnten Namen kamen ihr bekannt vor.

»Diese Geschichte ergibt keinen Sinn. Das ist lächerlich. Ich verstehe nicht, was Vincent damit zu tun haben soll.«

»Mrs. Connely?«

Die beiden Frauen drehten sich um. Ein uniformierter Polizeibeamter und ein Detective standen in der Tür des Wohnzimmers.

»Wir müssen den Pick-up beschlagnahmen. Wenn Sie mir bitte den Schlüssel geben könnten.«

»Dürfen Sie denn …«

»Die Autos gehören zum Inventar«, sagte Judith.

»Ich fürchte, wir müssen Ihr ganzes Haus durchsuchen, Mrs. Connely. Wir werden uns bemühen, möglichst wenig Unordnung zu machen. Sie können uns begleiten, wenn Sie wollen.«

»Machen Sie so schnell wie möglich«, erwiderte Linda. Dann nahm sie Judith Grahams Arm. »Setzen wir uns«, sagte sie und deutete mit einer Kopfbewegung auf ein breites weißes Sofa. »Wie lange muss er im Gefängnis bleiben?«, fuhr sie fort und warf einen Blick ans andere Ende des Zimmers, wo etwas verlegen die beiden Polizisten standen.

»Die Schlüssel hängen am Schlüsselbrett in der Eingangshalle.«

Sie sah Judith fragend an.

»Das kommt darauf an. Sollte der Richter es ablehnen, Ihren Mann auf Kaution freizulassen, muss der Staatsanwalt den Richter vorher überzeugt haben, dass gegen Ihren Mann unwiderlegbare Beweise vorliegen. Deshalb werde ich eine sofortige Anhörung beantragen. Wenn vom D. A. keine überzeugenden Beweise vorgelegt werden, kann ich die Freilassung Ihres Mannes gegen eine Kaution durchsetzen. Andernfalls … müssen wir auf den Prozess und das Urteil der Geschworenen warten.«

»Ich kann es einfach nicht glauben.«

»Linda«, fragte Judith vorsichtig, »haben Sie irgendeine Idee, was geschehen sein könnte?«

»Was wollen Sie damit sagen?«

»Wenn die Polizei auf diese Weise handelt, muss sie ernsthafte Gründe haben. Ihr Mann ist nicht irgendjemand. Sollte D. A. Madsen sich irren, ist seine Karriere ruiniert. Er muss sich seiner Sache sehr sicher sein, wenn er sich so weit vorwagt.«

Als Linda die Anwältin ansah, lag ein Ausdruck der Verwunderung in ihren Augen.

»Was wollen Sie damit andeuten? Vincent hat mir gesagt, er vertraue Ihnen voll und ganz … Wenn Sie ihm nicht glauben, haben Sie in diesem Haus nichts verloren.«

»Ihr Mann bezahlt mich nicht dafür, damit ich das denke, was ich seiner Meinung nach denken soll«, entgegnete Judith ruhig. »Wenn es bei dieser Verhaftung etwas gibt, das Sie wissen und ich nicht, müssen Sie es mir sagen, damit ich Ihren Mann so gut wie möglich verteidigen kann.«

»Nun, da ist nichts, was ich Ihnen sagen könnte.«

Linda sah aus dem Fenster und versuchte, unbeteiligt zu wirken.

»Haben Sie jemanden, der Ihnen Gesellschaft leisten kann?«, fragte Judith.

»Mein Sohn ist bei meinem Vater. Ich komme sehr gut allein zurecht.«

»Die Presse wird Sie belagern, Linda, und zwar Tag und Nacht. Schalten Sie Ihren Anrufbeantworter ein und sprechen Sie mit niemandem über Vincent. Meiden Sie Journalisten oder schicken Sie sie zu mir. Sie müssen Fragen der Polizei oder des Staatsanwalts nicht beantworten. Das ist Ihr Recht als Ehefrau. Haben Sie das verstanden?«

Sie nickte. »Es tut mir leid, dass ich so reagiert habe …«

»Sie brauchen sich nicht zu entschuldigen. Sie sind in einer schwierigen Situation.«

»Sie müssen nicht hierbleiben. Ich komme schon zurecht.«

»Ich bleibe, bis die Durchsuchung beendet ist. Ich will sehen, was die Polizei mitnimmt. Dadurch bekomme ich vielleicht einen Hinweis, in welche Richtung die Ermittlungen gehen.«

Linda war sichtlich schockiert. Sie war von der Festnahme ihres Mannes völlig überrascht worden. Aber Judith Graham wusste, dass ihr Mann damit gerechnet hatte.

IV

»Darf ich?«

Perez sah von seinem Glas hoch und blieb eine Antwort schuldig.

Art setzte sich ihm gegenüber und stellte sein Bier auf den Tisch.

Es war fast ein Uhr morgens. Sie saßen in einer Bar an der Marina, in der viele Polizisten verkehrten.

»Sie und Ihr Anzug müssten mal wieder in die Reinigung, Tony.«

Perez vertiefte sich wieder in die Betrachtung seines Glases. »Lassen Sie mich in Frieden«, brummte er schließlich.

»Tut mir leid, dass ich Ihnen das Leben schwer mache, Sergeant. Die drei Leichen sind wohl das Werk religiöser Terroristen aus Afghanistan?«

Verärgert schüttelte Perez den Kopf, was anscheinend auch sein Gehirn in Bewegung brachte.

»Genauso ist es. Sie stellen die richtigen Fragen. Ihr Spürsinn hat Sie nicht getäuscht. Es sind religiöse Fanatiker, aber sie kommen aus dem Irak.«

Liep dachte einen Moment über die Antwort nach.

»Wie klarsichtig ist ein Sergeant der Polizei?«, fragte Art in scherzhaftem Ton. »Ich kann verstehen, dass Sie angewidert sind. Aber ich mache meinen Job, genau wie Sie. Der Tod ist mein täglich Brot, ihm verdanke ich meinen Lebensunterhalt. Sagen Sie mir das, was ich wissen soll, und dann legen wir uns schlafen.«

Perez brauchte einen Moment, bis er aus seinen Gedanken auftauchte. Die Leute stellten sich immer hochglanzpolierte Rangabzeichen und frisch gebrühten Kaffee vor. Disziplin und Ehre und Bürger, die über jeden Verdacht erhaben waren. Doch dann ging eine Tür auf, und man betrat die Welt von Tony Perez. Eine schmutzige und korrupte Welt, in der sich jeder ein kleines Separee einrichtete, um dort seine diabolischen Fantasien zu inszenieren und auszuleben.

»Haben Sie die Lage unter Kontrolle?«, bohrte der Journalist nach.

Perez warf ihm einen finsteren Blick zu, leerte sein Glas und beugte sich zu ihm hinüber. »Nein. Ehrlich gesagt haben wir die Lage nicht unter Kontrolle. Wir haben Vincent Connely.«

Kapitel 6

1

Die Absätze der Sekretärin klapperten auf den versiegelten Fliesen. Judith Graham folgte ihr den Gang hinunter bis zu einer Eichentür. Die Sekretärin bedeutete der Anwältin, einen Moment zu warten, dann trat sie zur Seite und lächelte ihr kurz und unpersönlich zu.

Judith betrat den Raum. D. A. Madsen saß in einem schwarzen Ledersessel hinter seinem Schreibtisch. Vor ihm war ein kompliziertes System aus Telefonen und Sprechanlagen aufgebaut.

»Wie schön, Sie zu sehen«, sagte er und bat sie, sich zu setzen. »Leider mussten Sie warten.«

Das war keine Entschuldigung, sondern eine Feststellung.

»Machen Sie sich deswegen keine Sorgen.«

Er lehnte sich zurück, lächelte breit und sagte: »Ihre Verteidigungsstrategie im Fall Swaim hat mich sehr beeindruckt. Aber lassen wir das, das sind alte Geschichten. Ich nehme an, Sie sind hier, um über Connely zu sprechen.«

»Warum haben Sie meinen Mandanten verhaftet?«

»Er steht unter Verdacht, drei Jungen ermordet zu haben, deren Leichen in den Räumlichkeiten eines seiner Unternehmen gefunden wurden.«

Judith musterte D. A. Peter Madsen. Er hatte eine ernste, fast feierliche Miene aufgesetzt.

Seine Pose soll mich von der Richtigkeit seiner Anschuldigungen überzeugen, dachte sie. Ein Wolf, der nur kurz seine scharfen Zähne aufblitzen lässt.

»Wonach haben Sie in seinem Haus gesucht?«, fragte Judith.

»Das kann ich Ihnen nicht sagen.«

Sie lächelte ihn an. »Dürfen Sie nicht oder wollen Sie nicht?«

Madsen lächelte zurück.

»Die Polizeiberichte dürfen erst nach der offiziellen Anklage an die Verteidigung weitergegeben werden, Judith. Das wird in …«, er warf einen Blick auf seine Armbanduhr, »genau vierundsechzig Minuten geschehen.«

»Bei der Anhörung, ob mein Mandant auf Kaution freigelassen wird, werden Sie dem Richter Indizien oder Beweismaterial vorlegen müssen«, sagte sie.

Madsen verschränkte die Hände hinter dem Nacken und streckte die Beine aus.

»Richtig. Aber dafür wurde noch kein Datum festgelegt. Ich halte mich lediglich an das Gesetz, Judith.«

Madsen hatte seine Brille abgenommen und rieb sich die Augen.

»Ihre Ermittlungsakte scheint ziemlich dünn zu sein, Peter.«

Er lachte, um seine Überraschung zu kaschieren. Wie hatte sie das so schnell herausfinden können?

»Unsere Ermittlungsakte ist hieb- und stichfest, das können Sie mir glauben. Aber wir haben gelernt, Sie nicht zu unterschätzen, besonders wenn es um Vergewaltigung geht.«

Sie schien verwundert zu sein. »Ich kann da keinen Zusammenhang erkennen.«

D. A. Madsen sah die Strafverteidigerin an. Sie wirkte ehrlich.

»Es wäre nicht fair, Sie im Ungewissen zu lassen«, sagte er, nachdem er sich zu einer Entscheidung durchgerungen hatte. »Wir haben die Absicht, Ihren Mandanten wegen Kidnapping, Folter, Vergewaltigung und der Ermordung von drei Jugendlichen anzuklagen.«

Er griff nach einem Umschlag aus braunem Papier, der auf seinem Schreibtisch lag, zog einen Stapel Fotos heraus und reichte ihn Judith.

Die ausgeweideten Körper hingen wie geschlachtetes Vieh an einer Wand – einer Wand von sakralem Weiß, die blutbefleckt und mit einer seltsamen kleinen Inschrift, einer Art Signatur, versehen war. Die Augen, es waren vor allem die Augen, die sie schockierten. Sie dachte an Tim. Judiths Hand zitterte, als sie Madsen die Fotos zurückgab.

»Das ist die Behandlung, die er kleinen Jungs angedeihen lässt, und das vielleicht nicht zum ersten Mal. Wir haben guten Grund zu der Annahme, dass er vor einigen Jahren in Paris unter dem Namen Raphaël Schiller auf dieselbe Weise gemordet hat.«

Madsen legte den Umschlag zurück.

»Schiller und Connely sind ein und dieselbe Person. Das ist eine Tatsache. Und da ist noch etwas: Es gibt ein viertes verschlepptes Opfer, das noch nicht gefunden wurde. Wenn es lebt, und wenn uns Connely zu ihm führt, können wir Zugeständnisse machen. Lassen Sie das Ihren Mandanten wissen. Dieses Angebot mache ich nur einmal.«

II

Vincent Connely saß auf der anderen Seite einer dicken Fensterscheibe. Er trug einen orangefarbenen Overall, das Haar war zu einem Pferdeschwanz zusammengebunden. Er hielt sich gerade – anscheinend hatten ihn die Ereignisse nicht allzu sehr mitgenommen. Er hatte die Hände vor sich verschränkt und maß Judith mit eiskaltem Blick. Sie glaubte einen Anflug von Verärgerung und Ungeduld in ihm zu erkennen. In einer pendelartigen Bewegung senkte er den Kopf, wobei seine Wirbel knackten.

»Warum gibt es noch keinen Termin für die Anhörung meiner Freilassung auf Kaution?«, fragte er. »Das müssten Sie bereits geklärt haben.«

Die offizielle Anklage wurde erst um zehn Uhr bekannt gegeben. Vorher konnte sie nichts unternehmen. Sie hielt es für besser, die Bemerkung ihres Mandanten zu ignorieren.

»Drei Kinder sind unter abscheulichen Bedingungen geschlagen, gefoltert und getötet worden. Ich komme gerade aus Madsens Büro. Er beschuldigt Sie dieser grauenhaften Taten ... Die Leichen sind in den Räumlichkeiten der Delta gefunden worden, eines Ihrer Unternehmen.«

Sie schwieg abwartend, aber er reagierte nicht.

»Das scheint Sie nicht zu erschüttern«, schloss sie nach einer langen Pause.

»Ich habe nichts mit diesen Verbrechen zu tun«, entgegnete Connely, wie auf der Hut, was sie als Nächstes sagen würde.

»Wer ist Raphaël Schiller?«

Sein Gesicht blieb starr, nur die Knöchel seiner Hände waren weiß geworden. Sein Blick wirkte weniger eisig, dafür entrückter, als würde er die Erinnerungen filtern, die dieser Name in ihm weckte.

»Sie arbeiten für mich und nicht für die Anklage. Ich bezahle Sie nicht, damit Sie mich verhören, Graham, ich bezahle Sie, damit Sie mich hier rausholen!«

»Sie waren nicht offen zu mir.«

»Ist das alles, was Sie mir zu sagen haben? Und das bloß, weil Madsen in Ihnen mit diesen alten Geschichten Zweifel gesät hat!«

Er unterstrich seine Worte, indem er mit dem Zeigefinger an die Scheibe zwischen ihnen tippte.

»Ich glaube nicht, dass ich in der Lage bin, Sie erfolgreich zu verteidigen«, sagte Judith und stand auf.

»Warum? Weil Madsen behauptet, ich hätte diese Kinder vergewaltigt und gefoltert? Madsen will den Weg für seine Wiederwahl ebnen. Er braucht einen Prominenten, der auf der Anklagebank sitzt, und das wissen Sie ganz genau. Er hat die meisten Prozesse verloren und das Geld der Steuerzahler aus dem Fenster geworfen. Ich habe diese Morde nicht begangen! Weder die hier noch die in Paris. Wissen Sie überhaupt, wer Raphaël Schiller war? Wissen Sie, dass meine eigene Tochter getötet wurde? Madsen kann es sich nicht erlauben, diesen Prozess zu verlieren. Die Öffentlichkeit würde ihm das nie verzeihen. Merken Sie nicht, dass er verzweifelt versucht, Sie zu manipulieren?« Connely schwieg. Er hatte Tränen in den Augen.

»Als Élodie nicht mehr lebte, gab es in Paris nichts, was für mich noch zählte«, fuhr er fort. »Ich wollte ein neues Leben anfangen. Ist das ein Verbrechen? Hat Madsen Ihnen auch gesagt, wer offiziell dieser abscheulichen Morde für schuldig befunden wurde? Hat er darüber mit Ihnen gesprochen?«, fragte er mit einem pathetischen Unterton in der Stimme.

Er näherte sich der Trennscheibe. Sein Gesicht schien vor Schmerz zu einer Maske erstarrt.

»Ich brauche Sie. Ich brauche Sie, damit Sie mich hier rausholen. Ich bin unschuldig. Ich habe die Leiche meiner Tochter gesehen und die ihres Freundes Yann … Und kann mir vorstellen, welche Wirkung diese Fotos auf Sie hatten.«

Judith wusste nicht mehr, was sie denken sollte. Zu viele gegensätzliche Gefühle beherrschten sie.

»Ich teile Ihnen im Lauf des Tages mit, wie ich mich entschieden habe«, sagte sie.

»Nur eins noch.«

Sie setzte sich wieder auf die Stuhlkante.

»Ich habe einen achtjährigen Sohn. Er braucht mich und nicht einen Vater hinter Gittern.«

Judith war vollends verwirrt. Diese schrecklichen Bilder hatten in ihr fürchterliche Angst ausgelöst, aber jetzt schien die Verzweiflung dieses Mannes durchaus glaubwürdig.

Sie versuchte, sich ihn dabei vorzustellen, wie er diese Gräuel beging. Nackt, das Gesicht vielleicht hinter einer Maske versteckt? Sie riss sich zusammen.

Ich muss in Ruhe nachdenken. Ich brauche ein paar Stunden Zeit, ehe ich mich entscheide.

III

»Ich habe seine Verteidigung übernommen«, sagte Judith zu Manny Otero und zählte ihm die Akten des Dossiers auf, so dick, dass die Papiere aus der Tasche zu ihren Füßen quollen.

Der Fall Connely hatte bereits eine Unmenge Protokolle produziert: Transkriptionen des Berichts der Polizeibeamten, die als Erste am Tatort gewesen waren; Transkriptionen der Berichte der Detectives der Kriminalpolizei, des Gerichtsmediziners, des Autopsieprotokolls, der Laborbefunde.

»Das ist Routine«, stellte er fest.

Manny arbeitete schon seit drei Jahren für Judith als Ermittler. Ein Mexikaner der zweiten Generation, gerade mal dreißig, mit einem Gesicht, das zugleich streng und weich war und dabei Intelligenz ausstrahlte. In einer Stadt, in der zwei Drittel der Einwohner seiner Herkunft waren, erzielte er ausgezeichnete Ergebnisse.

Judith war aufgefallen, dass die Menschen sich Manny anvertrauten. Etwas in seinem Blick erweckte den Eindruck, als würde er sich nicht wirklich dafür interessieren, was die Leute ihm erzählten. Als höre er nur zu, weil er es gut meine und helfen wolle. Denn er nickte dann behäbig mit dem Kopf wie ein großmütiger und nachsichtiger Beichtvater.

»Wie lautet die Anklage?«, fragte Manny und biss in sein Sandwich.

Die beiden saßen auf einer schattigen Bank zwischen den Hochhäusern aus Glas und Aluminium im Zentrum der Stadt und aßen zu Mittag.

Judith stellte ihre Diät-Cola ab und hielt ihm ein Dokument vor die Nase.

»Lesen Sie es mir vor«, sagte Manny. »Ich will auf dem Bericht keine Fettflecken hinterlassen.«

Judith lächelte und las die Anklagepunkte vor, die Vincent Connely schwer belasteten.

»Das hört sich ziemlich übel an«, sagte Manny.

»Das ist noch nicht alles«, erwiderte Judith. »Die kleine Madoone ist immer noch verschwunden.«

»Und die Fotos? Haben Sie die dabei?«

»Ich erspare Ihnen die Fotos erst einmal, Manny. Sie essen noch.«

Der Ermittler warf der Strafverteidigerin einen überraschten Blick zu, stützte die Ellbogen auf die Knie und betrachtete sein Sandwich.

»Halten Sie ihn für schuldig?«

»Madsen hatte mich fast überzeugt, aber das ist sein Beruf. Was Connely angeht, so bin ich unschlüssig. Entweder ist der Mann ein bemerkenswerter Schauspieler oder er ist unschuldig.«

Es war heiß. Judith saugte an dem aus dem Becher ragenden Strohhalm, löste aber nur ein enttäuschendes Gurgeln aus.

»Möchten Sie etwas trinken?«

Manny schüttelte den Kopf.

Judith stand auf und ging zu den Getränkeverkäufern auf der anderen Seite des Platzes. Als sie zurückkam, stellte sie den vollen Becher auf den Boden, nahm einen Block und begann darin zu blättern.

»Nach der offiziellen Anklageerhebung bin ich ins Gefängnis gegangen und habe ihn befragt«, sagte sie.

»Über die Geschehnisse in Paris?«

»Ja.«

»Was hat er gesagt?«

Sie überflog ihre Notizen.

»Er behauptet, der Mörder sei ein gewisser Cassel, ein Rechtsanwalt, gewesen.«

Manny mimte Überraschung und sah Judith mit angsterfüllten Augen an, als befände er sich in einem Horrorfilm.

»Ich stehe zu meiner gespaltenen Persönlichkeit«, sagte sie lächelnd. »Machen wir weiter ... Cassel hat sich erhängt, als man ihn festnehmen wollte. Er wurde post mortem für schuldig befunden, die Polizei hat sogar die Leiche eines der verschwundenen Kinder in seinem Keller gefunden.«

»Man ist doch noch kein Krimineller, nur weil man seinen Namen ändert und in ein anderes Land geht. Warum ist Madsen so sicher, dass Connely etwas mit dieser Sache zu tun hat?«

»Das weiß Connely nicht. Er behauptet, er sei das Opfer gewesen. Cassel habe seine Tochter, einen ihrer Freunde und die Haushälterin ermordet.«

Manny zerknüllte das Einwickelpapier seines Sandwichs und warf es in den Mülleimer.

»Haben wir Zugang zum Dossier aus Paris?«, fragte er.

»Nein. Und ich glaube nicht, dass Madsen es kennt. Noch nicht.«

»Wer hat diese Affäre aufgedeckt? Wer hat dem District Attorney davon erzählt?«

»Connely behauptet, das sei ein abgekartetes Spiel. Er ist sich sicher, mit niemandem über diese Geschichte gesprochen zu haben.«

»Der Mann hat bestimmt viele Feinde. Aber dass sie drei Kinder ermorden, nur um ihn zu belasten, glaube ich nicht«, sagte Manny. »Außer er wäre in Drogengeschäfte verwickelt.«

Judith zuckte mit den Schultern. Darüber wusste sie nichts.

»Madsen wird mir nichts erzählen. Die Sondereinheit, die sich mit dem Fall befasst, wird von einem gewissen Tony Perez geleitet. Schauen Sie mal, ob Sie von denen etwas in Erfahrung bringen können.«

IV

Als Judith wieder in ihrer Kanzlei war, fand sie mehrere Nachrichten von Dr. Kenneth Maller auf ihrem Anrufbeantworter vor, einem Spezialisten für Kriminalpathologie, mit dem sie häufig zusammenarbeitete. Sie hatte heute Morgen den Termin mit ihm verpasst, weshalb sie ihn sofort zurückrief. Ihr Magen war von der Diät-Cola aufgebläht, dabei hatte sie immer noch Durst. Weiß Gott, was sie in dieses Zeug mischten!

Sie zog sich die Schuhe aus, streifte ihre Strumpfhose ab und wählte Mallers Nummer.

»Entschuldigen Sie, dass ich Sie versetzt habe, Kenneth. Aber ich musste ins Gefängnis.«

»Haben Sie was für mich?«

»Ja. Vincent Connely.«

»Machen Sie Witze?«

»Nein. Drei kleine Jungs. Ich muss alles über die Umstände wissen, die zu ihrem Tod führten; vor allem darüber, was sie vorher erlitten haben.«

»Trauen Sie dem offiziellen Autopsiebericht nicht? Die haben recht kompetente Leute in ihrer Abteilung.«

»Darum geht es nicht. Madsen beißt sich an einer ähnlichen Geschichte fest, die vor rund zwölf Jahren in Paris passiert ist. Ein gewisser Cassel wurde als Täter identifiziert, doch das Büro des District Attorney scheint nicht an diese Version zu glauben. Wir müssen die Autopsieberichte vergleichen und prüfen, ob es Übereinstimmungen gibt.«

»Haben Sie den aus Paris?«

»Nein.«

»Verfügen wir über ein Budget?«

»Geben Sie so viel aus, wie Sie wollen, aber liefern Sie mir Ergebnisse.«

»Sie können auf mich zählen«, sagte Maller und legte auf.

Art Liep stieß ohne anzuklopfen die Tür auf. Judith merkte, wie sein Blick auf ihre Strumpfhose fiel, die auf dem Schreibtisch lag. Sie schob die nackten Füße unter ihren Stuhl, hielt es jedoch für überflüssig, das Häufchen aus beigem Flor wegzuräumen. Dafür war es nun zu spät.

»Entschuldigen Sie, aber ich war hier im Haus und dachte, Sie hätten vielleicht ein paar Minuten Zeit für mich«, sagte er.

»Setzen Sie sich«, bot sie ihm etwas verspätet an.

Er hatte es sich schon bequem gemacht. Es gibt verschiedene Kategorien Journalisten. Obwohl Art noch jung war, hatte er schon Macht und eine gewisse Autorität erlangt, Attribute, die zur Vorsicht rieten. Er musterte Judith mit einem Blick, als wolle er sie ausforschen oder ihre Gedanken lesen. Seine blauen Augen sahen sie durchdringend an. Sie fühlte sich unwohl.

»Judith! Wie kommt es, dass eine so integere und intelligente Frau wie Sie einen Mann verteidigt, dem die Anklage vorwirft, drei Kinder entführt, vergewaltigt und gefoltert zu haben?«

Lieps Stimme war tief, und er sprach langsam. Sein Tonfall war beruhigend, wie man ihn bei einem ungehorsamen oder unwissenden Kind benutzt. Sie spürte, dass sie errötete.

»Ich brauche mich nicht zu rechtfertigen, Art. Ich bin Anwältin. Mein Beruf besteht darin, Menschen zu verteidigen. Vergessen Sie nicht, dass der Angeklagte laut Verfassung so lange als unschuldig gilt, bis seine Schuld bewiesen ist.«

»Ich weiß, ich weiß. Beruhigen Sie sich. Ich wollte Sie mit meiner Bemerkung nicht persönlich angreifen. Ich bin nur überrascht, das ist alles.«

Er zog ein Notizbuch aus der Innentasche seines Jacketts.

»Ich schlage Ihnen ein Geschäft vor. Sie sichern mir die Exklusivität Ihrer Kommentare und Beobachtungen in diesem Fall zu, und …«

»Moment«, unterbrach Judith ihn. »Meine Beziehungen zu einem Mandanten sind absolut vertraulicher Natur und unterliegen der Schweigepflicht. Sollten Sie glauben, ich würde dagegen verstoßen, irren Sie sich.«

»Das interessiert mich überhaupt nicht. Ich möchte meinen Lesern nur den Standpunkt der Verteidigung vermitteln. Außerdem könnten sie dann anlässlich eines aufsehenerregenden Prozesses die Funktionsweise unseres Rechtssystems beurteilen. Schließlich kann es ja jedem Bürger passieren, eines Tages vor Gericht zu stehen.«

»Und diese Exklusivität soll umsonst sein?«, fragte Judith mit einem Lächeln.

»Dazu wollte ich gerade kommen, aber Sie haben mich unterbrochen. Wir sind kein Skandalblatt und bezahlen nicht für unsere Informationen. Nein, ich schlage Ihnen etwas anderes vor. Ich biete Ihnen einen Austausch an.«

Nun musterte Judith ihren Besucher aufmerksam. Spielte er ein Spiel? Und wenn ja, welches?

»Und wie soll dieser Tausch aussehen?«

»Ich biete Ihnen in diesem Fall meine Hilfe an.«

»Wie wollen Sie mich davon überzeugen, dass es im Interesse meines Mandanten liegt, mit Ihnen ins Geschäft zu kommen?«

Art machte eine Pause. Ihre Blicke trafen sich: »Okay. Ihr Misstrauen ist verständlich. Deshalb gebe ich Ihnen eine Information, um Ihnen meine Aufrichtigkeit zu beweisen. Sie müssen mir allerdings versprechen, nie Ihre Quelle zu nennen.«

Es folgte ein langes Schweigen. Das Telefon läutete, doch Judith wartete, bis das Klingeln verstummte.

»Einverstanden, mit der Einschränkung, dass es meinem Mandanten nicht schadet.«

Liep lächelte. »Ich habe von einer Zusammenarbeit gesprochen, Judith. Ich bin Journalist und kein Polizist oder District Attorney.«

»Ich höre.«

»Ich weiß, dass Vincent Connely früher Raphaël Schiller hieß. Ich weiß auch, dass Madsen ihn verdächtigt, vor Jahren ähnliche Verbrechen in Paris begangen zu haben. Können Sie mir folgen?«

»Sicher. Weiter.«

Wie zum Teufel konnte er das herausgefunden haben? Bestimmt ließ Madsen Informationen durchsickern. Selbst wenn sich Connely vor Gericht aus der Affäre zog, wäre er in der Öffentlichkeit für immer und ewig ruiniert.

»Wollen Sie wissen, wer Madsen über Schiller informiert hat?«

Judith bemühte sich, keinerlei Reaktion zu zeigen. Liep gab vor, völlig von der Lektüre seines Notizbuchs in Anspruch genommen zu sein.

»Die Beamtin heißt Senda Barhi. Sie ist die Polizistin, die in Paris mit den Ermittlungen beauftragt war. Sie ist hier in L. A., im Marriott.«

Judith wollte gerade eine Frage stellen, als Art schon aufstand.

»Denken Sie darüber nach. Wir könnten uns gegenseitig bei unseren Karrieren helfen.«

Es war nicht einfach gewesen, aber sie war wieder in ihre Schuhe geschlüpft. Sie ging um den Schreibtisch herum und brachte den Journalisten zur Tür.

»Übrigens, kennen Sie diesen Witz über berühmte Anwälte?«, fragte Art.

Seine Hand lag auf dem Türknauf.

»Welchen?«

»Man legt sie in Ketten, steckt ihre Füße in einen Eimer mit flüssigem Beton und überlässt sie dann ihrem Schicksal.«

Judith nickte.

»Das ist ein guter Anfang«, antwortete sie.

Kapitel 7

I

Das Bild blitzte gleich einem blendenden, explodierenden Geschoss auf, und sie erkannte es nicht wieder. Dabei wartete sie seit zwölf Jahren auf diesen Augenblick. Das, was sie sah, war formlos und verschwommen, ohne Bedeutung. Ein surrealistisches Gemälde aus roten Flecken und schwarzen und grauen Schatten ohne jeden Sinn.

Senda schreckte aus dem Schlaf hoch. Ihr Herz schlug unregelmäßig. Hastig stand sie auf und nahm eine Tablette. Sie litt an Atemnot. Dann trat sie in den Gang des Hotels hinaus und lief ihn mehrmals auf und ab, bis das Erstickungsgefühl nachließ. Sie hatte sich nie richtig von jener Nacht erholt. Mit den Jahren waren die Zeiträume zwischen den Anfällen immer größer geworden, doch seit dem Horrorszenario in den Lagerhallen litt sie wieder unter ihnen.

Sie ging in ihr Zimmer zurück und warf einen Blick auf ihre Armbanduhr. Elf Uhr morgens. Fast wäre sie über eine der zahlreichen Flaschen gefallen, die auf dem Teppichboden lagen. Sie hatte die Minibar geleert. Doch nun hatte sie Durst. Nur noch eine Dose Bier war übrig. Sie trank sie zur Hälfte und setzte sich auf die Bettkante.

Sie sah das kleine rote Licht am Telefon blinken. Jemand hatte eine Nachricht hinterlassen.

Sie blieb zehn Minuten unter der Dusche sitzen. Die Kälte

spürte sie nicht. An dem heißen Strahl hätte sie sich fast verbrüht. Sie stieg aus der Dusche und leerte das Bier.

Schließlich betrachtete sie ihr Spiegelbild. War es Entschlossenheit oder Lethargie, die in ihrem Blick lag? War in ihren hellen Augen die Gewissheit zu lesen, dass sie nicht aufgeben würde?

Langsam ließ sie sich an der Wand heruntergleiten und stützte den Kopf in die Hände. Fast den ganzen Nachmittag blieb sie so sitzen, völlig kraftlos und von Joints und Tabletten benebelt.

In ihrem tiefsten Inneren spürte sie genau, dass der Impuls, alles verstehen zu wollen, in den Wahnsinn führte. Denn dieses fanatische Verlangen in ihr konnte sie ebenfalls dazu verleiten, blind zu werden – blind für die Zeichen, die sie zu entschlüsseln suchte.

Die Nachricht war von Madsen. Er wollte sie dringend sprechen. Sie wusste, warum er frustriert war. Sie wühlte in ihren Sachen und fand seine Karte. Kurz darauf hatte sie ihn in der Leitung.

»Was soll die Scheiße? Ich warte seit Stunden auf Ihren Rückruf!«

»Worum geht es?«, fragte sie mit belegter Stimme.

»Sie sind auf einem Trip! Und hören Sie endlich auf, mich zu verarschen! Es geht um die Ermordung von drei Kindern, möglicherweise von vier, verdammt noch mal! Sie wissen doch, wovon ich rede! Warum wollen Sie nicht aussagen?«

»Ich weigere mich nicht auszusagen, Peter. Meine Vorgesetzten haben mir dazu keine Erlaubnis erteilt. Ich bin Polizeibeamtin in halb offizieller Mission. Mir sind die Hände gebunden.«

»Ohne Ihre Aussage besteht die Gefahr, dass der Angeklagte vorläufig auf freien Fuß gesetzt wird. Wollen Sie das?«

»Nein, das will ich nicht. Aber es steht nicht in meiner Macht, es zu verhindern. Ich habe diesbezüglich Anweisungen erhalten.«

Madsen beruhigte sich.

»Ich weiß.«

»Wann ist die Anhörung?«

»Morgen früh um neun Uhr.«

»Ich hoffe, der Richter wird Ihren Argumenten folgen«, sagte sie und legte auf.

Das Ansehen und die Karrieren aller Beteiligten würden andernfalls in den Dreck gezogen werden. Madsen brauchte einen Knalleffekt, eine überraschende Wendung, um schnell ans Ziel zu kommen. Und sie war nicht in der Lage, ihm dazu zu verhelfen.

II

Madsen zermarterte sich das Gehirn: Hatte er überstürzt gehandelt, als er Connely angeklagt hatte? Judith Graham würde ihren Mandanten nicht aussagen lassen. Es würde also kein Kreuzverhör geben.

In dieser Nacht würde er nicht viel schlafen. Das wusste er. So erging es ihm jedes Mal. Er würde gegen fünf Uhr aufstehen, eine halbe Stunde Sport treiben und dann heiß duschen. Spiegeleier mit Speck und zwei Tassen starker Kaffee würden ihm die nötige Energie geben. Danach würde er den ehrenwerten Richter Milton Neufeld davon überzeugen müssen, dass Vincent Connely, ein geschätzter und bekannter Bürger der Stadt, eigentlich ein Pädophiler, ein Sadist, ein Kindermörder und weiß Gott noch was war.

Kapitel 8

I

Connelys stattliche Erscheinung hatte nicht im Geringsten gelitten. Er war braun gebrannt, hatte seine Haare nach hinten gekämmt und trug einen anthrazitfarbenen Anzug, dazu ein hellblaues Hemd und eine schwarze Krawatte. Sein Blick war distanziert und glitt unruhig über alles, als könne ein visueller Kontakt bei ihm eine unvorhergesehene, fast unkontrollierbare Reaktion hervorrufen, die den Grund für seine Anwesenheit an diesem Ort enthüllen würde.

Der Sitzungssaal strahlte eine funktionale Neutralität aus, die man skandinavisch hätte nennen können.

Judith Graham und Vincent Connely setzten sich an einen Tisch aus poliertem Mahagoni. Judith öffnete ihren Laptop und schloss ihn an. So konnte sie direkt die während der Befragungen protokollierten Fragen und Antworten mitverfolgen.

Auf der anderen Seite hatten Madsen und Nash an einem identischen Tisch bereits seit einer Weile ihre Akten aufgeschlagen. Tony Perez saß mit einem Zeugen der Anklage – dem Gerichtsmediziner – in der ersten Reihe. Den Leiter des Polizeilabors hatte Madsen nicht vorgeladen, was bedeutete, dass die Anklagebehörde keine Indizien gefunden hatten, die Judiths Mandanten belasteten.

Connely beugte sich zu Judith. »Wer ist der Richter?«

»Milton Neufeld. Er hat einen guten Ruf und lässt sich bei seinen Entscheidungen nicht von Madsen oder eventuellen Auswirkungen auf die öffentliche Meinung beeindrucken.«

Außerhalb des Sitzungssaals herrschte der alltägliche Kampf der Menschen untereinander, in dem sie ihre Urtriebe auslebten und jeder versuchte, den anderen mit der Zurschaustellung seines Reichtums und seiner Statussymbole zu blenden und zu täuschen.

Hier herrschte jedoch eine andere Form der Macht: ein eng geknüpftes Netz aus Hierarchien und Gesetzen, dazu bestimmt, die gesellschaftliche Ordnung aufrechtzuerhalten. Hier, im Saal, war Connely machtlos.

Judith dachte an die vielen Stunden, die sie im Halbdunkel von Fachbibliotheken verbracht und schließlich ihre geheimen, romantischen Träume aufgegeben hatte, während sie aus dem Fenster sah und zwischen den rosa verputzten Fassaden auf das Blau des Meers und den in gleißendes Licht getauchten Strand schaute, wo Surfer auf schaumgekrönten Wellen waghalsige Sprünge vollführten.

»Hat Madsen Ihrer Meinung nach genügend Beweismaterial, um Richter Neufeld zu überzeugen?«

Judith schüttelte lächelnd den Kopf. Denn sie wusste, dass Connely eine positive Antwort erwartete.

»Nein, das glaube ich nicht.«

Aufmerksam sah sie sich um. Sie erkannte die Familien der ermordeten Kinder und beugte sich zu ihrem Mandanten.

»Ich hoffe, Sie haben mir nichts verheimlicht, Vincent?«

Er neigte den Kopf, ohne sich umzusehen. Fast hätte sie ihm erzählt, dass sie wisse, wer Madsen über die Morde in Paris informiert hatte, aber sie überlegte es sich anders.

Der Gerichtsdiener kündigte den Richter an, und die Anwesenden erhoben sich. Er war klein und hatte eine Halbglatze, die von zwei zerzausten Haarbüscheln umrandet war. Neufeld ähnelte einem Faun. Er setzte seine Hornbrille auf und blickte auf seine Armbanduhr.

Connely erstarrte. Seine Kiefermuskeln verkrampften sich. Judith spürte die plötzliche Anspannung ihres Mandanten, eine unkontrollierbare Reaktion, die verriet, dass sich hier und jetzt das wichtigste Ereignis seines Lebens abspielte.

Auf Weisung des Gerichtsdieners setzten sich alle wieder.

»Ihr erster Zeuge, Mr. Madsen«, befahl Neufeld.

»Der Staat ruft Anthony Perez auf, Euer Ehren.«

Nachdem Perez vereidigt worden war, nahm er im Zeugenstand Platz. Er hatte diese Szene am Vortag in Madsens Büro geprobt. So kannte er die Fragen und die Reihenfolge, in der der Staatsanwalt sie ihm stellen würde.

Zunächst begnügte sich Madsen damit, die Glaubwürdigkeit seines Zeugen zu belegen, indem er seine berufliche Laufbahn schilderte. Seine tiefe Stimme war beruhigend. Als er damit fertig war, schlug er einen anderen Ton an. Alle Blicke waren auf ihn gerichtet.

»Sergeant Perez, haben Sie vor etwa drei Monaten im Rahmen Ihrer beruflichen Tätigkeit von einer Reihe verschwundener Kinder erfahren, zwischen denen offensichtlich ein Zusammenhang bestand?«

»Ja.«

»Können Sie dem Gericht darlegen, worin dieser Zusammenhang bestand?«

»Die vier Vermissten waren Minderjährige, zwischen zwölf und vierzehn Jahre alt. Bei jedem von ihnen haben wir am Wohnort eine pornografische Radierung gefunden, die jeweils unter der Tür hindurchgeschoben wurde. Die Radierungen waren identisch.«

Madsen nahm ein Papier und zeigte es Judith, ehe er es dem Gerichtsdiener reichte.

»Das ist eine Fotokopie der besagten Radierung, Euer Ehren, die wir für diese Anhörung angefertigt haben.«

Der Richter warf Judith einen fragenden Blick zu. Sie nickte zustimmend.

»Fahren Sie fort, Sergeant«, sagte D. A. Madsen.

»In den Häusern der Opfer wurden weder Anzeichen eines Kampfes noch sichtbare Spuren eines Einbruchs entdeckt.«

Madsen hielt kurz inne, ehe er sagte: »Berichten Sie uns, Sergeant Perez, unter welchen Umständen Sie diese Kinder gefunden haben.«

»Nach einem Telefonanruf, der uns über verdächtige Umtriebe auf dem Gelände der Firma Delta informierte, die Material und Maschinen für Baustellen verleiht, haben wir uns Zugang zu den Räumlichkeiten verschafft und die drei verstümmelten Leichen der verschwundenen Kinder gefunden.«

»Wem gehört die Delta?«, fragte Madsen.

»Mr. Connely.«

Madsen nahm eine Reihe Fotos und legte sie Judith vor, die sie aufmerksam prüfte und dann den Blick abwandte.

Nachdem der Staatsanwalt sie durchnumeriert hatte, gab er die Fotos an den Gerichtsdiener weiter.

»Folgende Unterlagen werden der Akte hinzugefügt: Fotografien der Gebäude der Firma Delta, der vorgefundenen Leichen, der Folterinstrumente, der Mauern, auf denen pornografische Kollagen aufgehängt waren, sowie Fotos vom Inhalt von drei Plastiktüten, die aus dem benachbarten Gewässer geborgen wurden.«

Er ging wieder an seinen Tisch zurück.

»Sergeant, was haben Sie bei Ihrer Hausdurchsuchung am Wohnort des Angeklagten beschlagnahmt?«

»Im Kofferraum eines Chevrolet-Pick-ups, der dem Angeklagten gehört, haben wir unter dem Fußteppich mehrere Magazine mit Kinderpornografie entdeckt.«

»Abgesehen von ihrem grundsätzlich widerwärtigen Inhalt, was war an diesen Magazinen Besonderes festzustellen?«

»Manche Seiten fehlten, andere waren zerschnitten.«

»Haben Sie versucht, die fehlenden Bilder mit denen zu vergleichen, die in dem Raum an die Wand geheftet waren, in dem man die drei Opfer gefunden hat?«

»Ja.«

»Zu welchem Ergebnis sind Sie gelangt?«

»Zu einem positiven. Ein Teil der Bilder stammt aus den im Chevrolet beschlagnahmten Magazinen.«

Madsen sah Connely kurz an, dann fragte er: »Sergeant Perez, besteht zwischen den drei ermordeten Kindern und Mr. Connely eine Verbindung?«

»Ja.«

»Würden Sie dem Gericht erläutern, worin diese Verbindung besteht?«

»In allen betroffenen Familien arbeitet ein Elternteil für die Connely-Gruppe oder war in der Vergangenheit für sie tätig.«

»Das ist alles, Sergeant. Ihr Zeuge«, sagte Madsen an Judith Graham gerichtet und setzte sich wieder.

Judith ließ sich Zeit. Sie ging ihre Notizen sowie die verschiedenen Berichte durch, die ihr vom Büro des District Attorney überlassen worden waren.

»Sergeant Perez«, begann sie, »ist es richtig, dass Sie an keinem der Wohnsitze der verschleppten Kinder auch nur das geringste Indiz für die Anwesenheit von Vincent Connely gefunden haben?«

»Das ist richtig, aber es beweist nichts. Spuren können beseitigt worden sein.«

Judith wandte sich an den Richter.

»Euer Ehren, könnte sich der Zeuge darauf beschränken, direkt auf meine Fragen zu antworten und sich jeglichen Kommentars zu enthalten?«

Richter Neufeld machte eine zustimmende Geste und rügte Perez.

»Und auf den Leichen, Sergeant Perez? Haben Sie auf den Leichen der bedauernswerten Opfer irgendein Indiz gefunden, zum Beispiel Haare, Sperma, Zellen oder Fasern, die von Mr. Connely stammen?«

»Nein. Aber ...«

»Sergeant Perez«, unterbrach Judith ihn, »Sie haben dem Richter gesagt, Sie hätten in einem Auto des Angeklagten pornografische Magazine beschlagnahmt?«

»Das ist richtig.«

»Wo stand dieses Fahrzeug, Sergeant?«

»In der Auffahrt, die zur Garage führt.«

»War der Kofferraum abgeschlossen?«

Perez zögerte kurz. »Nein ... Ich glaube nicht.«

»Haben Sie die Fasern und den Staub aus dem Inneren des Fahrzeugs analysieren lassen?«

»Ja.«

»Zeigten sie Übereinstimmungen mit den Proben, die Sie in den Räumlichkeiten der Firma Delta und in dem Zimmer, in dem die Opfer gefunden wurden, entnommen haben?«

»Nein.«

»Sergeant Perez, besitzt Mr. Connely ein anderes, auf seinen Namen zugelassenes Fahrzeug, und falls das zutrifft, haben Sie dieselben Analysen vornehmen lassen?«

»Ja.«

»Und zu welchen Ergebnissen kamen Sie bei diesen Analysen?«

»Zu negativen Ergebnissen.«

Es entstand ein langes Schweigen, währenddessen Judith die vor ihr ausgebreiteten Unterlagen durchblätterte. Sie hob den Kopf.

»Sergeant, besteht die Möglichkeit, dass eine andere Person und nicht Mr. Connely diese Magazine im Kofferraum seines Chevrolet versteckt hat?«

Die Frage hallte im Saal wider. Judith hatte lauter gesprochen. Sie musste nur an einem Punkt Zweifel aufkommen lassen. Das genügte, um die Maschinerie der Anklage ins Stottern zu bringen.

»Das liegt im Bereich des Möglichen«, murmelte Perez nach langem Zögern.

»Sergeant Perez, werden die Räumlichkeiten der Firma Delta nicht mehr genutzt?«

»Es sieht so aus, ja.«

»Gibt es dort einen Hausmeister?«, fragte Judith.

»Nein.«

»Keine Fragen mehr«, sagte Judith.

Sie setzte sich wieder neben Connely. Perez überließ inzwischen seinen Platz dem zweiten Zeugen der Anklage, einem korpulenten Mann mit plumpen Zügen, gerötetem Gesicht und müden Augen.

»Doktor Kadsin«, fragte Madsen, »welche Stellung bekleiden Sie?«

»Ich bin Chefarzt und Leiter der staatlichen Gerichtsmedizin.«

»Doktor Kadsin, ist es in dieser Funktion Ihre Aufgabe, sich eine Meinung über eine Todesursache zu bilden?«

Dr. Kadsin blickte zum Richter auf.

»Dafür werde ich bezahlt«, sagte er mit einem Lächeln.

»Gut. Doktor, haben Sie sich vor dieser Anhörung in die Gebäude der Firma Delta begeben, um die Leichen von drei Jugendlichen männlichen Geschlechts zu untersuchen?«

»Ja.«

»Haben Sie an jeder dieser Leichen eine Autopsie vorgenommen?«

»Ja. Ich habe die Opfer untersucht, um die Todesursache festzustellen.«

Madsen referierte kurz über den Inhalt von Magen, Darm und Blase der Toten sowie über den Zustand der inneren Organe und die anatomischen Besonderheiten.

»Doktor, gehen diese Todesfälle auf ein natürliches Phänomen wie zum Beispiel eine Krankheit zurück?«

»Nein.«

D. A. Madsen machte eine Pause. Er beriet sich kurz mit Nash und fuhr dann fort: »Woran sind diese Kinder gestorben, Doktor Kadsin?«

»An einer Blutung, die durch eine Ausweidung hervorgerufen wurde.«

»Wie lange dauerte ihr Todeskampf?«

»Viele Minuten.«

»Wiesen die Leichname andere Verletzungen auf, Doktor?«

»Ich habe Quetschungen an den Fuß- und Handknöcheln und am Hals festgestellt, die durch die Ketten verursacht wurden, die man am Tatort gefunden hat. Die Bluttests haben bestätigt, dass diese Eisen wirklich dazu benutzt wurden, die Kinder für einen längeren Zeitraum festzuhalten. Jeweils Striemen auf dem Brustkorb und Rücken zeigen, dass sie gepeitscht wurden.«

»Ist das alles, Doktor?«

»Nein. Die Leichname, die ich untersuchte, haben auch eine Verstümmelung erlitten, eine nicht-chirurgische Ablation der Genitalien.«

»Alle drei?«

»Ja, und auf dieselbe Art und Weise.«

»Was kann man sich darunter vorstellen, Doktor?«

»Penis und Hoden wurden abgerissen.«

»Mithilfe eines Instruments?«

»Ich glaube nicht. Die Wundränder sind zwar mit einem Schneideinstrument nachbearbeitet worden, aber nur, um eine eventuelle Identifizierung durch Fingerabdrücke unmöglich zu machen.«

»Halten Sie eine von einem Tier zugefügte Bisswunde für wahrscheinlich?«

»Nein, sie stammt von einem Menschen.«

Madsen warf einen kurzen Blick zu Richter Neufeld. Der Vorsitzende hatte sich dem Zeugenstand zugewandt und notierte etwas. Madsen wartete, bis er wieder hochschaute.

»Wurden diese Verstümmelungen post mortem vorgenommen?«

Dr. Kadsin zögerte etwas, als habe er die Frage nicht verstanden.

»Wie meinen Sie das, Mr. Madsen?«

»Waren die Kinder tot, als man sie kastriert hat?«

»Ja, die Verstümmelungen wurden post mortem vorgenommen.«

Madsen konsultierte erneut seine Aufzeichnungen.

»Gab es sexuelle Misshandlungen, Doktor?«

»Mit Sicherheit. Der Rektalbereich wies charakteristische Verletzungen auf.«

»Doktor Kadsin, hat der Mörder Ihrer Meinung nach Vorsichtsmaßnahmen ergriffen, um keine Spuren zu hinterlassen?«

»Gewiss. Wir haben kein Sperma nachweisen können; lediglich ein Gleitmittel, das man üblicherweise bei der Verwendung von Kondomen vorfindet.«

»Was haben Sie sonst noch festgestellt?«

»Die Finger der Opfer wurden mit Säure gereinigt. Mit Salzsäure.«

»Aus welchem Grund?«

»Einspruch«, unterbrach Judith die Anhörung. »Das ist eine Interpretation, die den Rahmen von Doktor Kadsins Fachwissen sprengt.«

Der Richter beugte sich zu dem Mediziner. »Sind Sie in der Lage, eine Expertenmeinung abzugeben, Doktor?«

Der Pathologe nickte.

»In diesem Fall ging es nicht darum, die Fingerabdrücke unkenntlich zu machen, sondern Partikel und Fremdzellen zu zerstören, die sich unter deren Nägeln befinden.«

Dr. Kadsin bat um ein Glas Wasser, das ihm von einem der Polizeibeamten im Saal gebracht wurde. Er trank einen Schluck und stellte den roten Plastikbecher auf den kleinen Tisch neben ihm.

Madsen begann mit einem neuen Fragenkomplex.

»Kommen wir nun zu den sterblichen Überresten aus den in dem Gewässer versenkten Säcken, Doktor. Worum handelte es sich hierbei?«

»Sie stammten überwiegend von Tieren, von Hunden. Die Plastikhüllen hingegen enthielten die Genitalien der Opfer.«

»Haben Sie am Zustand dieser Genitalien etwas Außergewöhnliches feststellen können?«

»Nein, außer einigen Quetschungen an den Penissen.«

Madsen schloss die vor ihm liegende Akte. »Das ist alles, Euer Ehren.«

»Ihr Zeuge, Miss Graham«, sagte der Richter.

Ehe Judith das Wort ergreifen konnte, schrieb Vincent schnell etwas auf einen Block und schob ihn ihr hin. Sie las die Notiz, legte die Hand auf den Arm ihres Mandanten, nickte und stand auf.

»Doktor Kadsin, konnten Sie bestimmen, wann ungefähr der Tod der Jungen eingetreten ist?«

Madsen hatte diese Frage nicht gestellt, weil er wahrscheinlich annahm, dass die Antwort für die Anklage nicht von Vorteil sein würde. Connely hatte jedoch an diese Frage gedacht. Judith wurde dadurch in ihrer Auffassung bestärkt, dass ihr Mandant unschuldig sei.

Madsen schien verunsichert zu sein.

Dr. Kadsin schüttelte nur den Kopf. »Schwer zu sagen«, murmelte er.

»Was wollen Sie damit sagen, Doktor? Ich verlange ja nicht die genaue Uhrzeit, sondern lediglich den Tag. Soviel ich dem Autopsiebericht entnehmen kann, waren die Opfer nicht im Verwesungszustand.«

Dr. Kadsin wirkte wie ein kleines Kind, das man auf frischer Tat beim Naschen erwischt hat. Er trank einen Schluck Wasser, damit er nachdenken konnte.

»Doktor Kadsin, haben Sie den ungefähren Zeitpunkt des Todes der drei Jugendlichen, die man in den Räumlichkeiten der Firma Delta gefunden hat, feststellen können oder nicht?«

»Ja, ich habe ihn festgestellt«, sagte er.

»Wann ist er anzusetzen?«

»Auf etwa vierzig bis fünfzig Stunden vor der Entdeckung der Leichen.«

»Damit können wir also« – Judith blätterte die Seiten ihres Terminkalenders zurück – »den Zeitraum für letzte Woche Mittwoch zwischen dreizehn Uhr und dreiundzwanzig Uhr ansetzen? Ist das so richtig, Doktor Kadsin?«

»Kann ich das in meinen Aufzeichnungen nachsehen?«, fragte der Pathologe.

»Bitte sehr.«

Der Mediziner schlug einen dicken schwarzen Ordner

auf, befeuchtete den Zeigefinger und blätterte in den Seiten auf der Suche nach einem Ergebnis, das er bereits kannte.

»Das entspricht ungefähr den Tatsachen«, antwortete er.

Judith machte zwei Schritte, um wieder an ihren Platz zu gehen, überlegte es sich dann anders und wandte sich noch einmal an den Zeugen.

»Eine letzte Frage, Doktor Kadsin. Ist von Mr. Connely auf Anordnung der Polizei eine Blutprobe genommen worden, und ist sie Ihnen für Vergleiche übergeben worden?«

»Ja, das stimmt.«

»Welche Blutgruppe hat Mr. Connely, Doktor?«

»0 positiv.«

»Darf ich mich dem Zeugenstand nähern, Euer Ehren?«

»Sie dürfen«, sagte Richter Neufeld.

»Doktor, das hier ist doch eine Kopie des offiziellen Autopsieberichts?«

Dr. Kadsin nahm das Schriftstück entgegen, als sie es ihm reichte, und überflog rasch ein paar Seiten.

»Ja«, sagte er.

»Die Blutgruppe 0 positiv findet darin keine Erwähnung. Weder das Blut noch die Blutspuren, die man auf den Haaren und der Körperbehaarung der Opfer gefunden hat, gehören zu dieser Blutgruppe. Ist das nicht so?«

»Ich habe nur die Leichen untersucht.«

»Das ist alles. Danke, Doktor.«

»Es ist elf Uhr dreißig«, verkündete der Richter. »Die Verhandlung wird auf vierzehn Uhr vertagt.«

II

»Wer ist Senda Barhi?«, fragte Judith.

Sie hatte ihre Kostümjacke ausgezogen und sie sorgfältig auf den Knien gefaltet. Sie saßen nebeneinander auf einer schmalen Bank, die die gesamte Breite des Besuchszimmers im County-Gefängnis einnahm.

Vincent rieb sich die Knöchel und betrachtete seine Hände. Er wirkte niedergeschlagen.

»Das hätte ich mir denken können«, sagte er mehr zu sich selbst, als Judiths Frage zu beantworten. »Jetzt verstehe ich, warum Madsen so überzeugt ist, dass ich diese Kinder getötet habe.«

Er schüttelte den Kopf, als würde er sich seinen Mangel an Scharfsichtigkeit vorwerfen, und sah sie an. »Wer hat Ihnen davon erzählt?«

»Ein Journalist. Er heißt Art Liep. Er will die Exklusivität aller Informationen über Ihren Fall. Ich habe ihm noch nichts versprochen, denn ich wollte zuerst Ihr Einverständnis.«

Vincent signalisierte mit einer Geste, dass er solchen Details keine Bedeutung beimaß.

»Senda Barhi leitete damals die Ermittlungen, und die guten Beziehungen, die ihr Vater zu dem damaligen Polizeichef von Paris unterhielt, waren dabei wichtiger als ihre Fähigkeiten«, antwortete er und lächelte verbittert.

»Sie tappte völlig im Dunkeln. Ich lernte sie an jenem Abend kennen, als meine Tochter ermordet wurde.«

»Warum hält sie Sie für schuldig?«

»Das weiß ich nicht. Denn die Ermittlungen wurden nach dem Selbstmord des wahren Täters eingestellt. Er hieß Paul Cassel.«

Judith strich langsam das Futter ihrer Jacke glatt. Dann wandte sie den Kopf und sah ihren Mandanten aufmerksam an.

»Können Sie sich an die Frau erinnern?«

»Dunkel. Sie war eine große, rothaarige Frau, ziemlich hübsch«, sagte er. »Ich weiß nicht, was aus ihr geworden ist.«

»Sie ist hier.«

Jetzt wirkte Connely nicht mehr ganz so selbstsicher.

»Glauben Sie, diese Polizistin könnte aus irgendeinem Grund überzeugt sein, dass Cassel nicht der wahre Schuldige ist?«

»Soviel ich weiß, ist das Verfahren nicht wieder aufgenommen worden, und die Morde haben nach Cassels Tod aufgehört. Seine Tochter Sophie hatte ausgesagt, sie habe gesehen, wie er eines der Kinder entführte.«

Er seufzte.

»Ich begreife nicht, was diese Frau antreibt. Sie kam mir immer etwas unausgeglichen vor.«

»Wie meinen Sie das?«

»Das ist schwer zu erklären. Sie schien sich immer mehr um die Wirkung zu kümmern, die sie auf andere hat, als um den Wert von Informationen, die wir hätten bekommen können. Denn ich habe damals dreihunderttausend Francs Belohnung für die Ergreifung des oder der Täter angeboten.«

»Und das hat sie abgelehnt?«

»Ja.«

Judith schien damit beschäftigt, diese Nachricht zu verarbeiten. Vincent hatte sich gegen die Wand gelehnt und war offensichtlich auf der Suche nach weiteren, in seinem Gedächtnis gespeicherten Einzelheiten.

»Die Verbindung zwischen den Verbrechen in Paris und den hiesigen besteht in den zurückgelassenen Botschaften, diesen Radierungen. Das haben Sie mir selbst gesagt, als Madsen eine Kopie davon vorgelegt hat«, hakte Judith nach.

»Ja, soweit ich mich daran erinnern kann, sehen sie ähnlich aus.«

»Finden Sie das nicht seltsam, nachdem so viel Zeit vergangen ist?«

Vincent zuckte mit den Schultern.

»Das ist ein abgekartetes Spiel, das habe ich Ihnen doch schon zu erklären versucht.«

»Sie glauben also, es gibt jemanden in Paris, der etwas hat durchsickern lassen? Jemand, der Ihnen schaden will?«

»Anders kann ich mir das nicht vorstellen«, sagte Connely erschöpft, dann lächelte er. »Ich habe letzte Nacht nicht viel geschlafen.«

»Anscheinend hat Senda Barhi auch nicht viel in den letzten zwölf Jahren geschlafen. Eine ziemlich lange Schlaflosigkeit.«

Das Lächeln verschwand aus seinem Gesicht.

»Ich habe diese Kinder nicht getötet, Miss Graham. Ich habe nichts mit dieser Geschichte zu tun«, sagte er kalt mit einem Hauch Verärgerung in der Stimme.

Connely stand auf, ging zur Tür und rief den Wächter.

»Ich muss mich jetzt ausruhen. Im Augenblick habe ich genug von alldem.«

Er wartete, bis sie aufgestanden war, dann legte er sich auf die Bank und verschränkte die Hände hinter dem Nacken.

Der Wächter öffnete die Tür.

»Das Gespräch ist beendet«, teilte Judith ihm mit.

Sie zog ihre Jacke wieder an, nahm ihre Aktentasche und drehte sich noch einmal um, bevor sie in den Gang hinaustrat. Vincent hatte die Augen geschlossen.

»Wenn sich diese Barhi ihrer Sache so sicher ist, warum hat sie dann nicht ausgesagt?«, rief er, kurz bevor die Tür ins Schloss fiel.

»Rekonstruieren Sie Ihren Tagesablauf von letztem Mittwoch, Mr. Connely. Und gehen Sie dabei peinlich genau vor. Vergessen Sie nicht, dass es sich um die vorläufige Freilassung bis zu Ihrem Prozess handelt«, antwortete sie kühl.

Kapitel 9

I

Zwei Etagen höher hatte Senda die Debatten auf dem gerichtsinternen Kanal mitverfolgt.

Sie hatte das Gesicht dieses Mannes wiedergesehen, seine hellblauen Augen, die emotionslos die Fotos der bestialisch ermordeten Kinder betrachteten, diese seltsame Art, starr und ausdruckslos zu blicken.

Dieses Gesicht war ihr zutiefst zuwider und bereitete ihr einen Schmerz, der ihre Aufmerksamkeit schärfte. Sie hatte die Spur erneut aufgenommen, und niemand konnte sie jetzt noch von dem Weg abbringen, den sie einzuschlagen gedachte.

Wie alle Konstrukte des menschlichen Geistes gehorchte auch die Planung dieser Verbrechen von ihrem Anfang bis zum Ende einem fast geometrisch zu nennenden Schema: dem logischen Zusammenhang zwischen einem einzigartigen Wunsch und dessen Folgen bei der Realisierung.

Da ihr jede Hoffnung fehlte, musste Verzweiflung ihr Kraft verleihen. Der heutige Versuch der Anklage würde scheitern, davon war sie überzeugt. Doch dieser neue Misserfolg war nötig.

Madsen und Nash betraten den Raum, und Senda legte die Fotografien zur Seite, die sie gerade betrachtet hatte. Das Gesicht der Französin war ausdruckslos.

Nash legte die Akten, die er sich unter den Arm geklemmt hatte, auf einen Tisch und stieß einen pathetischen Seufzer aus. Madsen ließ sich auf einen Stuhl fallen, nachdem er sein Jackett auf einen Kleiderhaken gehängt und seine Krawatte gelockert hatte. Auf seinem Hemd zeichneten sich unter den Achseln zwei große Schweißflecken ab. Er putzte die Brille mit seiner Krawatte und stürzte zwei Becher eiskaltes Wasser hinunter, als wolle er ein inneres Fieber löschen. Dann stützte er seine Stirn auf den leeren Becher und trommelte nervös auf der Glasplatte seines Schreibtischs.

II

Als Judith Graham aus dem Aufzug trat, fing Art Liep sie in der Eingangshalle ab. Der *Anstecker* an seinem Jackett verriet, dass er Zeuge der Anhörung gewesen war.

Viele Leute strömten aus dem Gericht auf die kleinen Restaurants zu, von denen es rund um das Justizgebäude nur so wimmelte.

»Ich lade Sie zu einer Pizza ein«, schlug er vor.

Judith sah auf ihre Armbanduhr.

»Ich habe nur eine halbe Stunde Pause, Art.«

»Dann beeilen wir uns eben. Ich überlasse Sie erst meinen Kollegen«, sagte er, als er die Journalisten bemerkte, die auf die Anwältin zuliefen. »Kommen Sie danach in das italienische Restaurant am Ende der Straße.«

Das Restaurant war voll. Ein warmer Duft aus Gewürzen und Holzfeuer lag in der Luft. Liep saß an einem ruhigen Tisch in einer Ecke des Raums. Als Judith sich zu ihm gesellte, bestellten sie eine kalifornische Pizza mit Tomaten, Ziegenkäse und Basilikum. Judith ließ eine Zitronenscheibe in ihren Eistee gleiten und trank einen großen Schluck.

»Wie geht es dem Star? Ich habe ihn nur von hinten sehen können.«

»Er ist ruhig und zuversichtlich.«

»Richter Neufeld wird Ihrem Antrag auf vorübergehende Freilassung stattgeben, Judith. Connely war gut beraten, Sie als Verteidigerin zu verpflichten.«

Sie dankte ihm mit einem leichten Nicken.

»Das werde ich in gut einer Stunde wissen«, sagte sie.

»Was hält Ihr Mandant von dieser Barhi und den Ereignissen in Paris?«

Der Kellner stellte die Pizza auf ein verchromtes Gestell in der Tischmitte. Judith nahm ein Stück und biss hinein. Es war weich und knusprig zugleich; der milde Ziegenkäse hob den herzhaften Geschmack der Tomaten und des kalt gepressten Olivenöls noch hervor.

Sie schloss für einen Moment die Augen und schob alle Schuldgefühle beiseite: Es hatte keinen Sinn, Kalorien zu zählen.

»Art«, sagte sie, während sie sich die Finger mit einer Papierserviette abwischte, »dieser Fall in Paris liegt zwölf Jahre zurück. Der Mörder hat Selbstmord verübt, und die Polizei hat nie auch nur im Geringsten an seiner Schuld gezweifelt. Dieser Aspekt des Falls betrifft uns nicht.«

»Möchte sich Connely an die Öffentlichkeit wenden, wenn er freigelassen wird?«, fragte Liep. »Ich kann zu einer guten Sendezeit eine Sondersendung für ihn organisieren.«

»Da bin ich dagegen«, sagte Judith und war sich unschlüssig, ob sie ein zweites Stück Pizza nehmen sollte. »Der Prozess wird in einigen Monaten stattfinden, und das ist nicht die Art Werbung, die ich für meinen Mandanten möchte.«

»Ein aufgezeichnetes Interview, Judith, und Sie bekommen die Fragen vorab.«

Sie verlor den Kampf und nahm sich noch ein Stück, ehe der Käse wieder fest wurde.

Wenn die Fragen vorher feststehen und die Antworten sorgfältig vorbereitet werden können, sieht die Sache anders aus, dachte sie. Dann habe ich Kontrolle darüber, was im Studio gesagt wird. Und sollte Connelys Auftritt überzeugend sein, wird das für meinen Mandanten sprechen. Von den noch zu benennenden Geschworenen wird sich vielleicht der eine oder andere an diese Sendung erinnern. Außerdem wäre es gut, wenn Linda dabei wäre. Ein glückliches Paar gegen einen District Attorney, der ein ungerechtes Verfahren eingeleitet hat, weil er für seine Wiederwahl ein spektakuläres Urteil braucht.

»Ich werde vielleicht auf Ihren Vorschlag zurückkommen, Art. Doch warten wir erst Neufelds Entscheidung ab.«

Liep hatte die Pizza nicht angerührt. Er bestellte einen doppelten Espresso für sich und einen grünen Tee für Judith.

»In meinem morgigen Artikel geht es ausschließlich um Sie. Bald werden Sie so bekannt sein wie die Staranwälte in New York.«

Sie fühlte sich geschmeichelt. Vincent konnte sich einen prominenten Verteidiger leisten, aber er hatte sich für sie entschieden. Weil die Anklagevertretung keine Augenzeugen hatte, würde sich der Prozess auf Indizien und Spekulationen stützen. Was bedeutete, dass der District Attorney alle Geschworenen über alle Zweifel hinaus überzeugen musste. Also würde sie um jede Einzelheit kämpfen müssen.

Sie verstand etwas von ihrem Beruf und würde diesen Prozess gewinnen. Zwar konnte Madsen die Geschehnisse in Paris in das Verfahren einbringen, aber der Fall war in Frankreich bereits abgeschlossen. Sie würde einen entsprechenden Antrag stellen. Diese Ereignisse lagen zu weit zurück, und die Polizei hatte einen Schuldigen. Die Rechtsprechung in ähnlichen Fällen war eindeutig, und es existierte eine reichhaltige Literatur an Präzedenzfällen. Einziger Schwachpunkt waren diese sich gleichenden Radierungen in Paris und Los Angeles. Aber auch zu diesem Punkt würde sie entkräftende Argumente finden. Sie musste nur warten, bis sie Einsicht in die Ermittlungsakten bekam.

Die beiden gingen aus dem Restaurant. Draußen flimmerte die Hitze zwischen den Hochhäusern.

»Ich muss weiter«, sagte Art. »Bis später.«

»Danke für die Pizza.«

Ohne ihn hätte ich mir das Essen nicht erlaubt, gestand sie sich ein.

Er winkte einmal und tauchte in der Menge unter.

Kurz bevor sie das Gerichtsgebäude betrat, fiel Judith eine rothaarige Frau auf, die auf einem Steinmäuerchen saß. Sie war allein und rauchte eine Zigarette. Die Unbekannte nahm ihre Sonnenbrille ab und musterte die Strafverteidigerin.

Die Sonne spiegelte sich auf der Glasfassade und fiel hart und unerbittlich auf die beiden Frauen.

Obwohl sich Judith unter diesem Blick unwohl fühlte, konnte sie ihre Augen nicht von dem Gesicht mit den fast ausdruckslosen Augen losreißen.

Sie hatte das Gefühl, von etwas Unfassbarem überwältigt zu werden. Und das beschleunigte ihren Herzschlag. Ihr Magen krampfte sich zusammen, und sie erschauerte.

Es gab keinen Schutz gegen die Aura dieser Frau. Trotz des blendenden Lichts strömte sie in ihrer selbst gewählten Einsamkeit den kaum wahrnehmbaren Geruch des Todes aus.

Da wusste Judith, dass diese Frau nur Senda Barhi sein konnte.

Diese flüchtige Begegnung hatte so viel Geheimnisvolles,

Unbekanntes und Unbegreifliches in der Anwältin geweckt, dass sie sich in der Etage irrte.

Als sie aus dem Aufzug trat, holte sie lautes Stimmengewirr auf dem Gang in die Realität zurück.

III

Nachdem sich Judith ausgewiesen hatte, bahnte sie sich einen Weg durch den überfüllten Gerichtssaal. Von Weitem sah sie, wie der Journalist durch die Metalldetektor-Schleuse ging, ehe er wieder seinen Platz einnahm.

Vincent erwartete sie. Sie ließ sich auf den benachbarten Stuhl fallen und griff nach ihren Akten. Auf der anderen Seite des Gangs legten Madsen und Nash eine den Umständen angemessene Ungezwungenheit an den Tag. Sie stellte zufrieden fest, dass der District Attorney sein Hemd gewechselt hatte.

Als Richter Neufeld den Saal betrat, schien ein Magnetfeld sein Haar wie Eisenspäne aufzurichten. Er hielt mehrere Bögen gelbes Papier in der Hand, die mit einer regelmäßigen Handschrift bedeckt waren. Die Farbe der Tinte war ein altmodisches Südseeblau, das möglicherweise dem Inhalt seiner Entscheidung entsprach. So jedenfalls interpretierte Judith die Schriftstücke. Sie hatte sich nicht geirrt.

»Die Morde an diesen Kindern sind entsetzlich. Sie haben die Gesellschaft erschüttert«, begann Neufeld. »Deshalb muss der Täter unbedingt aus dem Verkehr gezogen werden. Trotzdem hat in diesem Land die Unschuldsvermutung Vorrang. Denn die Verfassung garantiert eine Freilassung auf Kaution, außer bei Tötungsdelikten, und das unter der ausdrücklichen Bedingung, dass die Anklagevertretung unwiderlegbare Beweise für die Schuld des Verdächtigen vorlegt.«

Der Richter wandte den Blick auf die Bank des District Attorney.

»Mr. Madsen, Sie haben dem Gericht den Beweis geliefert, dass diese Kinder gekidnappt, gefoltert und ermordet wurden. Sie haben auch den Beweis dafür erbracht, dass sich ihre Leichen in Räumlichkeiten befanden, die Vincent Connely gehören, und er mit den Familien der Opfer in Verbindung stand.«

Der Richter machte eine Pause und blätterte in seinen Unterlagen.

»Was redet der da eigentlich?«, flüsterte Vincent Judith ins Ohr. Er gab sich Mühe, betont lässig zu sprechen.

»Aber dagegen spricht«, fuhr Richter Neufeld fort, »dass Sie keine Beweise erbracht haben, die Mr. Connely mit den Morden in Verbindung bringen. Es gibt weder Augenzeugen noch Indizien, die seine Anwesenheit entweder in den Häusern der Opfer oder am Tatort nachweisen. Der Mangel an Beweisen kann keinesfalls an sich als Beweis gelten. Die Tatsache, dass im Kofferraum eines Fahrzeugs, das Mr. Connely gehört, pornografische Magazine gefunden wurden, stellt keinen Beweis für seine Schuld dar. Die Kaution wird auf zwei Millionen Dollar festgesetzt. Mr. Connely wird gegen Zahlung von zehn Prozent dieses Betrags auf freien Fuß gesetzt.«

Richter Neufeld stand auf und ging aus dem Saal, ohne sich noch einmal umzusehen. Den Einspruch Madsens ignorierte er.

IV

Als Judith das Gericht verließ, stellte sie sich ein paar Minuten den Fragen der Presse, dann machte sie sich auf den Weg. Zur Urteilsverkündung war auch Linda in den Saal gekommen. Sie musste verständlicherweise Angst gehabt haben, sagte sich Judith. Sie nahm sich vor, die Frau ihres Mandanten anzurufen, sobald sie im Büro war.

Sie ging zum Parkplatz neben dem Gerichtsgebäude, auf dem sie ihren alten Honda geparkt hatte. Senda lehnte an der linken Seite des Fahrzeugs und beobachtete, wie die Anwältin näher kam.

»Sie sind begabt«, sagte Senda zu Judith, als die Strafverteidigerin vor ihr stehen blieb.

Ihr Ton war nicht ironisch, sodass die Feindseligkeit, die durch ihre jeweiligen Positionen hätten entstehen können, ausblieb.

»Eigentlich nicht«, sagte Judith. »Sind Sie Senda Barhi?«

Die Französin nickte und verneigte sich.

»Falls Sie überzeugt wären, dass Ihr Mandant der Mörder dieser Kinder sei, würden Sie ihn dann noch verteidigen?«

Ihr Blick überraschte Judith. Irgendetwas in der Tiefe dieser Augen hatte die Härte von vorhin vertrieben und sie durch eine gewisse Sanftheit ersetzt.

»Jeder Angeklagte hat das Recht auf einen legalen Prozess, ganz gleich, welche Verbrechen er begangen hat«, antwortete Judith. »Unser Rechtssystem funktioniert seit über zweihundert Jahren. Außerdem verfügen wir über kein anderes. Ich bin Anwältin, und mein Fachgebiet ist das Strafrecht, Miss Barhi. Dafür habe ich mich schon vor Jahren entschieden.«

»Halten Sie Connely für den Täter?«

Irgendwie verstand Judith, warum sie sich Senda verbunden fühlte. Sie waren zwei alleinstehende Frauen, die in dieser Welt mit den Waffen kämpften, die man ihnen mitgegeben hatte: mit ihrer Intelligenz und ihrer Ehrlichkeit. Sie hatten denselben Willen zum Überleben und wollten dabei jedoch einer gewissen Ethik treu bleiben. Ihre Narben waren unsichtbar, aber beide konnten sie ihre Schatten auf den transparenten Mauern sehen, mit denen sie sich schützend umgaben.

»Das habe ich nicht gesagt. Connely besteht darauf, unschuldig sein. Und ich habe bis jetzt nichts entdeckt, was mich vom Gegenteil überzeugt hätte. Doch ich weiß noch immer nicht, was damals in Paris geschehen ist.«

Senda schwieg. Sie trat beiseite, damit Judith ihren Wagen aufschließen konnte.

»Sie haben einen Sohn, nicht wahr?«

Die Frage beunruhigte Judith. Sie straffte die Schultern. »Ja. Einen achtjährigen Sohn. Warum wollen Sie das wissen?«

Senda setzte ihre Sonnenbrille wieder auf.

»Sie sollten dafür sorgen, dass er sich für einige Zeit nicht hier in der Gegend aufhält.«

Judith zwang sich, ruhig zu bleiben. Aber sie war leichenblass.

»Jetzt kann nichts mehr passieren.«

»Glauben Sie das wirklich?«, fragte Senda. »Sollte Connely schuldig sein, haben Sie gerade wieder ein Monster in die Freiheit entlassen. Wenn er allerdings unschuldig ist, läuft der, der ihm das anhängen will, frei herum. Dieser Mann ist also unter uns. Und Ihretwegen drohen nun seine Pläne zu scheitern.«

Senda winkte kurz zum Abschied und ging davon.

Plötzlich erschien Judith die Welt wie ein leerer und dunkler Raum. Sie setzte sich hinters Steuer und ließ die Hitze in ihrem Auto durch die geöffnete Tür entweichen.

Das kann ich nicht glauben, dachte sie. Aber sie glaubte es doch.

V

Tim sollte am nächsten Tag aus San Francisco zurückkommen.

Noch im Auto rief Judith ihre Mutter an. Nach dem zehnten Klingelzeichen legte sie auf. Es war niemand zu Hause. Der Anrufbeantworter war abgeschaltet.

Sie kämpfte gegen ihre wachsende Unruhe an und sah auf ihre Uhr. Drei Uhr nachmittags. Judith rief ihre Sekretärin an und bat sie, alle fünf Minuten bei ihrer Mutter anzurufen und ihr Bescheid zu geben, sobald sie sie erreicht habe.

Judith fuhr vom Parkplatz und suchte dabei instinktiv nach der Französin. Aber die Frau war verschwunden.

Das Mobiltelefon klingelte. Sie ging beim ersten Läuten hin.

»Hier ist Linda Connely. Vielen Dank für alles, Judith. Können Sie vorbeikommen?«

»Jetzt gleich?«

»Ja, bitte«, sagte Linda, Verzweiflung in der Stimme.

»Ich komme«, erwiderte Judith.

Erregt und völlig durcheinander wartete Linda auf der Veranda. Judith erkannte die junge Frau kaum wieder. Sie trug ein T-Shirt, ausgewaschene Jeans und war ungeschminkt. Sie sah Judith mit Tränen in den Augen an.

»Kommen Sie«, sagte Linda. »Gehen wir auf die andere Seite.«

Die beiden spazierten über einen um das Haus herumführenden Weg. Dabei kamen sie an Beeten mit tropischen Pflanzen und Bäumen vorbei, deren bronzefarbene Blätter verstreut auf dem Rasen lagen. Judith folgte ihr in ein Bootshaus, das teilweise hinter einer Bougainvillea versteckt war.

Linda setzte sich ans äußerste Ende eines weißen Sofas. Durch das Panoramafenster sah Judith auf dem Steg zwei

Welpen mit einem Tennisball spielen. Die Jacht, die ihr das letzte Mal aufgefallen war, konnte sie nirgends entdecken.

»Linda«, fragte Judith, »ist irgendetwas nicht in Ordnung?«

Trotz der Hitze kauerte Linda Connely in der Sofaecke, als sei eine eisige Welle über ihr zusammengeschlagen. Sie raffte sich auf und streckte die zierlichen Schultern.

»Ich fürchte mich«, sagte sie. »Dass er freigelassen wurde, erfüllt mich mit Angst und Schrecken.«

Sie holte eine Fernbedienung unter einem der Sofakissen hervor, hielt sie Judith hin und änderte dann aber ihre Meinung.

»Sie kennen ihn nicht. Er ist grausam und pervers. Er ist ...«

Ihr fehlten die Worte. Ihre Stirn und ihre Schläfen waren schweißnass, und sie zitterte – ein hilfloses Oper ihrer Erinnerungen. Judith griff nach der Fernbedienung und schaltete das Videogerät ein.

»Seit vielen Jahren habe ich schon keinen normalen Geschlechtsverkehr mehr mit ihm«, fuhr Linda unsicher fort, »und normalen hat es eigentlich nie gegeben. Ich habe versucht, ihn mit gutem Recht zurückzuweisen, aber das hat unsere Beziehung nur noch verschlimmert. Denn in seinem Inneren schlummert etwas Widerwärtiges und Gemeines, das er nur rauslässt, wenn er außer sich ist. Rasend vor Wut, könnte man sagen.«

Auf dem Fernsehschirm erschienen Personen, die ganz offensichtlich ohne ihr Wissen gefilmt worden waren.

Judith spürte, dass sie errötete, und stoppte den Film. Sie blickte zu den Ziegeldächern der benachbarten Villen, auf das Gesims aus rosa Stuck und das Blau des Himmels, das mit dem Meer zu verschmelzen schien.

Sie hatte geglaubt, Linda habe alles, was man sich nur

wünschen kann: einen Mann, eine Familie, ein wunderschönes Haus und genug Geld, um ohne zu arbeiten ein glückliches Leben führen zu können.

Erneut startete sie das Video. Judith sah sich die Szenen in der Hoffnung an, auf das Schlimmste gefasst zu sein. Mehr noch als Ekel vor dem Pornostreifen und Mitleid für Linda spürte sie nun, wie langsam Wut in ihr hochstieg.

Der Kameramann hatte sich wahrscheinlich außerhalb des Raums hinter einem Spionspiegel versteckt und beim Filmen das wahre Sexualverhalten Connelys aufgedeckt. Der Ton war manchmal mangelhaft, doch er vermittelte einen Eindruck von der Brutalität des Hauptdarstellers.

Seine Partner waren Jugendliche, Strichjungen. Er nahm sie mit derart rasender Lust, dass es an Wahnsinn grenzte.

Judith hatte genug gesehen. Bei diesem Film lief es ihr kalt über den Rücken. Sie zwang sich widerwillig, sich von dem Geschehen nicht beeinflussen zu lassen. Vincent war immer noch ihr Mandant, aber dieser Film bewies, dass er seinen Sexualtrieb hemmungslos auslebte.

»Hat er Sie ebenfalls so behandelt?«, fragte Judith mitfühlend.

Linda schüttelte den Kopf und zögerte einen Moment. Ihr Schamgefühl verbot ihr, frei zu sprechen. Dann schob sie die Bedenken beiseite und auch den Wunsch, die Fassade aufrechtzuerhalten.

»Manchmal war es sogar noch schlimmer.«

Sie sprach stockend, voller Schmerz und mit langen Pausen. Dann hob sie ihr T-Shirt hoch und entblößte ihre Brüste. Sie waren mit blauen Flecken übersät.

»Das ist meine Hölle, die Wahrheit, die ich verschweigen muss. Vor meinem Sohn, meinem Vater und allen, die er in seine Machenschaften hineingezogen hat. Überall wahre ich den Schein. Ich spielte die Rolle der glücklichen und verwöhnten Frau. Ich esse, und manchmal schlafe ich auch, und ich erzähle allen Leuten, was ich für ein Glück habe, mit diesem wundervollen Mann verheiratet zu sein.«

Judith hörte ihr mit großer Ernsthaftigkeit zu. Sie hatte den Blick gesenkt.

»Wer hat Ihnen dieses Video gegeben? Ihr Mann?«

»Nein! Warum sollte er?«

»Um Sie noch mehr zu quälen.«

»Ich habe den Film heute auf dem Vordersitz meines Autos gefunden, als ich aus dem Gericht kam.«

Judith musste sofort an Sendas Warnung denken.

»Ich rate Ihnen, mit Ihrem Sohn aus diesem Haus auszuziehen.«

»Ich kann nicht weggehen, nicht jetzt. Überall sind Reporter. Das würde seinen Geschäften schaden. Und mein Vater würde einen solchen Schritt nicht verstehen.«

Judith war sprachlos. Nachdem sie sich von ihrem Schock erholt hatte, legte sie Linda die Hand auf den Arm.

»Wenn Sie Ihren Mann sehen, sagen Sie ihm, er soll mich in meiner Kanzlei aufsuchen, weil ich ein paar Unterschriften von ihm brauche.«

Sie stand auf und nahm die Kassette aus dem Videorekorder. »Können Sie mir die überlassen?«

Ihre Stimme klang erstaunlich überzeugend. Linda antwortete nicht. Judith spürte, dass Zweifel und Angst die Frau ihres Mandanten quälten. Unbewusst wollte sich Linda für die schlimmsten aller Verbrechen strafen.

Einen Moment schwiegen beide Frauen, dann trafen sich ihre Blicke.

»Glauben Sie, dass er diese Kinder getötet hat?«, fragte Linda unvermittelt.

»Ich bin seine Anwältin«, antwortete Judith. »Selbst wenn er schuldig sein sollte, muss ich ihn verteidigen.«

Linda ging zum Fenster und blieb davor stehen. Sie betrachtete den Park, als sei er eine Wüste.

Dann barg sie das Gesicht in den Händen und begann zu weinen. Judith ging zu ihr und legte ihr den Arm um die Schultern.

»Ich halte zu Ihnen, Linda«, sagte sie.

»Danke. Danke für alles. Sie sind die Einzige, die mir ein bisschen Hoffnung gibt.«

Die Straße war voller Spurrinnen und wurde gerade ausgebessert. Im Auto ließ Judith ihrer aufgestauten Wut freien Lauf. Als sie auf der linken Seite das Hotel Marriott sah, musste sie an die Französin denken.

Beschattete sie Connely? Wer interessierte sich in allen Einzelheiten für ihren Mandanten?

Über der Innenstadt strahlte ein leuchtend blauer Himmel. Judith fuhr wie ein Automat und hätte fast die Abzweigung zu ihrer Kanzlei verpasst.

Sie hatte das Gefühl, die Strecke mit geschlossenen Augen zurückgelegt zu haben. Ihre Gedanken waren in finstere Regionen geschweift, in denen nach einer ihr unbegreiflichen Logik vorsätzliche Verbrechen in die Tat umgesetzt wurden.

Sprechen meine Entdeckungen für oder gegen meinen Mandanten? Bringe ich das Leben meines Sohnes in Gefahr, wenn ich Connely verteidige? Nichts ist mir wichtiger als Tim. Es ist nicht meine Art, eine Rüstung anzulegen, um mich vor eventuellen Angriffen zu schützen.

Ich bin nicht wie Senda Barhi, dachte sie.

Als Judith die Tür zu ihrer Kanzlei öffnete, sprach ihre Sekretärin mit San Francisco.

»Ihre Mutter ist am Apparat«, sagte Gloria.

Judith seufzte erleichtert. Sie sah Gloria voller Zuneigung an; die Überbringer guter Nachrichten sind immer beliebt.

»Legen Sie das Gespräch bitte in mein Büro.«

Sie nahm die Kassette aus ihrer Tasche. »Gloria, lassen Sie von dem Video sofort eine Kopie machen. Ohne es anzusehen.«

Sie schloss die Tür und nahm den Hörer ab. Nur mit großer Schwierigkeit gelang es ihr, ihren Sohn zu überzeugen. Denn er hatte nicht die geringste Lust, länger bei seiner Großmutter zu bleiben. Das Problem mit der Schule musste geregelt werden, aber ihre Mutter versprach ihr, sich um alles zu kümmern. Sie würde ihn vorübergehend in einer in der Nachbarschaft gelegenen Schule anmelden.

»Das ist eine gute Schule, mach dir keine Sorgen«, wiederholte ihre Mutter mehrmals.

»Denk dran, dass er spätestens um halb zehn ins Bett muss«, ermahnte Judith sie und legte auf.

VI

Senda hatte das Gerichtsgebäude in Begleitung von Tony Perez verlassen. Sie nahmen den Dienstaufzug an der Rückseite des Gebäudes, der sie direkt ins Souterrain zu den Parkplätzen brachte.

D. A. Madsen war von Richter Neufelds Entscheidung schwer getroffen. Nach einigen nichtssagenden Kommentaren, die er den Journalisten im Laufschritt hingeworfen hatte, war er verschwunden.

»Man muss doch blind und taub sein, wenn man nicht erkennt, dass dieser Typ der Mörder ist«, sagte Tony. »Seine Schuld ist offensichtlich.«

Er wandte den Blick kurz von der Straße und sah Senda von der Seite an.

»Reden Sie von den Pornomagazinen, die in seinem Auto gefunden wurden? Die beweisen doch nichts. Rein gar nichts«, argumentierte sie.

»Wieso denn das?«

»Die Polizei hätte sie dort deponieren können.«

Perez warf ihr einen vernichtenden Blick zu. Sein Gesicht war kreidebleich. Er zündete sich eine Zigarette an.

»Entschuldigen Sie Tony, ich wollte damit nicht an Ihrer Aussage zweifeln. Nur ... eine derartige Nachlässigkeit passt nicht zu diesem Mann, zu dem, was ich über ihn weiß. Einerseits tilgt er peinlich genau alle Spuren, um dann ein derart ... plumpes Detail zu vergessen.«

Dieses Argument schien Perez zu beschwichtigen, obwohl noch ein Fünkchen Streitlust in seinen Augen glomm.

»Jeder Verbrecher macht früher oder später einen Fehler, deshalb schnappen wir sie am Ende alle.«

»Oder auch nicht.«

»Was wollen Sie damit sagen?«

»Vielleicht war das kein Fehler.«

Die Überlegung stimmte Tony nachdenklich.

»Können Sie mir eine Liste der Familien beschaffen, die für diesen Kerl arbeiten?«, fragte Senda. »Nur die, die einen Sohn zwischen zehn und vierzehn haben. Der Vorname des Kindes ist auch wichtig.«

»Warum?«

»Eine Intuition. Das psychologische Profil des Täters ... Sie kennen das ja, nehme ich an.«

Es entstand ein Schweigen, bis Perez schließlich wieder sprach.

»Ich habe auf Sie gezählt. Wir alle haben darauf gebaut, dass Sie uns alles sagen, was Sie über Connely wissen.«

»Das habe ich getan, Tony ... Was die Aussage betrifft, da hatte ich keine Wahl.«

»Darum geht es nicht. Wir haben mit einer spontanen Zusammenarbeit von Ihrer Seite gerechnet, wenn es schon an behördlichem Eifer mangelt. Sie wollen doch wie wir, dass dieser Mann verurteilt wird, oder?«

Als Senda nicht antwortete, fuhr Perez fort: »Das zu sagen, macht mich traurig, aber ich habe den Eindruck, dass Sie von seinem Verhalten fasziniert sind. Normalerweise entwickelt man aber Sympathien für die Opfer.«

Sie fuhren an der Küste entlang und entfernten sich weit vom Stadtzentrum. Perez schien kein konkretes Ziel zu haben. Die feuchte, nach schweren tropischen Düften riechende Luft strömte durch das offene Fenster herein. Senda zündete sich eine Zigarette an und blickte auf die Ausläufer der Stadt auf der anderen Seite des Boulevards.

»Bei diesen Fällen wurde nichts dem Zufall überlassen. Alles war geplant, auch dass die Kleine nicht gefunden wurde. Sie lebt noch. Meine Gedanken sind bei ihr. Für die anderen … ist es zu spät.«

Am Straßenrand zogen Palmenreihen vorbei. Ein Stern war am Himmel aufgetaucht; dabei war es erst später Nachmittag.

»Die Liste bekommen Sie morgen«, sagte Perez ruhig, trotz seiner Anspannung.

»Sie verschweigen mir etwas, Senda.«

Sie nahm einen letzten Zug, warf ihre Zigarette aus dem Fenster und räusperte sich.

»Es ist alles noch komplizierter als gewöhnlich«, sagte sie, doch ihr Gesicht blieb verschlossen.

Kapitel 10

I

»Kommen Sie rein und nehmen Sie Platz, Mr. Connely«, sagte Judith.

Nach seiner Entlassung aus dem Gefängnis hatte er sich umgezogen. Er trug eine hellbraune Leinenhose, ein kurzärmeliges beigefarbenes Hemd und dazu Stoffmokassins von Gucci. Seine blonden, noch feuchten Haare fielen ihm lockig bis auf die Schultern.

Er war sich seines guten Aussehens bewusst und wie seine Zähne glänzten, wenn er lächelte. Doch trotz seiner Bemühungen hatte er für Judith Graham jeglichen Charme eingebüßt.

Es war Nacht. Häuser und Straßen des Stadtzentrums wirkten jetzt verlassen. Doch in dunklen Winkeln lauerten finstere Gestalten. Obdachlose schliefen auf Betten aus Karton. Miese Dealer schlichen verstohlen durch das Viertel. Und Jugendliche auf Turkey begingen für einen Schuss jedes erdenkliche Verbrechen.

Manny Otero öffnete die Tür.

»Brauchen Sie etwa einen Leibwächter?«, fragte Vincent seine Anwältin und musterte den Mann aufmerksam.

»Manny ist mein Ermittler. Die Vertraulichkeit, der ich Ihnen gegenüber verpflichtet bin, gilt auch für ihn.«

»Ich höre, Graham.«

»Ich möchte Ihnen etwas zeigen«, sagte sie mit einer Kopfbewegung.

»Schauen Sie auf den Fernseher links von Ihnen.«

Sie schaltete den Videorekorder ein. Der Film hatte eine Länge von ungefähr zehn Minuten. Nach fünf Minuten stand Vincent auf und schaltete das Gerät aus. Er schien sich weder für das Video zu schämen noch war es ihm peinlich.

»Ich dachte, wir hätten eine Abmachung, Judith. Ich dachte, Sie würden meine Verteidigung nur niederlegen, wenn Sie von meiner Schuld überzeugt sind.«

»Das bin ich jetzt.«

»Das sind Sie nicht!«, schrie er. »Alles was Sie haben, ist dieser Film und das Gejammer meiner Frau. Ich habe diese Kinder nicht entführt oder getötet, Graham. Dieser Film spricht nicht gegen mich. Im Gegenteil, er beweist, dass ich meinen Hass und meine Frustrationen abbaue. Das ist mein Sicherheitsventil, Graham, mit dem ich Dampf ablasse, wenn ich den Anblick dieser heilen Welt nicht mehr ertragen kann. Ich liebe es zu vögeln, zu dominieren und meine Lust herauszuschreien. Ich liebe es, Menschen zu beherrschen. Das macht aber noch keinen Mörder aus mir.«

Judith stand auf.

»Für mich ist dieser Fall abgeschlossen. Ich habe genug«, sagte sie kalt.

»Ich habe diese Kinder nicht getötet! Wie oft muss ich Ihnen das noch sagen! Wenn die Geschworenen mich schuldig sprechen und verurteilen, dann ist dieser Fall abgeschlossen. Doch für die Morde danach werden Sie die ganze Verantwortung tragen.«

Connely lehnte sich zurück. Er spürte, dass Judiths Entschlossenheit einen feinen Riss bekommen hatte.

»Ich werde Linda nicht mehr anrühren.«

»Was wollen Sie damit sagen?«

Judith warf Connely einen durchdringenden Blick zu.

»Nehmen Sie diese Klausel in Ihren Vertrag auf und hören Sie mir zu!«

Er beugte sich vor und legte die Unterarme auf den Schreibtisch.

»Das ist ein abgekartetes Spiel. Jemand will mich für diese Morde verantwortlich machen, und man muss nicht weit suchen, um zu wissen, wer dahintersteckt.«

»Haben Sie Beweise?«, mischte sich Manny ein.

Er meldete sich zum ersten Mal zu Wort. Sonst hielt er sich im Hintergrund. Vincent drehte sich nicht einmal zu ihm um, als er antwortete.

»Reine Logik. Man braucht nur etwas Logik. Wer versucht schon von Anfang an, mir etwas anzuhängen?«

Judith setzte sich wieder. Es war schwierig, begründete Verdächtigungen und die Symptome einer Paranoia auseinanderzuhalten.

»Das ist doch absurd! Keine Frau wäre in der Lage, ein solches Verbrechen zu begehen. Und ... die Kinder sind vor ein paar Monaten entführt worden. Die Frau, die Sie meinen, war noch nicht einmal hier.«

»Was wissen Sie schon? Ich vermute, Sie halten mich für verrückt. Aber wo ist das Mädchen, Graham? Von ihm fehlt jede Spur«, sagte er und blickte seine Anwältin kalt an.

»Vor einiger Zeit hat eine Frau versucht, mich zu erpressen. Eine dicke, vulgäre Frau mit einer hässlichen Warze auf der Oberlippe. Sie behauptete, alles über das Geschehen in Paris zu wissen. Sie hat sich nie wieder bei mir gemeldet. Finden Sie diese Frau! Verfolgen Sie die Spur zurück! Machen Sie Ihre Arbeit! Und zwar gründlich!«

»Wo waren Sie an jenem Mittwoch?«, fragte Judith, scheinbar sehr entschlossen.

Vincent stand auf und sah auf seine Armbanduhr.

»Ich weiß es nicht. Vielleicht könnte diese Frau es Ihnen sagen.«

Er nahm einen Umschlag aus seiner Brusttasche und legte ihn auf den Schreibtisch.

»Gehen Sie einen trinken, Graham, und warten Sie nicht, bis das nächste Opfer auftaucht, damit Sie an meine Unschuld glauben. Sie haben doch sonst so viel Gespür.«

Er blieb stehen und warf kurz einen Blick auf die an der Wand aufgehängten Juradiplome.

»Sie haben das Zeug dazu«, sagte er, ehe er ging.

Judith starrte auf den Scheck, den Otero ihr hinhielt, aber sie rührte sich nicht.

»Vergessen Sie's, Manny. Ich löse ihn nicht ein.«

»Natürlich lösen Sie ihn ein.«

»Und warum sollte ich das tun?«

Ihre Frage war nicht nur rhetorisch gemeint. Judith sah wirklich so aus, als hätte sie gern eine Antwort gehabt.

»Weil dieses Arschloch recht hat. Zumindest in diesem Punkt. Er bezahlt Sie, damit Sie ihn verteidigen, Judith, und nicht, damit Sie seine beste Freundin sind.«

Nachdem Judith lange nachgedacht hatte, spürte Manny, dass ihr Berufsethos langsam die Oberhand über ihre Skrupel gewann. Schließlich lachte sie laut.

»Ich habe sowieso gerade nach einer Ausrede gesucht, um einen trinken zu gehen«, sagte sie.

Sie wurde wieder ernst.

»Es ist immer gut, die Wahrheit nicht aus den Augen zu verlieren, Manny.«

»Die Wahrheit! Die Wahrheit ist dieser Scheck über fünfzigtausend Dollar! Überlassen Sie den Rest den Geschworenen, Judith! Dafür werden sie bezahlt.«

11

Judith öffnete die Augen und starrte regungslos an die Wand. Der Tequila hatte ihr zu einem traumlosen Schlaf verholfen. Mit einer Hand auf ihrem Kopf begann sie, mit den Füßen den Schutzwall aus Kissen wegzustoßen, mit dem sie sich umgeben hatte.

Jemand klingelte an der Tür. Sie ging barfuß über den eiskalten Kachelboden und blickte durch die Fenster in das helle Tageslicht. Sie hatte auf ihrem Sofa geschlafen und spürte vage, dass sie etwas ganz Bestimmtes erledigen musste. Aber sie wusste nicht mehr, was.

Der Besucher auf der anderen Seite ihrer Haustür verhielt sich ruhig, war aber beharrlich. Schließlich wusch sie sich schnell das Gesicht, zog ihr Kleid aus und einen Morgenrock an.

Art stand auf der Treppe. Sie sah auf ihre Uhr. Es war nach zehn.

»Kommen Sie rein«, sagte Judith.

Er folgte ihr in die Küche. Sie schaltete die Kaffeemaschine ein, schwankte und stützte sich auf die Lehne eines Stuhls.

»Sie sehen aus, als hätten Sie die Freilassung Ihres Mandanten gefeiert.«

Sie schien ihm nicht zuzuhören und zuckte nur mit den Schultern.

Liep breitete eine Zeitung auf dem Tisch aus und stellte eine weiße Papiertüte dazu.

»Ich bringe die Zeitung und das Gebäck von Krispy Cream mit. Steuern Sie den Kaffee bei?«

Als Dampfwolken aus der Maschine quollen, floss kein Wasser mehr durch das wie schwarzer, nasser Sand aussehende gemahlene Pulver. Judith stellte zwei Tassen auf den Tisch und widerstand der Versuchung, die Tüte zu öffnen.

Art faltete die Zeitung auseinander und schob sie Judith hin. Art Lieps Artikel über den Fall Connely hatte es auf die erste Seite geschafft: DIE ANKLAGE HAT EINE SCHLAPPE ERLITTEN. In der Mitte der Seite prangte ein dreispaltiges Foto von Judith Graham.

Der Journalist nahm einen Krapfen und biss hinein. In der Küche verbreitete sich ein warmer, durchdringender Duft nach Haselnusscreme. Judith brauchte nur die Hand auszustrecken, um diese süße, dicke, runde Köstlichkeit zu berühren.

»Wissen Sie, dass solche Teilchen tödlich sein können?«, sagte Judith, bemüht, überzeugend zu klingen.

Das Läuten des Telefons riss sie aus ihren Überlegungen, wie schädlich es wäre, ihre Diät nicht einzuhalten.

Sie nahm den Hörer ab und hörte einen Moment zu.

»In Ordnung, ich komme.«

Sie legte auf und holte schaudernd Luft.

»Gibt's Probleme?«

Sie legte den Kopf schief und antwortete dann mit einem Seufzer: »Ich habe mein Auto auf dem Büroparkplatz stehen lassen. Können Sie mich in der Stadt absetzen? Ich dusche nur kurz. In fünf Minuten bin ich fertig.«

»Im Wagen müssen Sie aber meinen Artikel lesen! Ich brauche unbedingt Ihre Meinung dazu«, sagte Liep und machte sich in aller Ruhe über einen zweiten Krapfen her.

III

»Die Polizei wird eine vierte Leiche finden«, sagte Manny und nahm ganz ungezwungen Platz.

Die Sonne brannte auf die Ostfassade des Hochhauses. Judith stand auf und veränderte den Winkel der Jalousielamellen. Ihr Magen war bis zum Rand mit Kaffee gefüllt und gluckerte. Sie war nicht so klar im Kopf, wie es die Situation erfordert hätte. Sie warf einen Blick auf Otero: Ihm schien es besser als ihr zu gehen. Bei den vielen Akten, die sich angesammelt hatten, würde sie sich entscheiden müssen: entweder Essen, Arbeiten, Trinken, Schlafen oder Sex. Das letzte Wort kam ihr unangebracht vor. Bei ihrem jetzigen Fall hatte sich seine Bedeutung ins Negative gekehrt und verbreitete den Geruch eines mit alten Erinnerungen vollgestopfen Albums. Also musste sie den Sex durch Abstinenz ersetzen.

Warum glaubte Manny, er müsse derart unheilvolle Nachrichten mit einem unverbesserlichen Optimismus verkünden?

»Hat man sie identifiziert?«

»Die Leiche ist noch nicht gefunden worden. Es handelt sich um eine Frau.«

»Eine Frau?«

»Die Frau, die Connely gestern Abend erwähnt hat.«

Judith setzte sich an ihren Schreibtisch, blätterte eine Weile in ihren Notizen und legte sie dann wieder weg, um nachzudenken.

»Nachdem ich Sie gestern nach Hause gebracht habe«, begann Manny, »bin ich in die Bar zurückgegangen.«

Judith erinnerte sich, dass sie mit dem unumstößlichen Vorhaben die lärmende Bar betreten hatte, stilvoll eine ganze Flasche Tequila Gold zu trinken.

Doch dann hatte sich ihr Blick getrübt, und ihre Gesten waren übertrieben exakt geworden.

»Eine solche Frau fällt in L. A. überhaupt nicht auf«, erklärte Otero inzwischen lächelnd, »dick, gehässig und habgierig. Die gibt es zu Tausenden hier. Zum Glück wussten wir von der Warze! Schließlich habe ich einen dicken Typ aufgetrieben, der mir weiterhelfen konnte. So bin ich im Queers gelandet, einer ziemlich finsteren Disco.«

Als Otero den Klub betreten hatte, war es dort dunkel gewesen, und Melissa Etheridge hatte aus den Lautsprechern gedröhnt.

Er hatte sich an die Theke gesetzt. Auf einem Podium bewegten sich zwei rothaarige Frauen lasziv zum Takt der Musik. Die Bardame, eine unterkühlte Schönheit mit nacktem Busen, stellte ihm mehrmals ein neues Getränk hin, ohne dass er es angerührt hätte. Er blieb sitzen und wartete, bis die Frau hinter dem Tresen ihn mit rauer Stimme fragte: »Suchen Sie jemanden?«

Otero schilderte in allen Einzelheiten die schäbige Atmosphäre des Queers, was Judith völlig kalt ließ. Er seufzte.

»Kurz gesagt, ich war fast an die Grenzen meines Vorstellungsvermögens gestoßen«, sagte er, »als sie endlich mit der gewünschten Information herausrückte. Die Dicke ist in dem Schuppen bekannt. Eine Frau um die fünfzig, unbarmherzig, wie es scheint. Eine ehemalige Gefängniswärterin, die jetzt als Privatdetektivin auf unterstem Niveau arbeitet. Sie heißt Gertrud Hallman. Wenn sie Geld hat, geht sie ins Queers und reißt Mädchen auf.«

»Und woher wissen Sie, dass sie tot ist?«

Manny zögerte.

»Ich habe ihre Leiche gesehen.«

Judith erschrak.

»Keine Angst. Niemand hat mich gesehen.«

Manny erzählte, dass er zu einem billigen Motel im alten Viertel West Hollywoods gefahren sei.

»Die Fenster gehen alle auf einen Parkplatz. Genau die Art Absteige, in die sich ein Krimineller flüchtet. Ich habe meinen Wagen weit weg vom trüben Licht einer Neonlampe geparkt, mir eine Zigarre angezündet und in aller Ruhe die Gegend beobachtet.«

Judith saß noch immer ziemlich verkrampft da. Otero

hingegen machte es sich in seinem Sessel noch bequemer.

»Schließlich habe ich den alten schwarzen Buick mit dem eingedellten Heck entdeckt«, fuhr er fort. »Nach einer Weile bin ich ausgestiegen und zu der Tür gegangen, vor der der Buick stand: Zimmer zweihundertzwanzig. Bis auf das Flimmern des Fernsehers war es dunkel da drin. Durchs Fenster konnte ich nur ein leeres Glas auf einem Tisch sehen. Ich habe mehrmals geklopft, und weil niemand geantwortet hat, habe ich die Tür geöffnet.«

Judiths Blick drückte jetzt unverhohlene Missbilligung aus. Offensichtlich war sie gegen diese Aktion, aber zu müde, um sich mit Manny zu streiten. Der Schaden war bereits angerichtet. Also wurde sie von jener inneren Ruhe ergriffen, die einen überfällt, wenn man sich mit vollendeten Tatsachen abfinden muss.

»Die Dicke lag zusammengesunken in einem Sessel, den Kopf nach hinten gedreht. Zuerst dachte ich, sie schläft. Neben ihren Füßen lag ein offener Pappkarton, der eine Familienpizza enthielt. Bis auf ein paar Krusten hatte sie alles gegessen. Ich dachte, sie sei mit ihrer Verdauung beschäftigt, aber sie atmete nicht mehr. Sie war erwürgt worden. Ihr Gesicht war violett, der Strick noch immer um ihren Hals gewunden.«

»War sie schon lange tot?«

»Ich glaube nicht. Vielleicht seit ein paar Stunden.«

Judith hörte ihrem Ermittler zu. Dabei hielt sie den Kopf wie ein trauriges Kind gesenkt. In ihrem Blick lag jedoch nichts Kindliches.

»Die Polizei wird ermitteln und könnte rausfinden, dass Sie am Tatort waren.«

»So weit wird sie nicht gehen.«

»Warum das denn?«

Er nahm sein Notizbuch, riss eine Seite heraus und gab sie Judith.

»Die Tote hatte einen Zettel mit einer Telefonnummer in der linken Hand. Ich habe sie notiert. Es ist die direkte Durchwahl Connelys im Normandy. Das habe ich überprüft.«

Der Kaffee rumorte weiter in Judiths Bauch. Sie verzog das Gesicht.

»Das ist doch ziemlich plump, oder?«

»Es kommt darauf an, von welcher Seite man die Dinge betrachtet. Nicht nur theoretisch hätte Connely seit seiner Entlassung aus dem Gefängnis die Möglichkeit gehabt, die Tat zu begehen. Er hatte auch ein Motiv, denn die Hallman hat ihn erpresst. Unter den gegebenen Umständen hätten ihn ihre Enthüllungen in eine unangenehme Lage bringen können.«

»Hätte er die Absicht gehabt, sie umzubringen, hätte er uns nichts von der Erpressung erzählt«, sagte Judith, »nicht in seiner Situation. Haben Sie sonst noch was gefunden?«

»Eine ganze Menge. Sie war unser Hobbyfilmer. Auf dem Bett lagen eine Videokamera und eine dicke Mappe mit Zeitungsausschnitten über den Fall Schiller in Paris.«

Judith lächelte Manny an und schämte sich für ihre Gedanken. »Ich vermute mal, Sie haben auch ihre Tasche durchsucht?«

»Tja, also ... Da waren mehr als dreitausend Dollar drin, in Hundertern.«

»Diebstahl scheidet anscheinend als Motiv aus. Hatte sie ein Adressbuch?«

»Nein.«

Otero stand auf und schnappte sich den kleinen Rekorder, in den Judith ihre Schriftsätze und Briefe diktierte. Er nahm die Kassette heraus und legte eine andere ein, die er vorher aus seiner Tasche geholt hatte.

»Hören Sie sich das an«, sagte er.

Connelys Stimme war deutlich zu erkennen, die andere musste die von Gertrud Hallman sein.

»Das ist das Treffen, bei dem sie ihm droht, alle Informationen an die Presse weiterzugeben, sollte er nicht zahlen«, stellte Judith fest.

»Was danach kommt, ist viel interessanter.«

Aus dem kleinen Lautsprecher waren Verkehrsgeräusche zu vernehmen, dann ein Klingelton. Jemand nahm den Hörer ab.

»Ich bin's. Ich höre.«

»…«

»Er ist bereit zu zahlen. Ich habe ihm eine Woche Zeit gegeben.«

»…«

»Okay. Gleicher Tag, gleiche Zeit.«

Manny drückte auf die Stopptaste.

»Das wurde in einer Telefonzelle aufgenommen. Man kann nur die Stimme der Hallman hören, aber nicht die ihres Gesprächspartners«, erklärte er.

»Warum das denn?«

»Sie hat wahrscheinlich versucht, mit einem Saugnapf ein Mikro am Hörer zu befestigen, doch es hat nicht geklappt.«

Manny schaltete den Rekorder wieder ein. Anstelle der Stimme des Gesprächspartners von Hallman erklang dieses Mal ein Knistern.

Judith warf Otero einen Blick zu. Der zuckte mit den Schultern und schüttelte den Kopf.

»Sie verarschen mich wohl!«, schrie Hallman. »Er sitzt im Knast, er kann nicht zahlen.«

»…«

»Wer kann mir das garantieren?«

»…«

»Wenn Sie sich so sicher sind, dass er der Täter ist, kapiere ich nicht, warum die Bullen ihn freilassen sollten!«

»…«

»Ich brauche einen Vorschuss.«

»…«

»Nein. Viertausend. Morgen. Im Motel.«

Judith war zugleich enttäuscht und erleichtert. Immerhin war es nun möglich, dass Connely das Opfer eines abgekarteten Spiels war.

»Da ist nicht viel rauszuholen, außer dass sich jemand näher für dieses Schwein interessiert«, sagte Manny bedächtig.

»Auf den ersten Blick scheint es nur darum zu gehen, ihm Geld aus der Tasche zu ziehen, aber da bin ich mir nicht so sicher«, sagte sie.

»Somit haben wir für den Mord an Hallman einen zweiten Verdächtigen.«

»Wann wird die Leiche Ihrer Meinung nach gefunden?«

»Das weiß ich nicht.«

Judith ging um den Schreibtisch herum und nahm die Kassette aus dem Rekorder. Sie ließ sie immer wieder durch ihre Finger gleiten, als wüsste sie nicht recht, was sie mit ihr anfangen sollte.

Die Aufnahme stellte sie vor ein Problem. Sie Madsen zu geben, würde Otero in Schwierigkeiten bringen. Sie hielt Manny die Kassette hin.

»Sie müssen versuchen, diese Kassette wieder zurückzubringen, Manny. Ich darf bei der Unterschlagung von Beweismitteln nicht Komplizin sein. Und auch nicht … bei all dem anderen.«

Sie schwieg, dann sagte sie: »Vergessen Sie nicht, alle Fingerabdrücke abzuwischen.«

Judith hielt ihm ein Stofftaschentuch hin. Er lachte schallend.

»Für wen halten Sie mich! Das ist eine Kopie. Das Original ist immer noch in Hallmans Tasche.«

Sie schüttelte den Kopf, dann lächelte sie ihn an. »Sie sind wirklich ein Profi, Manny.«

»Ich glaube, genau das erwarten Sie von mir«, sagte er ohne falsche Bescheidenheit.

Er unterdrückte ein Gähnen. »Haben Sie geschlafen?«, fragte sie ihn.

»Ja, so erstaunlich das auch erscheinen mag.« Ernst fügte er hinzu: »Und was folgern Sie daraus?«

Judith stieß einen langen Seufzer aus und sagte: »Bevor die Polizei die Leiche nicht entdeckt hat, können wir in dieser Richtung nicht weiterermitteln. Das ist zu gefährlich.«

Sie dachte eine Weile nach, ehe sie weitersprach: »Sollte Madsen Connely wegen dieses Mordes erneut festnehmen, wird dieses Band für meinen Mandanten problematisch werden.«

Beide schwiegen, dann sagte Manny: »Irgendetwas stimmt da nicht, aber was?«

Er konnte Judiths Gedanken lesen.

»Ich weiß es nicht. Was verbindet alle diese Ereignisse miteinander? Connely. Richtig?«

»Richtig.«

»Was könnte diesen Mann dazu bringen, nach über zwölf Jahren wieder aktiv zu werden? Ein unkontrollierbarer Impuls, seine Perversion auszuleben? Er scheint ein Mittel gefunden zu haben, sie zu befriedigen. Das haben wir auf dem Film von der Hallman gesehen. Es existieren keine Beweise gegen ihn, und da soll er plötzlich durchdrehen, diese Frau erdrosseln und einen Haufen Indizien zurücklassen, die auf ihn weisen? Das ist doch seltsam, oder irre ich mich da?«

»Ich weiß nichts über sexuelle Perversion«, sagte Manny. »Das ist Ihr Gebiet. Vielleicht manipuliert er uns alle?«

»Das ist durchaus möglich. In einem bin ich mir jedoch sicher: Wir werden schon bald wieder von ihm hören. Dafür lege ich meine Hand ins Feuer.«

Kapitel 11

I

Linda ließ sich ein Bad einlaufen und regelte die Temperatur. Sie blieb auf dem Marmorrand der Wanne sitzen und sah zu, wie das parfümierte Öl goldene Fäden zog, ehe es sich im Strudel des Wasserstrahls auflöste. Als die Badewanne voll war, drehte sie den Hahn zu.

Sie ging ins Erdgeschoss, gab Eiswürfel in ein großes Glas, goss Wodka hinein und lief wieder hoch, um zu baden.

Zum ersten Mal wurde das Gefühl der Frustration schwächer. Sich dieser Anwältin anvertraut zu haben, war sehr mutig von ihr gewesen. Ihr Mann war ein Sadist, der sie schlug und zum Analverkehr zwang.

Am liebsten hätte sie vergessen, dass er existierte. Aber das würde schwierig sein. Sie schloss die Augen und gab sich ganz der Wirkung des Alkohols und der Wärme hin.

Judith Graham hatte Vincent sicher gewarnt; Linda hatte es an seinem Gesichtsausdruck abgelesen. Eine eisige Maske, doch ohne Wut, sondern nur voller Verachtung.

Linda war etwas zuversichtlicher, denn er lebte nicht mehr in der Villa. Er wohnte jetzt in einer Suite im Normandy. Er war kurz da gewesen, hatte seine Sachen geholt und dabei kaum ein Wort mit ihr gewechselt.

Als sie am frühen Abend nach Hause gekommen war, stand der schwarze Bentley nicht mehr in der Auffahrt.

Wenn sie an ihre vollkommene Unterwerfung dachte, überkam sie eine Welle des Zorns. Die Zurschaustellung seiner mörderischen Wahnausbrüche, von denen sie keine Ahnung gehabt hatte, widerten sie an. Er hatte sie beschmutzt und sie mit seinen Perversionen angesteckt.

Durch das große Fenster sah sie die vertrauten Umrisse der sich in der Brise wiegenden Bäume und den bläulichen Schimmer des sich auf ihren Stämmen spiegelnden Swimmingpools. In Zukunft werde ich mein Leben nicht mehr hinter diesen Mauern verbringen, dachte sie.

Sie musste eingeschlafen sein. Das lauwarme Wasser weckte sie. Trotzdem war ihre Stirn mit Schweiß bedeckt. Ihr Wodkaglas war leer. Sie duschte und zog ihren Bademantel an.

Da sie Hunger hatte, ging sie in die Küche und machte sich ein Sandwich. Sie nahm ein eiskaltes Bier aus dem Kühlschrank und betrat ihr Schlafzimmer. Sie streckte sich auf dem Bett aus und strich sich die langen schwarzen Haare hinter die Ohren.

Ein Abend in Freiheit. Für sie allein. Sie hatte der Haushälterin frei gegeben, und ihr Sohn übernachtete bei einem Freund.

Alles, was ich in meinem Leben bisher angehäuft habe, muss zerstört und aus dem Weg geräumt werden: dieses Haus, diese Stadt, dieser Mann, bis zu meiner eigenen Familie. Allein mein Sohn ist noch wichtig, und allein der Gedanke, er könnte unter der Knute seines Vaters aufwachsen, ist einfach entsetzlich.

II

Er tauchte aus der Nacht auf. Sein Neoprenanzug glänzte im Mondlicht. Er hatte den Kanal durchschwommen: etwa fünfzig Meter im Wasser, das die steigende Flut noch nicht abgekühlt hatte. Die leichte Meeresbrise kräuselte die Oberfläche des Wassers und verwischte seine Spur.

Dafür hatte er nur ein paar Minuten gebraucht und sich anschließend unbemerkt über das unbebaute Nachbargrundstück und den im Schatten der Bäume gelegenen Zaun geschlichen.

Er streckte sich am Rand des Swimmingpools aus. Über seinem Kopf rauschten die Palmen, während er das gebieterisch drohende Zischen jener Kreatur in sich vernahm, die seinen Geist mit ihrem Wahnsinn unterjochte. Schon witterte er den heißen und süßen Duft des Bluts.

Er stand auf und umrundete das Haus.

Bis auf das Licht im ersten Stock und in der Küche lag es im Dunkeln. Die Alarmanlage war nicht eingeschaltet, weil einige Fenster halb offen standen. Er ging zum Verteilerkasten für die Telefonleitungen neben der Garage, wo die Aggregate der Klimaanlage mit voller Kraft arbeiteten und mit ihrem Sirren die nächtliche Stille zerrissen. Er kappte die Verbindung. Vor dem Hauptstromschalter zögerte er kurz, doch dann überlegte er es sich anders. Denn er würde Licht für sein Szenario brauchen.

Er ging zur Terrasse zurück, drückte mühelos eins der großen Fenster beim Swimmingpool auf und kletterte ins Wohnzimmer.

Dann zog er den Reißverschluss seiner Jacke auf, nahm seine Ledermaske und streifte sie sich über. Einen Moment betrachtete er die spitz zulaufende Klinge seines Messers, das er gerade aus der Scheide gezogen hatte – eine Klinge mit Sägezahnschliff auf einer Seite, mit der man Knochen zersägen konnte.

Der Drang, diese Klinge in einen Körper hineinzustoßen, zu bohren und zu wühlen; der Drang, zu spüren, wie die reine Lust des Schmerzes ihn entflammte, wenn er diesen glatten Bauch aufschneiden würde; der Drang, zu beißen und diese lächerlichen Attribute der Männlichkeit abzureißen, wurde übermächtig in ihm.

Er konnte ihn nicht mehr zügeln.

Den hier würde er vor den Augen seiner Mutter abstechen. Ein neuer Stil. Sie würde die Ehre haben, die Premiere dieser Inszenierung zu erleben. Und das würde seiner Lieblingsbeschäftigung noch einen besonderen Reiz verleihen.

Es ging ihm nicht darum, irgendwelche primitiven oder animalischen Instinkte auszuleben. Nein, es war ein Akt absoluter Kommunikation, ein Akt wohlüberlegter Entschlossenheit, das bestehende System und dessen moralische Ordnung herauszufordern. Und somit war dies zwar ein Akt der Grausamkeit, der weit über das Bestialische hinausging, aber gleichzeitig auch ein Glaubensbekenntnis. Doch das würde sie nie verstehen. Denn wenn es um die Befriedigung seiner Lust ging, war in seinen Augen alles außer ihm völlig bedeutungslos.

Wie bei seinen bisherigen Taten würde das alles in einer Ekstase gipfeln, auf deren Klimax eine unsichtbare Macht ihn zu beherrschen schien, die ihn bis in die letzte Faser seines Seins berührte. Eine derart tiefe Erschütterung, wie sie nur die in einer Opferung bestehenden Verbindung zwischen Schmerz, Blut und Sex auslösen kann.

Diese Vision beherrschte seine Gedanken immer mehr und übernahm schließlich die Kontrolle. Er spürte, wie sich sein Glied aufrichtete und hart wurde, so hart wie diese Messerklinge.

Diese innere Kraft verbrannte ihn und ließ ihn gleichzeitig zu Eis erstarren. Doch befehlen ließ sie sich nicht. Sie war flüchtig. Deshalb musste er sie in einem mächtigen Strahl aus sich schießen lassen, damit er ihre sexuelle Kraft einem Prozess der Sublimierung unterziehen und sie somit entschlüsseln konnte.

Die Last war immer schwerer zu ertragen, und seit einiger Zeit konnte er seine Perversionen immer weniger unterdrücken.

Danach würde er die Frau wegbringen und ihr die Kehle durchschneiden. Er korrigierte seine Visionen so wie ein Künstler auf der Suche nach einem unerwarteten Detail, dessen Schönheit ihm bisher noch nicht aufgefallen war.

Er würde auch dieses Mal eine Botschaft hinterlassen, wie er es bei seinen drei in der Firma Delta aufgehängten Trophäen gemacht hatte. Außer dem Offensichtlichen hatte niemand die tiefe Bedeutung und somit die Quelle seiner Inspiration erkannt oder wäre in der Lage gewesen, in diesen nicht zusammenpassenden Einzelheiten ein harmonisches Ganzes zu sehen.

Er stieg die Treppe hoch. Langsam. Als er auf dem Treppenabsatz stand, sah er am Ende des dunklen Gangs das helle Schlafzimmer. Er ging näher. Seine Überziehschuhe aus Gummi erzeugten auf dem gekachelten Boden leise Sauggeräusche, aber das war ihm egal.

Ein seltsames Geräusch erregte seine Aufmerksamkeit. Er drückte sich an die Wand und schlich bis zu dem Licht am Ende des Gangs. Er stand vor der Tür und konnte jetzt Stöhnen hören. Die Laute wurden immer unkontrollierter. Er ging in die Hocke und warf einen Blick in das Zimmer, weil er wissen wollte, was da los war.

Linda saß mit gespreizten Beinen auf einem Stuhl vor dem Wandspiegel und befriedigte sich mit einem Vibrator. Ihr Becken zuckte. Er sah, wie sich ihre langen Beine versteiften und sich ihre rot lackierten Zehen zusammenkrampften. Ihr Körper wurde von einem Zittern erfasst.

Kurz überlief ihn ein Schauer wachsender Erregung, der

jedoch sofort Wut und Raserei wich – einer ungebändigten Raserei.

Sie war allein!

Taumelnd wich er zurück. Seine Kraft hatte ihn plötzlich verlassen. Er hatte sich ausgemalt, zugleich Drehbuchautor, Produzent, Regisseur und Hauptdarsteller dieses einzigartigen Schauspiels zu sein. Im Voraus hatte er in den Gefühlen geschwelgt, den seinen, denen des Opfers und denen der einzigen Zuschauerin: Überraschung, Liebe, Hoffnung, Hass, Gefahr und Tod.

Seine Inszenierung war obsolet geworden. Es würde keinen magischen Moment geben, keinen kostbaren Augenblick, wo er, der Herrscher des Chaos, mit den Möglichkeiten spielte, die ihm Mutter und Sohn anboten.

Also musste er sein Werk durch ein anderes, noch grausameres ersetzen. Seine Vision verblasste und wich einem beunruhigenden Angstzustand. Er sagte sich, dass er improvisieren und ein furchterregendes Denkmal des Schmerzes errichten müsse, um vor sich selbst das Gesicht zu wahren und sein schmachvolles Scheitern wieder gutzumachen.

Er lief über den Gang und öffnete die Türen der Schlafzimmer. Alle waren leer.

III

Mit halb geschlossenen Augen und einem Seufzer der Erleichterung ließ sich Linda gegen die Stuhllehne sinken. Sie fühlte sich besser. Sie hätte gern noch weiter die abebbenden Wellen der Lust genossen, aber sie konnte sich nicht mehr richtig entspannen.

Denn seltsamerweise spürte sie intensiv die Präsenz eines Wesens, das darauf wartete, in Erscheinung zu treten.

War Vincent zurückgekommen? Die Zeit war stehen geblieben, und sie konnte sich weder an ein Motorengeräusch noch an das Zuschlagen einer Autotür erinnern. Sie versteckte den Vibrator unter einem Stapel Damenwäsche in einer Schublade und zog ihren Bademantel an.

Plötzlich hörte sie hinter sich ein Geräusch und drehte sich um.

Ein Schatten stand im Türrahmen. Ein Mann. Ein großer Mann in einem schwarzen Overall. Er trug eine Maske und Gummihandschuhe. Er ging drei Schritte ins Zimmer und nickte ihr zu.

Sie glaubte, seine Gestalt wiederzuerkennen.

»Vincent?«, fragte sie zögernd.

Der Gedanke, dass er vielleicht ihr Tun beobachtet haben könnte, ließ sie erröten.

Wieder nickte er.

»Was machst du hier?«, fragte sie und räusperte sich nervös.

Sie konnte seine Augen kaum sehen, aber ihr fiel der Geruch nach feuchtem Gummi auf.

»Seit wann bist du hier?«

Er trat einen Schritt näher. Warum trägt er Handschuhe? Er will keine Fingerabdrücke hinterlassen. Er ist gekommen, weil er mich bestrafen und umbringen will. Er kann mir nicht verzeihen, dass ich sein Geheimnis verraten und mich dieser Anwältin anvertraut habe.

Sie wich zurück, bis sich der Bettpfosten in ihre Kniekehlen bohrte, ohne ihn dabei aus den Augen zu lassen. Sie ging einige Schritte zur Seite und versuchte, das große Bett zwischen sich und den Mann zu bringen.

Er machte eine leichte Bewegung mit dem Arm. Sie sah, dass in seiner Hand etwas glänzte. Ein Messer.

Sie wich nicht weiter zurück. Wie versteinert stand sie da. Er kam immer näher. Er legte eine Hand auf ihre Brust, schob sie in den Bademantel, streichelte ihre Brustwarze und kniff sie dann brutal.

Trotz des Schmerzes riss sie sich los und versuchte, an ihm vorbei in den Gang zu flüchten.

Doch er war schneller. Schon stand er wieder vor ihr. Sie prallte gegen ihn. Seine Muskeln waren hart. Sie suchte in einer Zimmerecke Zuflucht. Leider war das Bad auf der anderen Seite. Dort hätte sie sich einschließen können. Dafür war es zu spät. An seinem Blick erkannte sie, dass er ihre Absicht durchschaut hatte. Er schloss die Zimmertür und sperrte sie ab.

Vielleicht will er mich nur erschrecken, mir eine Lektion erteilen. So muss es sein! Ich muss mit ihm reden, mich entschuldigen, mich erniedrigen. Er hat es gern, wenn ich vor ihm krieche.

Linda ließ das Messer nicht aus den Augen. Er konnte es in ihren Körper stoßen, sie verstümmeln und entstellen. Ihr Blick wurde vage, alles verschwamm vor ihren Augen. Und wie ein Tier hatte sie zu hecheln begonnen. Sie saß in der Falle.

Er war über ihr und schlug ihr seitlich an den Kopf, ehe sie auch nur die kleinste Bewegung machen konnte. Sie fiel nicht hin, krümmte sich aber zusammen. Da packte er sie bei den Schultern und zog sie zu sich heran. Sie versuchte nicht, sich zu befreien, sondern presste sich an ihn und wollte ihm ihr Knie in den Unterleib stoßen.

Sie konnte sein drohendes Lächeln erahnen. Seine Augen waren kalt, leblos.

»Um Himmels willen!«, schrie sie, »hör auf! Ich tue alles, was du willst.«

Im selben Moment schlug er ihr mit voller Wucht den Messergriff ins Gesicht. Eine Welle heiß glühenden Schmerzes ließ sie auf die Knie sinken, und ihr wurde übel.

Knochensplitter ihrer gebrochenen Nase verstopften ihre Nasenlöcher und hinderten sie am Atmen. Blut rann ihr übers Gesicht und floss ihr in die Kehle. Sie fiel zu Boden, einen Arm unter dem Körper. Sie zitterte am ganzen Leib. Ihre Beine zuckten krampfartig.

Linda spürte, wie er die Hand unter ihren Bademantel schob. Sie versuchte den Arm in einer flehenden Geste zu heben, aber er zog sie nur ruckartig in die andere Ecke des Zimmers. Durch einen Nebel farbiger Flecken, der wie eine Welle ihr Bewusstsein erreichte, sah sie, wie er sich auf die geblümte Tagesdecke setzte.

Gerade als sie glaubte, er würde jetzt aufhören, ihr seinen ungeheuren Hass ins Gesicht zu schleudern, kniete er sich auf sie, zerschnitt ihren Bademantel. Etwas drang in sie ein. Sie glaubte zuerst, er vergewaltige sie, doch dann explodierten Kälte und Schmerz in ihrem Unterleib, und trotz ihres Verlangens loszuschreien, kam kein Ton aus ihre Kehle. Dann schwand das Licht wie bei einem sich schließenden Objektiv.

Kapitel 12

I

Der Polizeibeamte Juan Vargas fuhr auf dem Hollywood Boulevard Streife. Er wendete und schaltete die Sirene ein.

»Alarm an alle Streifenwagen«, erklang eine Stimme aus dem Funkgerät. »Neun elf hat um zweiundzwanzig Uhr zehn einen Notruf von einem Handy erhalten. Die Nummer ist auf Linda Connely, wohnhaft in Venice Beach, zugelassen. Der Anrufer hat sich nicht verbal geäußert.«

Nach seinem riskanten Wendemanöver raste Vargas in nördliche Richtung. Er brauchte sieben Minuten. Das Gittertor stand offen. Er bog in die Auffahrt ein, schaltete seine Sirene aus und parkte vor der breiten Veranda an der Nordseite der Villa.

Er war als Erster vor Ort. Das Blaulicht ließ er an, stellte den Motor aber ab und stieg aus. Mit dem an seinem Hosenträger befestigten Mikrofon und dem Funkgerät an seinem Gürtel blieb er mit dem Einsatzleiter in Kontakt.

Mit seiner Taschenlampe leuchtete er die Umgebung ab. Zwischen Blumenbeeten und Palmen konnte er nichts Verdächtiges sehen. Er wartete eine Weile und lauschte aufmerksam.

Die Südseite der Villa glänzte metallisch. Wahrscheinlich der Swimmingpool, dachte Vargas. Er muss dem Kanal direkt gegenüber liegen.

Er ging weiter und überzeugte sich zunächst davon, dass die Verandatür nicht aufgebrochen war.

Im Haus brannte kein Licht, alles schien ruhig. Sein Empfangsgerät knisterte.

»Die Telefongesellschaft meldet, dass alle Telefonleitungen gekappt wurden.«

Die Tacos und die scharfe Salsa begannen ihm schwer im Magen zu liegen. Vargas nahm ein Fläschchen Pepto-Bismol aus seiner Tasche und trank zwei Schlucke. Das Zeug schmeckte nach Himbeere und ließ ihn erschauern.

Er entdeckte den Verteilerkasten. Die Leitungen waren herausgerissen worden. Trotz der Brise wurde die Luft plötzlich schwül und stickig.

Vargas zog seine Waffe, ging zur Frontseite des Hauses und suchte dort nach verdächtigen Bewegungen. Er machte einen Umweg, um nicht als Zielscheibe für einen eventuellen Schützen im Haus zu dienen.

Auf dem Wasser des Pools trieben zwei aufblasbare Sessel. Im hinteren Teil des Gartens sah er die Umrisse des Bootshauses.

Das Wohnzimmer, das er nur teilweise überblicken konnte, lag dunkel und still da. Eine der Schiebetüren stand offen. Er duckte sich, hielt seinen Revolver mit ausgestreckten Armen vor sich und sprang in den Raum, wobei er brutal die Gardinen zur Seite schob.

Im Halbdunkel konnte er die Möbel erkennen: Sessel, Stühle, Couchtische und zwei große Sofas. Teure Möbel, die harmonisch angeordnet waren.

»Polizei!«

Keine Antwort. Nur Schweigen. Er hörte allein seinen Atem. Vorsichtig richtete er sich auf. Niemand schoss auf ihn.

Er sah einen schwachen orangefarbenen Schein an der

Wand. Er suchte tastend nach dem Schalter und hielt dabei in Erwartung eines möglichen Angreifers seine Waffe gezogen.

Eine indirekte Lichtquelle an der Decke beleuchtete jetzt das Zimmer. Soweit er die Lage beurteilen konnte, gab es nichts Verdächtiges.

Langsam ging er in die Ecke des Raums, von der aus er in das Esszimmer und die Küche sehen konnte. Er ging weiter in die Diele und öffnete alle Türen: Schlafzimmer, Bad, Büro, Toilette. Noch immer konnte er nichts Ungewöhnliches feststellen.

Wieder knisterte sein Empfangsgerät.

»In weniger als drei Minuten bekommen Sie Unterstützung von zwei Streifenwagen.«

Er beugte sich zum Mikrofon und murmelte: »Alle Telefonleitungen sind herausgerissen worden. Ich bin im Haus. Keine verdächtigen Aktivitäten im Erdgeschoss. Jetzt gehe ich in den ersten Stock. Im Park steht ein Bootshaus. Ich hatte noch keine Zeit, es zu kontrollieren.«

Vorsichtig, Stufe für Stufe, stieg er die Treppe hoch, mit dem Rücken zur Wand. Er drückte nach und nach auf alle Lichtschalter, die er fand, hielt den Revolver weiter mit ausgestrecktem Arm vor sich und schwenkte ihn von rechts nach links und wieder zurück.

Der Flur lag im Dunkeln. Er schaltete das Licht ein. Die Türen waren alle angelehnt.

Das dritte Schlafzimmer war vollständig verwüstet. Jemand hatte die Kleidung aus den Schränken genommen und zerrissen, die Möbel umgeworfen und zertrümmert, die Bettwäsche zerschnitten und die Matratze aufgeschlitzt, das Spielzeug zertrampelt, die Fotos aus ihren Rahmen genommen und zerstört.

Der Täter hatte offensichtlich in einem Anfall von Raserei

gehandelt, war aber trotzdem systematisch vorgegangen. Er hatte nichts ausgelassen.

Vargas ging weiter. Er musste noch den letzten Raum überprüfen. Da hörte er die Sirenen der Streifenwagen, die zu seiner Verstärkung kamen. Sie fuhren die Auffahrt hoch, dann heulten ihre Sirenen nicht mehr.

Die Tür dieses Schlafzimmers war geschlossen. Er zögerte einen Moment und fragte sich, ob er im Gang auf seine Kollegen warten sollte, ehe er den Raum betrat.

Er stellte sich neben die Tür, packte den Türknauf und drehte ihn, bis der Riegel mit einem kleinen, gedämpften Klicken ganz aus dem Schließblech geglitten war. Er stieß die Tür auf und zog sich sofort wieder zurück, um sich vor einem eventuellen Angriff zu schützen.

Kein Schuss. Kein Lebenszeichen. Jenseits des Lichtkegels aus dem Flur herrschte vollkommene Dunkelheit.

Dann fiel Vargas der Geruch auf, das Einzige, was aus dem Schlafzimmer drang. Dieser schwere Geruch, der keinem anderen glich.

Ein Geräusch warnte ihn. Er fuhr herum und richtete seinen Revolver in Richtung Ende des Gangs.

Dann erkannte er Castillo, einen Kollegen in Uniform. Vargas ließ seine Waffe sinken und bedeutete Castillo, er solle leise näher kommen. Die beiden blieben einen Moment unbeweglich stehen und lauschten.

»Verdammte Scheiße!«, sagte Castillo.

Auch ihm war der Geruch aufgefallen.

»Gehen wir rein!«, sagte Vargas schließlich.

Er betrat als Erster das Zimmer. Castillo suchte es mit seiner Taschenlampe ab, ohne etwas zu entdecken. Dann fand Vargas den Lichtschalter.

»*Madre de Dios*«, murmelte Castillo instinktiv in seiner Muttersprache.

Nach einem flüchtigen Blick gingen die beiden Polizisten aus dem Schlafzimmer und lehnten sich an die Wand. Sie steckten ihre Waffen ein. Vargas' Magen hatte sich zusammengekrampft; er leerte seine Flasche Pepto-Bismol zur Hälfte und wischte sich anschließend die Lippen ab, sodass eine rosa Spur auf seinem Handrücken zurückblieb. Castillo war kreidebleich.

»Ich gehe wieder rein«, sagte Vargas.

Castillo nickte.

»Wir haben eine Leiche«, sprach Vargas in das Mikrofon. »Eine Frauenleiche. Gewaltsamer Tod, überall ist Blut.«

Die Frau war nackt. Eine Blutspur legte die Vermutung nahe, dass sie bis zu ihrem Mobiltelefon gekrochen war und um Hilfe gerufen hatte, denn der Apparat war aus seiner Ladestation gerissen worden und lag neben ihr.

Vargas beugte sich hinunter und schob behutsam ihre Haare zur Seite, weil sie das Gesicht verdeckten. Die Nase und mehrere Zähne waren ihr eingeschlagen worden. Das Blut war teilweise bereits zu braunen Klümpchen geronnen., doch die Wunde blutete weiter.

Vargas' Anatomiekenntnisse waren nur beschränkt, weshalb er sich nicht traute, den Körper umzudrehen.

Als er sich noch weiter nach unten beugte, sah er kleine, schaumige Blasen auf den Lippen des Opfers. Er legte zwei Finger auf die Halsschlagader, schloss die Augen und konzentrierte sich darauf, einen noch so schwachen Pulsschlag wahrzunehmen. Er spürte kaum tastbar ein Lebenszeichen: Ihr Herz schlug noch!

»Sie lebt noch!«, schrie er in sein Mikrofon. »Schnell! Ich brauche einen Rettungswagen!«

Castillo deutete auf den Bettpfosten. Vargas stand auf. Die Frau hatte versucht, etwas zu schreiben.

»Die Kriminalpolizei kommt gleich. Das ist deren Job«,

sagte er zu seinem Kollegen. »Versuchen wir inzwischen, sie am Leben zu erhalten.«

Vargas wusste nicht recht, was er tun sollte. Er holte eine Decke aus einem der Schränke und legte sie vorsichtig über den Körper. Castillo und er sprachen ein Gebet.

Als der Rettungsdienst kam, lebte Linda nicht mehr.

II

Er kniete auf dem gekachelten Boden des Bootshauses und beobachtete den Polizisten, der gleich ins Haus gehen würde. Er war als Erster vor Ort.

Nach fünf Minuten waren alle Fenster im ersten Stock erleuchtet.

Er stand auf, um seine Durchblutung anzuregen. Der Anblick des Chaos dort oben hatte ihm nur wenig Erleichterung verschafft. Im Gegenteil, diese Inszenierung hatte seinen Machtrausch infrage gestellt. Den Machtrausch, der ihn jedes Mal überkam – und dessen Befriedigung in den Tiefen seines Hirns verborgen schlummerte –, wenn er sich an den Blicken seiner jungen Opfer und an ihren Folterqualen weidete ... Diese sublimen Augenblicke, sie allein trugen ihn in diese andere Dimension und erlaubten ihm, über sich selbst hinauszuwachsen. Denn dort offenbarte sich ihm plötzlich ein kristallener blutroter Himmel.

Und wieder fühlte er die Qual in seinem Inneren, so stark, dass er Magenschmerzen bekam und sich sein Geist verdunkelte.

Schrilles Sirenengeheul zerriss die Stille der Nacht. Er ging auf die kleine, an den Kanal angrenzende Terrasse und ließ sich ins Wasser gleiten. Er ließ sich treiben, von der Strömung forttragen und überlegte, wie er seine Qualen lindern könnte.

Etwas später fiel in dem Durcheinander der eintreffenden Polizeifahrzeuge keinem Beamten der schwarze Mercedes auf, der nur kurz vor der Sackgasse zu Connelys Villa hielt und dann wegfuhr.

Kapitel 13

I

Obwohl Judith Graham tief in Gedanken versunken war, warf sie einen Blick auf den Fernseher. Sie stellte das Gerät lauter. Nachts hatte man die Leiche von Gertrud Hallman entdeckt.

Eine Sekunde, bevor das Telefon läutete, ahnte sie, dass sie angerufen werden würde. Lustlos hob sie den Hörer ab.

»Mrs. Graham?«

Sie erkannte die Stimme sofort. Hinter den Worten spürte sie ein Gewitter heraufziehen und nahm sich vor, ihre Antworten auf kurze Sätze zu beschränken. Sie schloss die Augen.

»Ja.«

»Peter Madsen am Apparat.«

Der D. A. schien wütend zu sein.

»Wir werden Ihren Mandanten wieder festnehmen.«

Das war wirklich keine Überraschung. Nach der makaberen Entdeckung in dem Motel war sie darauf vorbereitet.

»Und mit welcher Begründung?«

»Wegen Mordes. An seiner Frau.«

Judith war fassungslos. Sie war eine kluge Anwältin mit seit Langem erprobten Abwehrreflexen, aber jetzt hatte Madsen sie kalt erwischt.

»Mein Gott! Was ist passiert?«

»Ihr Mandant hat seine Frau im ehelichen Schlafzimmer abgeschlachtet.«

»Oh nein!«

Madsen antwortete in scharfem Ton: »Sie haben dieser Frau einen großen Dienst erwiesen, als Sie den Richter davon überzeugten, Connely auf Kaution freizusetzen.«

»Lassen Sie Ihren Ärger nicht an mir aus, Peter. Ich kannte Linda sicher besser als Sie. Das ist ein Schock für mich, das können Sie mir glauben«, antwortete sie schroff.

Judith hatte sich wieder gefangen. Sie erwartete, dass Madsen von der toten Hallman reden würde. Wie hatte Connely seine Frau ermorden können? Das schien undenkbar.

»Wie sind Sie zu dieser Schlussfolgerung gelangt? Haben Sie einen Beweis dafür, dass er am Tatort war?«, fragte Judith.

Sie hielt die Luft an und fragte sich, ob Madsen antworten würde.

»Das werden Sie früh genug erfahren. Aber wie dem auch sei, Linda hat vor ihrem Tod auf ihren Angreifer hingewiesen … in Buchstaben aus Blut.«

»Wer hat Sie benachrichtigt?«

»Das darf ich Ihnen nicht sagen. Noch nicht.«

»Wo ist mein Mandant?«

»Das weiß ich nicht. Ich gebe Ihnen bis … heute siebzehn Uhr Zeit, ihn zu überzeugen, sich im nächsten Polizeirevier zu stellen. Nach Ablauf dieser Frist …«

Madsen legte auf, ohne das Motel zu erwähnen. Er behielt diesen Mord wie ein Ass im Ärmel, aber er würde in der Anklageschrift stehen. Daran hatte Judith keinen Zweifel.

Connely hatte seine Frau ermordet, weil sie jemanden engagiert hatte, der ihn überwacht und erpresst hatte. Wer sonst hätte die Hallman mit einem solchen Auftrag betrauen können? Die Kamera im Motelzimmer, der Film, den Judith dem District Attorney nun gezwungenermaßen überlassen musste, und schließlich die Tonbandaufnahme aus der Tasche der Hallman – das waren die Fakten, die Madsen miteinander verbinden würde, um ihrem Mandanten ein Motiv unterstellen zu können und ihm die beiden Morde anzulasten.

Judith notierte sich die ersten widersprüchlichen Punkte, die ihr einfielen:

1. Hallmans Auftraggeber konnte bisher nicht identifiziert werden.

2. Linda hatte keinen Grund, ihren Mann zu erpressen. Hätte sie es getan, hätte sie die Videoaufnahme benutzen können, um ihrer Scheidung Nachdruck zu verleihen und das Sorgerecht für ihr Kind zu bekommen. Das Risiko, eine halbe Million Dollar von einem Mann zu erpressen, den man fürchtet, vor allem wenn man selbst Millionärin ist, ist als Motiv wenig glaubwürdig.

3. Es gab keinen Beweis, dass Connely die Hallman ermordet hatte.

4. Und schließlich: Warum sollte Connely eine Vielzahl an Indizien hinterlassen, die in seine Richtung wiesen?

Das Geschehen erweiterte sich in konzentrischen Kreisen, gleich Wellen eines Gewässers, in das man einen Kiesel geworfen hat. Judiths Zweifel, ihr Mandant könne der Täter sein, wurden immer größer.

Jetzt musste sie Vincent Connely finden und ihn überzeugen, sich den Behörden zu stellen.

II

Am selben Tag, um achtzehn Uhr, bereitete sich William Ingham, der Polizeichef von L. A., auf eine Pressekonferenz vor.

Judith hatte den ganzen Tag erfolglos versucht, mit Vincent Kontakt aufzunehmen. Er blieb unauffindbar.

Sie saß mit Manny Otero in ihrem Büro im Stadtzentrum vor dem Fernseher und wartete auf den Beginn der Pressekonferenz.

Auf dem Podium war bereits ein gutes Dutzend Beamte versammelt, manche von ihnen in Polizeiuniform.

Der Tod stimuliert die Medien. Die unerwartete Wende in diesem Fall hatte den Pressesaal des Polizeipräsidiums mit Journalisten gefüllt. Nur Polizeichef Ingham fehlte noch.

Der fühlte sich eher unwohl. In gewisser Weise hatten sie einen Täter, wenigstens das. Aber sie hatten auch zwei Tote mehr, und eine davon war Linda.

Und sie war die Tochter eines der besten Freunde des Bürgermeisters, einer Leitfigur der mexikanischen Gemeinde.

Eduardo Navarro, der Bürgermeister, ebenfalls Mexikaner, hatte ihm – Ingham – achtundvierzig Stunden Zeit gegeben, um Resultate vorzuweisen, und das hatte in ihm einen bitteren Nachgeschmack hinterlassen.

»Scheißbeschissene Chicanos!«, fluchte Ingham.

Das war ihm so rausgerutscht, doch nur in seinem Kopf. Der Gedanke war nicht an seine Stimmbänder weitergegeben worden, ein Schutzmechanismus hatte ihn am Sprechen gehindert. Das Sortiment an Sicherungen und das Arsenal der Moleküle, das alle Menschen entwickeln, die ständig ihre wahre Natur verbergen müssen, hatte eingegriffen, um der Entgleisung vorzubeugen, die bezeichnende Geste zu unterbinden und die Worte in Bilder zu verwandeln.

Ingham musterte sich ein letztes Mal im Spiegel, zog

mühevoll seinen Bauch ein und wandte sich mit resignierter Lustlosigkeit zur Tür.

In dem klimatisierten Saal roch es nach Raubtieren. Die Waffenruhe hielt nie lange. Die Polizei tat zu viel oder zu wenig. Die Dienststellen waren korrupt, die Polizisten unfähig, und der gesamte Berufsstand bewegte sich in Gefilden, in denen Schweigen und Desinformation herrschten.

Ingham schritt in seiner tadellosen schwarzen Uniform mit den Goldknöpfen langsam zum Pult in der Mitte des Podiums, nahm das Papier mit seiner Erklärung heraus, legte es vor sich hin und stützte sich mit beiden Händen auf.

Aus den Augenwinkeln warf er einen Blick auf seinen Generalstab, der sich jetzt im Halbkreis um ihn aufgebaut hatte. Glücklicherweise saßen ein paar wohlgesonnene Journalisten im Saal. Arschkriecher, denen man die Strafzettel erließ.

Er würde ihre Fragen zuletzt beantworten, um der Öffentlichkeit einen guten Eindruck von der Arbeit der Polizei zu vermitteln.

Ruhe gebietend hob er die Hand und prüfte, ob die Fernsehkameras auf sein telegenes Profil gerichtet waren.

Er klopfte auf die Mikrofone und begann, mit autoritär sonorer Stimme die maschinengeschriebene Erklärung vorzulesen.

»Seit heute, siebzehn Uhr, ist Vincent Connely ein Mann auf der Flucht, nach dem die Staatspolizei intensiv fahndet. Er wird des Mordes an seiner Frau Linda Connely verdächtigt, einer Tat, die letzte Nacht in ihrem gemeinsamen Wohnsitz in Venice Beach geschah. Die Behörden möchten Vincent Connely auch zu einem anderen Mord befragen, der an der Privatdetektivin Gertrud Hallman begangen wurde.«

Ingham hielt kurz inne und fuhr dann fort: »Wir gehen davon aus, dass Vincent Connely bewaffnet und extrem gefährlich ist. Darüber hinaus haben wir gewisse Parallelen entdeckt, die es zwischen diesen beiden Verbrechen und der furchtbaren Mordserie gibt, die unsere Stadt heimgesucht hat.«

Er faltete das Papier wieder zusammen und steckte es in die Tasche. Er bemühte sich, zugleich entspannt und ernst zu wirken.

»Haben Sie Fragen?«, sagte er und deutete mit ausgestrecktem Arm über die versammelten Journalisten, um Zeit zu gewinnen, die der Polizei am wenigsten feindselig gesonnenen herauszusuchen.

»Wie ist Mrs. Connely gestorben?«

»Mrs. Connely wurde erstochen. Sie ist den Folgen ihrer Verletzungen erlegen.«

»Wo ist ihr Mann?«

Ingham ersparte sich die Mühe einer Antwort.

»Wann rechnen Sie mit der Festnahme?«

»So bald wie möglich«, antwortete er.

Ungeordnet hagelte es Fragen, die immer drängender wurden; gleichzeitig wurden die Gesichter immer anonymer. Ingham vergaß seine Strategie.

»Warum wird Connely des Mordes an seiner Frau verdächtigt?«

»Diese Frage kann aus Gründen der Geheimhaltung während der Ermittlungen nicht beantwortet werden. Die Verdachtsmomente sind jedoch gravierend.«

»Was ist das für eine Geschichte mit dieser Privatdetektivin?«, fragte ihn einer der Redakteure des *Herald*.

Ingham schnitt eine Grimasse, die als ein komplizenhaftes Lächeln durchgehen konnte.

»Tut mir leid, Ron, aber die Ermittlungen laufen noch, und ich kann Ihnen nicht mehr dazu sagen.«

»Haben Sie eine Spur von dem vierten entführten Kind?«, rief ein anderer.

Ingham tat so, als habe er die Frage nicht gehört.

»Worin besteht die Verbindung zwischen den Morden?«

Das war eine treffende Frage. Er suchte nach dem, der sie gestellt hatte und erkannte Art Liep. Diesem Mann konnte er ohne allzu großes Risiko etwas Futter geben.

»Nach ersten Analysen handelt es sich um dieselbe Waffe.«

»Können Sie das präzisieren?«

»Es ist technisch ziemlich kompliziert, aber im Großen und Ganzen weisen die Verletzungen ähnliche Merkmale auf. Sie stammen von einer gezahnten Klinge.«

»Und der Mord in Marina del Rey letzte Woche? War das auch Connely?«, rief ein Reporter von ganz hinten im Saal.

Auf einem Parkplatz war eine junge Frau am Lenkrad ihres Wagens erstochen aufgefunden worden. Offensichtlich war sie beraubt worden.

»Das müssen wir noch überprüfen. Wir schließen nichts aus. Während ich hier mit Ihnen spreche, laufen die Untersuchungen auf Hochtouren.«

»Hat die Polizei Anweisung erhalten, gleich scharf zu schießen?«

»Vincent Connely ist flüchtig und steht unter dem Verdacht, mehrere Morde begangen zu haben. Die Polizei arbeitet nach Methoden, die in solchen Fällen üblich sind.«

»Welche sind das?«

Ingham wischte die Frage mit einer kleinen Bewegung aus dem Handgelenk beiseite.

»Sechs Opfer, und die Polizei sieht tatenlos zu!«, empörte sich eine junge Frau in der ersten Reihe.

Ingham zuckte verärgert mit den Schultern und ignorierte den Zuruf. Wie zufällig ließ er den gestreckten Zeigefinger über die Meute kreisen. Er deutete auf niemand Bestimmten und versuchte, auf diese Weise mehrere Fragen gleichzeitig zu provozieren, damit er auf keine antworten musste. Eine gute Strategie.

»Gibt es andere Verdächtige?«

»Alle Indizien verweisen auf ein und dieselbe Person: Connely.«

»Es heißt, er sei einer der wichtigsten Geldgeber der Kampagne für die Wiederwahl des Gouverneurs?«

Ingham erkannte den Korrespondenten der CBS. Der Mann stand ihm direkt gegenüber und fixierte den Polizeichef mit seinem Blick.

Ingham bewegte sich auf dünnem Eis. Er konnte sich erlauben, die Fragen der dämlichen lokalen Journalisten zu ignorieren, aber nicht die der landesweiten Fernsehsender.

Also zwang er sich zu einer Antwort: »Dieses Problem geht uns nichts an, und ich persönlich weiß nichts davon. Doch selbst wenn es der Fall sein sollte, stellt das Mr. Connely nicht über das Gesetz.«

Er war mit seiner Entgegnung zufrieden. Jetzt musste damit Schluss sein.

Trotzdem hagelte es weitere Fragen zu diesem Thema. Plötzlich entwickelte sich die Pressekonferenz in eine andere Richtung. Eine Bresche hatte sich aufgetan; die Opfer waren vergessen und gehörten der Vergangenheit an. Politische Verwicklungen könnten ergiebiger sein: Nichts wäre schöner, als über fünf Spalten einen Politiker zu zerreißen, der gestrauchelt war. Das war nun einmal der kürzeste Weg zu einer Beförderung.

Ingham hob die Arme.

»Das ist für heute alles«, sagte er.

Er verabschiedete sich, kehrte der Meute den Rücken und ging im Kreis seiner Mitarbeiter aus dem Saal.

»Holen Sie mir sofort die Videoaufnahme von der Konferenz«, flüsterte er seinem Assistenten ins Ohr. »Ich erwarte Sie in meinem Büro.«

Alles war relativ gut gelaufen. Besser, als er gehofft hatte. Jetzt muss ich nur noch Vincent Connely aufspüren, dachte er, dann ist meine Wiederwahl gesichert.

Über die Hälfte aller Polizeibeamten in L. A. waren Mexikaner. Er konnte auf ihren Eifer zählen, den Flüchtigen zu finden.

Denn Ingham stellte gern die Arbeit seiner Untergebenen als eigenen Erfolg dar.

Kapitel 14

Die beiden Männer saßen in einem Salon, zwischen ihnen stand ein runder Tisch voller Fläschchen und Gläser.

Charles Gallo drückte seine Zigarette aus und antwortete in demselben höflichen Ton, den er seit Beginn des Gesprächs pflegte.

»Ja, Jean, sie ist seit drei Wochen drüben. Zuerst war sie ziemlich erschüttert, aber ich glaube, dass sie sich jetzt besser fühlt.«

»Das ist oft so«, antwortete der damalige Justiz- und jetzige Premierminister. »Die Situation bei uns ist inzwischen eine ganz andere; doch ich kann mir vorstellen, wie angespannt sie sein muss. Wichtig ist, dass es ihr besser geht. Und wie ist der genaue Stand im Moment?«

Das war seine Art zu fragen, ob das Gesetz des Schweigens gebrochen worden war. Beide wussten, dass in diesem Fall viele Zeugenaussagen eingehen würden. Es war angenehmer, Zeuge als Verdächtiger zu sein.

Gallo fuhr fort: »Laut dem, was Senda mir gesagt hat und laut der von mir gesammelten Informationen scheint Schiller unauffindbar zu sein.«

Der Premierminister nickte. Er versuchte, die Konsequenzen abzuschätzen, sollte es zu einer unerwarteten Wende kommen, und fragte sich, ob er den Schein wahren könne und wie sein Bild in der Öffentlichkeit aussähe und somit die Chancen für seine weitere Karriere stünden.

»Möchten Sie etwas trinken?«, sagte er.

»Nein, danke.«

Die weiß verputzten Wände waren mit stilvollen Zierleisten aus dunklem und gewachstem Holz in derselben Farbe wie die Möbel und das Parkett versehen.

»Welche Maßnahmen würden Sie ergreifen, falls …«

Gallo zählte sie auf.

»Was auch geschehen mag, sie wird nicht aussagen. Das habe ich ihr verboten. Jedenfalls hat sie das nicht vor. Aber wie Sie bereits wissen, war diese Frau schon immer etwas depressiv. Das steht in ihrer Akte und …«

Gallo schwieg, weil unausgesprochene Vermutungen immer Reaktionen hervorriefen.

»Na schön. Wenn ich richtig verstanden habe, sind die Akten jener Zeit …«

»Ja«, entgegnete Gallo. »Doch um ganz ehrlich zu sein, haben wir sie nicht vernichtet.«

Der Premierminister sah Gallo höchst aufmerksam an.

»Sie sind noch immer im Justizministerium, allerdings unter einem falschen Aktenzeichen abgelegt.«

Er warf Gallo einen zweifelnden Blick zu und schien sich zu fragen, wie weit diese Freundschaft ging und ob er auf sie zählen könnte.

»Ach, und warum eine so halbherzige Entscheidung?«, fragte er schließlich.

»Falls wir gezwungen sein sollten, sie herauszugeben, können wir sie noch immer korrigieren.«

Das Gesicht des Premierministers drückte Missbilligung aus. Aber er schwieg.

»Gefällt Ihnen meine Entscheidung nicht, Jean, oder stellen Sie meine Beweggründe infrage?«

»Wenn Ihre Beweggründe aufrichtig sind, stelle ich Ihre Entscheidung nicht infrage, Charles. Doch Ihre Beweggründe könnten Sie unter Verdacht geraten lassen. Vielleicht wussten Sie damals mehr als wir alle. Immerhin waren Sie zu jener Zeit der Polizeichef, und ich habe Ihr Vorgehen nur genehmigt.«

Gallo signalisierte mit einer Geste seine Zustimmung.

»Sie haben vollkommen recht. Ich übernehme dafür die gesamte Verantwortung und habe nicht die Absicht, Sie bei der Erfüllung Ihrer Pflichten zu behindern. Sie können auf mich zählen … wie immer.«

Der Premierminister stand auf, bedeutete Gallo jedoch, er möge sitzen bleiben. Er ging ein paar Schritte, dann drehte er sich um und sah seinen Freund eindringlich an.

»Ich muss Sie um einen Gefallen bitten.«

»Ja, gern.«

»Ich möchte, dass Sie alles in Ihrer Macht Stehende tun, um mich aus der Sache herauszuhalten.«

Kapitel 15

I

Manchmal ist der Schlaf schlimmer als die Schlaflosigkeit. Diese Erkenntnis überraschte Judith Graham, als sie auf dem schmalen Sofa in ihrem Büro erwachte, müder als zuvor.

Es war sieben Uhr früh. Regen peitschte gegen die Fenster.

Wieder dachte sie über Connelys Verschwinden nach. Seit Inghams Pressekonferenz war eine Woche vergangen, doch ihr Mandant hatte sie nicht kontaktiert.

Hatte er das Land bereits verlassen? Dieser Gedanke beunruhigte sie. Sie fühlte sich bedrängt und verletzbar, aber nicht verantwortlich.

Alle werteten das Untertauchen ihres Mandanten als Eingeständnis seiner Schuld. Sie jedoch war vom Gegenteil überzeugt.

Zwar konnte sie dem District Attorney Paroli bieten und seine Anklage zerpflücken, aber ohne Connelys Erscheinen führte das zu nichts.

In den Achtzehn-Uhr-Nachrichten des Fernsehens forderten befragte Passanten die Todesstrafe. Vor dem Rathaus und dem Polizeipräsidium demonstrierten diverse Organisationen und hielten Transparente hoch. Die Printmedien prangerten die Unfähigkeit der Polizei an oder lobten ihre Kompetenz. Gruppen selbst ernannter Tugendwächter drohten – aus Mangel an anderen Themen – mit Selbstjustiz, falls sie diesen *cabron* Connely zu fassen bekämen.

Für Informationen, die zur Festnahme seines Schwiegersohns führen würden, hatte Carvajal eine Belohnung ausgesetzt.

Die Behörden ließen in der Öffentlichkeit durchblicken, dass der Flüchtige während der Fahndung erschossen werden könne. Auf diese Weise würde man ein paar Millionen Dollar Steuergelder für ein aufwendiges Strafverfahren sparen.

Ganz abgesehen davon, erhielt Judith anonyme Briefe aller Art.

Sie ging in die Toilette neben ihrem Büro, wusch sich das Gesicht und putzte sich die Zähne. Dann betrachtete sie sich im Spiegel; ihr Gesicht hatte immer noch die Falten einer Frau, die schlecht geschlafen hatte.

Sie holte den Behälter mit Eiswürfeln aus dem Kühlschrank in ihrem Büro und schüttete sie in das mit Wasser gefüllte Waschbecken. Sie hielt den Atem an und tauchte den Kopf in die eiskalte Flüssigkeit. Diesen Vorgang wiederholte sie so oft, bis von dem Eis nur noch kleine weiße Stückchen übrig waren, die nicht mehr kühlten.

Jetzt fühlte sie sich besser. Sie trocknete sich ab, schlüpfte schnell in ein Kleid, das sie immer im Büro in Reserve hatte, brachte ihre Haare in Ordnung und verkündete achselzuckend: »So ist das nun mal!«

Sie ging hinaus, schloss die Tür ab und stieg in den Aufzug.

Die Eingangshalle war leer. Verschwommen spiegelten sich die Neonleuchten eines Diner auf dem regennassen Gehsteig gegenüber.

Der Himmel und das Meer waren schwarz. Im Stadtzentrum fuhren die ersten Autos auf die Parkplätze der

Wolkenkratzer, deren Signalleuchten, wie die der Schiffe, noch blinkten.

Judith wartete auf ein Abflauen des Verkehrs, dann lief sie über die Straße und betrat das Diner.

Es war kalt dort, und die Scheiben waren beschlagen. Ein Geruch von Kaffee, Orangensaft und gebratenen Eiern erfüllte den Saal.

Sie nahm den *Herald* aus einem Automaten und setzte sich an einen Tisch für zwei Personen an der Wand.

Sie überflog die Titel. Ein Flugzeug war in den Pazifik gestürzt: hundertdrei Tote. Die Bergungsarbeiten wurden durch Haie behindert. Eine Kellnerin unterbrach sie in ihrer Lektüre.

»Eine Colada, nicht zu stark gezuckert, ein Magermilchjoghurt und zwei Vollkorntoasts«, sagte Judith.

Sie blätterte weiter in der Zeitung.

»Darf ich?«

Sie sah auf.

»Manny! Setzen Sie sich.«

Sie warf einen Blick auf ihre Uhr.

»Ich habe Sie erst um acht erwartet.«

»Ich habe mir angewöhnt, hier einen Kaffee zu trinken, bevor ich zu Ihnen hochgehe.«

»Was haben Sie herausgefunden?«

Die Kellnerin kam an ihren Tisch zurück. Judith faltete die Zeitung zusammen, während Manny einen Kaffee und einen Teller Donuts bestellte. Er nahm ein paar Papierservietten und versuchte, das Regenwasser abzutupfen, das ihm vom Hals bis auf die Brust lief.

»Und Tim?«

»Er streitet sich ständig mit meiner Mutter«, sagte Judith lächelnd. »Er will so schnell wie möglich zurückkommen; er ist sehr besitzergreifend.«

»Lassen Sie sich Zeit«, riet er ihr.

Bald waren alle Tische besetzt, und die Unterhaltung der beiden ging im allgemeinen Stimmengewirr unter.

»Mit den Ermittlungen«, sagte Manny, »treten sie noch immer auf der Stelle. Offenbar hinterlässt der Mörder keine Spuren. Die Analyse der Rückstände aus dem Siphon der Dusche der Firma Delta hat nichts ergeben. Die Haare in den Wasserbecken der Duschen und Toiletten sind von den drei Opfern, und zwar ausschließlich von ihnen. Das legt die Vermutung nahe, dass das vierte Opfer sich nie dort aufgehalten hat.«

Judith nickte.

»Haben Sie den Bericht von Kenneth Maller bekommen?«, fragte Manny.

»Ja, ich habe ihn überflogen. Er hat Lindas Verletzungen untersucht. Sie scheinen mit den anderen identisch zu sein. Derselbe Waffentyp, vielleicht sogar dieselbe Waffe. Eine ähnliche Art und Weise zuzustechen. Er kommt zu denselben Ergebnissen wie der Gerichtsmediziner.«

»Das klingt nicht so gut.«

»Das sind alles nur Vermutungen, keine Tatsachen. Es kommt immer darauf an, von welchem Standpunkt man die Dinge betrachtet.«

Kopfschüttelnd sah Judith ihn an.

»Ich habe noch etwas«, fuhr Manny fort und fischte sein Notizbuch aus der hinteren Hosentasche. »Das FBI hat in seinen Datenbanken recherchiert.«

Er beugte sich zu Judith vor und las, was auf der Seite seines Notizbuchs stand.

»Ihre Schlüsselwörter lauteten: abgeschnitten, Verstümmelungen, Bisse, Haut, Fleisch, Kinder, Missbrauch, Sex; und Kombinationen mehrerer dieser Wörter.«

»War diese Recherche auf Kalifornien beschränkt?«

»Damit haben sie angefangen, dann haben die Beamten sie auf die Ostküste ausgeweitet und sind bis zu fünf Jahre zurückgegangen.«

»Wie schaffen Sie es, solche Dinge in Erfahrung zu bringen?«, fragte Judith mit gespielter Verwunderung.

Manny machte ein geheimnisvolles Gesicht. Doch sie wusste, dass im FBI-Büro von L. A. viele Beamte arbeiteten, die ebenso wie ihr Ermittler Manny Otero mexikanischer Abstammung waren.

»Kennen Sie die Ergebnisse?«

Otero lächelte erfreut. Judith trank einen Schluck Kaffee. Er war kalt. Sie gab der Kellnerin ein Zeichen, ihr einen neuen zu bringen. Zwei uniformierte Polizisten waren hereingekommen und schüttelten ihre durchnässten Ponchos aus. Sie ließen ihre Blicke durch den Saal schweifen, ehe sie sich an einen benachbarten Tisch setzten. Einer von ihnen tupfte sich mit einem Taschentuch den Kopf ab.

Judith aß ihre Toasts und wartete auf die Kellnerin.

Otero erklärte mit gedämpfter Stimme: »Nach den Informationen meiner Kontaktperson hat der Computer eine Übereinstimmung gefunden.«

»Nur eine?«

Manny warf einen Blick über Judiths Schulter; der Kaffee kam. Sie probierte ihn, wollte zur Zuckerdose greifen, überlegte es sich aber anders.

»Sie haben sich nicht die Mühe gemacht, die Recherche zu vertiefen«, nahm Manny das Gespräch wieder auf, »weil die Polizei ja schon einen Schuldigen hat. Ihren Mandanten. Das geschah vor vier Jahren in White Horse Beach, einem kleinen Badeort in Massachusetts.«

Er reichte Judith eine zusammengefaltete Fotokopie. »Ich war in der Bibliothek. Das ist alles, was ich über diesen Mord herausfinden konnte.«

Judith faltete das Papier auseinander – die dritte Seite einer lokalen Wochenzeitung.

Ein zwölfjähriger Junge war von Anglern am Strand entdeckt worden. Wegen der Strömungen und der Gezeiten hatte es länger als eine Woche gedauert, bis er an Land gespült worden war.

Der Leichnam war mit Bisswunden bedeckt, die Geschlechtsorgane fehlten. Diese Verstümmelungen schrieb man den Fischen zu. Die Bauchdecke wies eine große Schnittwunde auf, die wahrscheinlich durch eine Schiffsschraube verursacht worden war, lautete die Vermutung.

»Die Zeitung existiert seit zwei Jahren nicht mehr«, erklärte Manny und nahm damit die Frage vorweg, die Judith gerade stellen wollte. »Ich habe mich erkundigt.«

Die beiden Polizisten unterhielten sich und warfen Blicke in ihre Richtung. Judith lächelte ihnen zu und sah dann wieder Manny an.

»Das hilft mir nicht viel weiter.«

»Sie haben keinen Mandanten mehr, Judith. Warum geben Sie sich so viel Mühe?«

Sie lächelte gezwungen, ein vergeblicher Versuch, ihre Verlegenheit zu kaschieren.

»Sie halten ihn für unschuldig? Wie? Ist es das?«

»Ja, Manny. Ich glaube, dass er diese Morde nicht begangen hat.«

»Dann sollten Sie anfangen, Alibis zu sammeln«, sagte er und lachte. »Na gut, eigentlich können Sie das von Ihrer Warte aus besser beurteilen als ich. Was wollen Sie jetzt tun?«

»Das weiß ich nicht. Vielleicht richte ich einen Appell übers Fernsehen an ihn, um ihm klarzumachen, dass er sich stellen muss. Weil das der einzige Ausweg für ihn ist.«

Manny nickte.

»Hoffen wir's«, sagte er.

Er dachte kurz nach.

»Wissen Sie«, sagte er, »es gibt solche Zufälle … Aus offizieller Quelle weiß ich, dass Gertrud Hallman in einer Strafvollzugsanstalt in Massachusetts gearbeitet hat, als der Junge am Strand von White Horse gefunden wurde.«

II

Dieser Mord erinnerte Judith Graham an etwas, ohne dass sie es hätte definieren können. Ein dumpfer Geruch, am Grund einer Grotte, die so finster war, dass …

Etwas Besseres fiel ihr nicht ein, um dieses bedrückende Gefühl zu beschreiben.

Der Himmel sah nun freundlicher aus, denn Licht brach durch die graue Wolkendecke wie ein ermutigendes Symbol menschlicher Zuversicht.

Otero war mit einem nachsichtigen Lächeln gegangen; ihre Argumente hatten ihn nicht überzeugt. Aber Otero war ein Skeptiker. Einen wie ihn hätte sie nicht gern in einer Jury gehabt.

Als sie wieder in ihrem Büro war, suchte sie in ihrem Rolodex die Telefonnummer von Art Liep.

»Art«, sagte sie, nachdem sie einen Moment gezögert hatte. »Ich brauche etwas Sendezeit auf Kanal 7. Heute Abend oder morgen, in den Achtzehn-Uhr-Nachrichten.«

»Gibt's was Neues?«

»Nicht wirklich. Ich möchte einen Appell an Connely richten, damit er sich der Polizei stellt.«

»Gilt unsere Abmachung noch?«

Judith brauchte ein paar Sekunden, um sich daran zu erinnern. Das alles schien in weiter Ferne zu liegen.

»Seit Ihr Mandant verschwunden ist, wurde mein Programm ziemlich über den Haufen geworfen«, betonte Liep.

»Äh ... ja.«

»Sollte er sich bei Ihnen melden und Ihren Ratschlägen folgen, kann ich dann sicher sein, als Erster davon zu erfahren?«

»Wenn er sich der Polizei stellt, ja.«

»Was Ihren Auftritt betrifft, kann ich Ihnen nichts versprechen. Wir haben alle Hände voll zu tun mit diesem Flugzeugabsturz. Das muss ich von meinem Chefredakteur absegnen lassen.«

Er legte nicht sofort auf.

»Vielleicht haben Sie mehr Glück als die Polizei und das FBI«, räumte er ein. »Einverstanden! Ich kümmere mich darum. Warten Sie in Ihrem Büro. Ich rufe Sie gleich zurück.«

Judith legte den vorbereiteten Text auf ihren Schreibtisch und starrte aus dem Fenster. Die Sonne war hinter den Wolken hervorgekommen. In der Ferne sah sie in einem Loch blauen Himmels den Kondensstreifen eines Flugzeugs. Sie stellte sich vor, dass zwei Gebirgsketten den Horizont von Norden nach Süden durchzogen. Das Fehlen richtiger Jahreszeiten machte ihr langsam zu schaffen. Sie dachte an ihren Fernsehauftritt und fragte sich, ob Connely auf ihren Appell reagieren würde. Ihre Bürotür wurde geöffnet, und ihre Sekretärin schaute durch den Türspalt ins Zimmer.

»Was ist denn los, Judith? Ich versuche seit einer ganzen Weile, Art Liep durchzustellen, aber Sie nehmen nicht ab.«

Kapitel 16

I

Vincent zündete mit einem Streichholz seine Zigarre wieder an. Er betrachtete die aufsteigende blaue Rauchsäule.

Die Wanduhr zeigte zehn Uhr abends an. Am Fuß des Bettgestells türmte sich ein Stapel Zeitungen. Sein Foto war von den ersten Seiten und den Bildschirmen verschwunden.

Nachdem er einer der mächtigsten Prominenten dieser Stadt gewesen war, gehörte er heute zu den am meisten gehassten.

Der District Attorney war sehr ehrgeizig und träumte von einer spektakulären Verurteilung, damit er bereitstand, wenn sich eines Tages das Postenkarussell für die höchsten Stellen der Hierarchie drehte. Dieser Mann wollte ihn hinter Gittern sehen.

Vincent dachte an die Zeiten zurück, als Reporter ihn mit Begeisterung in Begleitung des Bürgermeisters oder eines Abgeordneten fotografiert hatten.

Jetzt hatte er an höchster Stelle keine Freunde mehr, aber das machte ihn nicht traurig. Er verabscheute Politiker. Weil er sie zu gut kannte.

Die Vorstellung, einfach zu verschwinden, ängstigte ihn nicht. Er musste wieder ganz von vorn anfangen, doch darin war er unschlagbar.

In dem schwach beleuchteten Zimmer herrschte eine erdrückende Hitze. Er stand auf und schaltete den Ventilator ein.

Ein großer Teil seines Vermögens war unter falschem Namen auf dem Konto einer Bank in Nassau deponiert.

Insgesamt gesehen, war seine Lage nicht unerträglich. Immerhin würde ihn hier niemand finden.

Das zweistöckige Gebäude stand zwischen Fabriken und verlassenen Lagerhallen. Als hätte er vorausgeahnt, dass so etwas eines Tages passieren könnte, hatte er nie jemanden hierher mitgenommen.

Die hohen, langen Fenster waren zugemauert bis auf ein Dachfenster, das auf einen von außen nicht einsehbaren Innenhof hinausging. In zwei großen Wandschränken stapelten sich Vorräte für mehrere Monate.

Er drückte seine Zigarre aus und legte sich wieder hin. Die Hände hinter dem Nacken verschränkt, dachte er noch einmal darüber nach, was seine Anwältin in den Achtzehn-Uhr-Nachrichten gesagt hatte.

Er hatte nicht die leiseste Absicht, sich zu stellen. Sie würde mit dem Material zurechtkommen müssen, das er ihr lieferte. Sie würde die Informationen auswerten und in ein neues Licht rücken. So würden Indizien entdeckt werden, die vorher übersehen worden waren. Damit kannte sie sich aus. Dafür hatte er sie bezahlt.

Die routinierte Logik der Polizei ließ ihn kalt.

Es regnete erneut in Strömen. Er stand auf und betrachtete sich im Spiegel. Zuerst fielen ihm seine Haare auf. Sie waren nicht mehr blond, sondern kurz und tiefschwarz. Der Schnauzbart nahm langsam Form an; in einer Woche wäre er perfekt.

Connely zog alte Jeans und ein abgetragenes T-Shirt an, trat näher an den Spiegel und musterte sein Gesicht. Sein

Blick hatte sich nicht verändert. Die Iris leuchtete noch immer auf dieselbe Art.

Er setzte eine Schirmmütze auf und zog einen dunklen Trenchcoat an, ging zum Bett, hob das Kopfkissen hoch und ergriff den darunter liegenden Revolver. Ein Kaliber 38 ohne Seriennummer. Er schob ihn in seinen Gürtel.

Mit dem Rücken zur Wand stieg er die Stufen hinunter und suchte sich tastend den Weg durch die Dunkelheit. Das Geländer der Treppe fehlte.

Er ging in den Hof. Ein schwarzer Hummer nahm fast den gesamten Platz ein. Er würde den Wagen nur benutzen, wenn es unumgänglich wäre, wie bei diesem Besuch, den er gewissenhaft vorbereitete.

Dann würden sich seine Probleme mit einem Schlag in Luft auflösen.

Bei dieser Perspektive verspürte er eine erschreckende Freude. Aber jetzt, nur wegen dieses Telefonats, würde er nicht den Wagen nehmen.

Mit hochgezogenen Schultern tauchte er in den Regen und mied die Lichtkegel der Straßenlaternen. Es war ein langer Weg bis zu einer Telefonzelle, die weit genug entfernt war.

II

Judith schob alles beiseite, den Stapel Post, die aufgetürmten Akten und die Zettel, auf die sie ihre Überlegungen notiert hatte. Denn ihre Tätigkeit beschränkte sich nicht allein auf den Fall Connely, andere Prozesse mussten vorbereitet werden. Pechvögel oder Kriminelle, die nur ein Unrecht begangen hatten: Sie waren zur falschen Zeit am falschen Ort gewesen.

Der Senator hatte ihr geschrieben. Er habe seine Meinung

geändert und wolle nicht mehr, dass sie ihn vor Gericht vertrete. Sie warf seinen Brief mit einer Abschiedsgeste in den Papierkorb. Seine senile und späte Begeisterung für ihre berufliche Qualifikation hatte sich in Luft aufgelöst.

Nachmittags gegen fünf war im Fernsehstudio ihr Appell aufgezeichnet worden. Beim Verlassen des Aufnahmeraums hatte sie Art getroffen und sich die Liveübertragung der Nachrichten angesehen. Als sie die Einblendungen von sich auf dem Bildschirm sah, war sie sich etwas nervös vorgekommen.

Sie stand auf und streckte sich. Auf einmal hatte sie das Gefühl, etwas gewusst zu haben, was sie nun vergessen hatte.

Von der Nacht auf dem Sofa in ihrem Büro fühlte sie sich noch immer wie gerädert. Sie hatte gerade beschlossen, vor dem Schlafen ein Bad zu nehmen, als der Beeper auf dem Esstisch zu vibrieren begann. Den hatte sie völlig vergessen.

Auf dem Display erschien die Nummer der Person, die mit ihr sprechen wollte. Ein Ortsgespräch. Ihr Herz begann unkontrolliert zu schlagen.

Sie setzte sich aufs Sofa und versuchte zu planen, wie sie vorgehen, welche Haltung sie einnehmen sollte.

Dann nahm sie den Hörer ab und wählte die Nummer. Es klingelte fünf Mal. Jemand nahm ab.

»Graham?«

Sie hatte es geschafft. Der Erfolg löste ein seltsames Gefühl bei ihr aus. Sie konnte es nicht benennen. Nur ein Wort kam ihr in den Sinn: Verblüffung.

»Vincent?«

»Ja.«

»Ich muss mit Ihnen reden …«

»Hören Sie mir zu! Glauben Sie mir jetzt, Graham? Verstehen Sie, was da passiert?«

»Wo sind Sie?«

»Sind Sie auf meiner Seite?«

»Das habe ich nicht gesagt.«

»Das sollten Sie aber. Ich habe niemanden getötet. Weder diese Kinder noch meine Frau oder diese Hallman. Finden Sie heraus, wer hinter all dem steckt, dann können Sie gewiss sein, dass ich unschuldig bin. Die Fotos, Graham, sehen Sie sich die Fotos an.«

»Welche?«

»Die in der Firma Delta gemacht wurden.«

»Vincent, wenn Sie wollen, dass ich Sie da raushole, müssen Sie sich stellen. Ich kann das regeln.«

»Ausgeschlossen. Ich lasse Ihnen nächste Woche Informationen zukommen. Sollten Sie Geld brauchen, schalten Sie am ersten Montag des Monats eine Anzeige im *Herald*. Adieu, Graham.«

»Vincent!«, rief Judith, obwohl sie wusste, dass er bereits aufgelegt hatte.

Aus allernächster Nähe

Kapitel 1

I

Als feststand, dass Schiller-Connely untergetaucht war, wechselte Senda das Hotel. Sie zog aus dem Marriott aus und checkte in einem Motel in der Jefferson Avenue ein, das zwischen der 6. und 7. Straße lag. Das Zimmer war angenehm kühl und gut durchlüftet, die Wände waren vor Kurzem in Cremeweiß gestrichen worden, und der gelbe Chintz der Tagesdecke passte zur Farbe der Vorhänge.

Das Meer war nur einen Häuserblock entfernt.

Morgens stand sie früh auf und schaute den Wolken zu, wie sie am Horizont ihre Farbe veränderten. Große Passagierschiffe glitten majestätisch übers Wasser.

Gegen sieben Uhr morgens ging sie an den Strand. Sie gab sich der Frische des Wassers hin, weil es ihre nervliche Anspannung löste. Danach trank sie auf der Terrasse eines der Cafés einen Kaffee und rauchte ein paar Zigaretten. Von der Sonne und dem Meerwasser war ihr rotes Haar inzwischen heller geworden und hatte einen goldenen Ton angenommen.

Allein Perez wusste, wo sie sich aufhielt, und rief jeden Tag an, wenn auch erst spätabends. Er klang müde und desillusioniert. Allerdings hatte er ihr die Liste gegeben, um die sie ihn gebeten hatte. Rund vierzig Vor- und Nachnamen, vier davon waren mit einem roten Stift eingekreist – die

Namen der entführten Kinder: Brian Aviles, Richard Roth, Oscar Nasso und Sarah Madoone.

Die ersten drei waren tot. Für jeden von ihnen existierte ein achtseitiger Autopsiebericht. Das Resümee einer Arbeit am Seziertisch: Es war kalt, anonym, auf Fakten beschränkt und roch nach Formalin. Solche Berichte hatte sie oft gelesen.

Senda warf ein Kissen auf den Boden ihres Zimmers und legte sich hin. Dann griff sie in ein Stoffsäckchen und mischte die Buchstaben des Scrabbles, mit denen sie die vier Namen gelegt hatte, oder vielmehr nur drei. Sarah Madoone gehörte nicht dazu.

Senda murmelte diese Namen wie eine Litanei vor sich hin, so lange, bis sie nur noch ein Klang waren, der sich irgendwann in der Atmosphäre verlor.

Sie wollte so schnell wie möglich nach Paris reisen. Denn in dieser Stadt fehlten ihr alle notwendigen Mittel und Kompetenzen. Perez hätte ihr nicht gestattet, die Computer des L. A. Police Departments zu benutzen, ohne begründete Erklärungen zu verlangen. Und die gab es nicht.

»Die Geschichte ist noch nicht zu Ende«, hatte Gallo ihr geantwortet, als sie den Wunsch geäußert hatte zurückzukommen. »Bleiben Sie. Offiziell sind Sie im Urlaub. Wie ist das Wetter?«

»Gut.«

»Genießen Sie es, Sie haben es nötig.«

Sie starrte auf die Namen, die sie gelegt hatte. Immer dieselben. Ihre Intuition zwang sie, die Buchstaben zusammenzusetzen: die Initialen der drei ermordeten Jungen in der Reihenfolge ihres Verschwindens.

Vielleicht, weil das am einfachsten war.

BA.RR.ON

Es war simpel, aber es ergab keinen Sinn. Sie breitete die Karte aus, auf der sie die Orte eingezeichnet hatte, wo die Kinder wahrscheinlich entführt worden waren. Sie nahm Perez' Liste und machte sich die Mühe, nacheinander die Adressen der Familien einzuzeichnen, die für Connely gearbeitet und mindestens ein Kind zwischen zehn und dreizehn Jahren hatten. Als sie diese Arbeit beendet hatte, war es kurz vor Sonnenuntergang.

Sie war in einem Zustand, der zwischen Übererregung und Gleichgültigkeit schwankte, doch dafür machte sie das Klima verantwortlich.

Das Tier in ihr schlief ein. Wünsche und die Hoffnung, wieder Mensch zu sein, versuchten in ihr Bewusstsein zu dringen. Seit sie aus dem Marriott ausgezogen war, waren ihre Panikattacken weniger schmerzlich.

Einige Monate, nachdem das Verfahren in Paris eingestellt worden war, hatten ihre Beschwerden begonnen. Sie hatte plötzlich das Gefühl gehabt, ersticken zu müssen, zugleich waren lähmende Schmerzen im linken Arm aufgetreten. Meistens rissen diese Anfälle sie nachts aus dem Schlaf, manchmal überfielen diese Attacken sie auch in der Metro, im Kino, auf der Treppe oder im Aufzug.

Schließlich hatte sie sich dazu durchgerungen, privat eine Psychiaterin aufzusuchen, die ihr ein Freund empfohlen hatte.

Sie erinnerte sich an die erste Sitzung. Das Sprechzimmer war in den Farbtönen welker Blätter gehalten. Sie saß in einem seltsamen Schaukelstuhl, der jedes Mal knarrte, wenn sie sich bewegte.

Eine Frau mit strengem Gesicht redete im Tonfall eines Priesters auf sie ein, der die letzte Ölung erteilt. Senda hatte gespürt, dass ihr die Augen zufielen. Auf einmal war sie hochgeschreckt, weil ihr aufgefallen war, dass ein langes Schweigen eingetreten war. Die Psychiaterin hatte eine Frage gestellt.

»Wie bitte?«

Über den Mangel an Aufmerksamkeit ihrer Patientin schien sie sich nicht zu wundern.

»Ich sagte gerade, ich sei überrascht gewesen, dass Sie zu mir gekommen sind. Denn ich war der Meinung, die Polizei verfüge über einen eigenen psychiatrischen Dienst.«

»Das stimmt, aber ich wollte mich lieber Ihnen anvertrauen.«

»Warum?«

»Weil ich schon genug Probleme in meinem Beruf habe und mir deshalb keine neuen schaffen wollte. Nicht in der Abteilung, in der ich arbeite.«

Wenn ich schon wahnsinnig oder depressiv werde, dann lieber nicht im Kreis meiner Kollegen, dachte Senda.

»Vorhin sagten Sie mir, Sie hätten über Ihre Kündigung nachgedacht.«

»Das würde eine Menge Probleme aus der Welt schaffen.«

»Ihres auch?«

»Nein, meines nicht. Das Problem anderer Leute.«

»Was empfinden Sie bei der Vorstellung, Ihre Kündigung einzureichen?«

»Sie flößt mir furchtbare Angst ein. Ich wüsste nicht, was ich mit meinem Leben anfangen sollte. Ich habe kein Privatleben.«

»Vielleicht liegt da das Problem. Sie nehmen Ihre Arbeit zu wichtig.«

»Doktor, ich glaube nicht, dass meine Kündigung und eine Liebesbeziehung diese Angstzustände zum Verschwinden bringen.«

»Von einer Beziehung habe ich nicht gesprochen.«

Die Psychiaterin schaute einige Sekunden in ihre Notizen. »Warum lassen Sie sich nicht in eine andere, weniger belastende Abteilung versetzen und ändern Ihre Lebensweise? Das wäre eine Chance, die Dinge des Lebens neu zu bewerten.«

Damit hatte die Psychiaterin einen wunden Punkt getroffen. Allein der Gedanke riecht nach Verbannung, als würde ich aus dem Verkehr gezogen, dachte Senda.

»Was sind das, die Dinge des Lebens, Doktor? Meine Aufgabe ist es, Mörder zu verhaften. Das ist mein Beruf. Doch das System lässt sie wieder frei. Wie soll ich damit leben?«

»Sie haben von Selbstbeherrschung gesprochen.«

»Ja, ich habe Angst, sie zu verlieren.«

»Was glauben Sie, würde passieren, wenn Sie die Beherrschung verlieren würden, Senda?«

»Das weiß ich eben nicht.«

»Macht es Ihnen Angst, das nicht zu wissen?«

»Ja.«

Sie wissen gar nicht, wie sehr!

»Haben Sie schon darüber nachgedacht, was Ihnen diese Furcht nehmen und Ihre Angstzustände beenden könnte?«

Einen Revolver nehmen und mir eine Kugel in den Kopf jagen.

»Ich habe darüber nachgedacht. Das macht mir auch Angst.«

»Zu welchem Ergebnis sind Sie gekommen?«

»Zu keinem. Ich sehe keine Zukunft. Nur einen Abgrund, an dessen Rand ich mich klammere. Entweder die Angst oder der freie Fall«, fügte Senda hinzu und lächelte kläglich.

»Sie haben noch genug Humor, um Witze darüber zu machen«, sagte die Psychiaterin und lächelte ebenfalls.

»Das letzte Lachen, bevor …«

Es herrschte kurz Schweigen. Senda widerstand der blödsinnigen Idee, das Sprechzimmer fluchtartig zu verlassen.

»Was?«, fragte die Psychiaterin mit sanfter Stimme. »Das letzte Lachen vor was?«

»Ich bin mir nicht sicher.«

Lüge!

»Etwas anderes muss natürlich ebenfalls berücksichtigt werden. Ihr Alter.«

»Ich bin noch nicht mal dreißig, Doktor. Das ist ein bisschen früh für die Wechseljahre, meinen Sie nicht?«

»Das ist ein Punkt, den man nicht außer Acht lassen darf. Bei permanentem Stress kann derselbe Effekt auch bei einer jüngeren Frau eintreten.«

Die Psychiaterin hatte auf ihre Uhr gesehen.

»Ihre Stunde ist um. Ich vermute, Sie haben nicht die Absicht, eine Therapie zu machen, und ich weiß wirklich nicht, was ich für Sie tun kann, außer Ihnen Antidepressiva zu verschreiben.«

»Ich möchte keine regelmäßige Medikation. Ich trage eine Waffe. Beides zusammen ist nicht empfehlenswert.«

»Ich verstehe«, sagte die Psychiaterin und begann ein Rezept auszustellen.

Sie verstand natürlich überhaupt nichts, aber sie sah Senda erschrocken an und fragte sich wohl, wo ihre Patientin die Waffe versteckt haben könnte.

»Legen Sie eine Tablette unter die Zunge, wenn die Krise einsetzt. Und wenn Sie mich brauchen … rufen Sie an. Lassen Sie die Toten in Frieden ruhen.«

»Danke. Es wird schon gehen.«

Noch eine Lüge!

»Kommen Sie wieder, wenn Sie ein neues Rezept brauchen«, wiederholte die Psychiaterin, als Senda ging.

Nachdem sie die Praxis verlassen hatte, spürte sie die Neun Millimeter wie ein eiskaltes Gewicht an ihrer Wirbelsäule. Als ob die Toten die Lebenden in Frieden lassen würden!

Da sie die Dämmerung liebte, entschloss sie sich, einen Spaziergang zu machen.

Sie ging an dem Rezeptionsangestellten vorbei. Er nickte ihr zu. Er hatte einen verwachsenen Körper, ein bösartiges Gesicht und Hände mit knochigen Fingern. Er gebärdete sich wie eine Schlange und sah aus, als würde er während der Siesta unter fadenscheinigsten Vorwänden in ihr Zimmer schlüpfen.

Es war sechs Uhr. Die Straßen waren voller Leute. Sie begann schneller zu gehen und dachte nach. Auf den Terrassen der Bistros brannten Kerzen.

Senda war zu scharfsichtig, als dass ihr die Unterschiede zwischen den Morden in Paris und Los Angeles nicht aufgefallen wären. Eigentlich war sie die Einzige, die einen Vergleich ziehen konnte.

Das Ganze war sogar noch etwas komplexer: Gemeinsamkeiten, die Unterschiede aufwiesen.

1. Zwei Frauen waren im Haus desselben Mannes ermordet worden; die Haushälterin von Schiller war erwürgt, Linda erstochen worden.
2. Die männlichen Opfer waren im selben Alter, sie waren nach der Schule entführt, sexuell missbraucht und gefoltert worden. Hier in L.A. fügte ihnen der Mörder eine zusätzliche Verstümmelung zu: Er kastrierte sie nach ihrem Tod durch Beißen und schnitt dann die Ränder der Verletzung grob mit einer gezahnten Schere aus.
3. Die Wände wiesen mit dem Blut der Opfer geschriebene Graffiti auf. In L.A. dieses seltsame Zeichen. In Paris dieser Sinnspruch: Der Erste ist der Letzte.

4. Die an den Wohnorten der Opfer zurückgelassene Radierung war dieselbe, soweit sie das beurteilen konnte.

Zwei Einheiten, zwei Welten, in sich vollkommen, betrachtete man jede für sich als ein perfektes Ganzes.

Wobei die Perfektion im Fehlen jeglicher Indizien bestand.

Doch die Methoden waren nicht deckungsgleich. Außerdem spürte Senda intuitiv eine unterschiedliche Intensität in der Vorgehensweise.

Alle Indizien waren stichhaltig, ohne jedoch zwingend zu sein.

Sie vergrub die Hände in den Jackentaschen ihres Jogginganzugs. Sie hastete weiter, sah sich von Zeit zu Zeit um, blieb manchmal vor einem erleuchteten Schaufenster stehen und lief dann wieder in die Richtung, aus der sie gekommen war.

So legte sie zweihundert Meter zurück, dann lehnte sie sich an eine weiße Mauer mit Blick auf das Meer.

Sie beteiligte sich nicht am allgemeinen Treiben. Sie hielt sich abseits, und das mit einer Entschlossenheit, die bei den Menschen, die ihren Blick kreuzten oder sie ansprechen wollten, Unbehagen auslöste. Sie schien ernst und gefühllos zu sein, aber hätte sich jemand die Mühe gemacht, die Kälte ihrer Augen zu durchdringen, wäre er dort nur auf eine tieftraurige Angst gestoßen.

Ihr wurde bewusst, dass die Tage wie das Tropfen eines Wasserhahns verrannen, und zwar mit der Regelmäßigkeit eines Metronoms, einer Regelmäßigkeit, die ganz langsam alles verdarb, wie bei einem Stück Holz, schon halb mit Erde bedeckt, das schließlich unter der zerstörerischen Wirkung der Feuchtigkeit verrottete.

Warum hatte Raphaël Schiller sein Ritual verändert?

Wer hatte ihr vor zwei Jahren die Zeitschrift geschickt,

damit sie einen Zusammenhang zwischen den beiden Mordserien herstellte?

Hatte der Mörder – außer den Opfern – noch andere Menschen im Visier?

Sie lief eine Allee entlang, die von Korbstühlen und runden Tischen gesäumt war.

Es war bedrückend und mühsam, am Bett eines Mörders zu wachen. Und sie war dabei, genau das ein zweites Mal zu tun.

Beide lebten in der Einsamkeit. Die Trennwand zwischen ihnen löste sich auf. Bald würden sie auf der Ebene gegenseitigen Verstehens angekommen sein. Ohne Schranken. Ohne es zu merken, würde er ihr Schritt für Schritt seine Obsessionen offenbaren, bis sie trotz aller seiner Vorsichtsmaßnahmen seine einzigartigen und unvergleichlichen Charakterzüge erkannte.

II

Fahle Morgendämmerung drang durch die gelben Vorhänge.

Ein heißer Wind peitschte in Böen das Land. Auf der Straße zerriss die laute Sirene eines Krankenwagens die Stille.

Senda betrachtete das Foto in ihrer Hand.

Es erinnerte an eine Höhlenmalerei.

Die Blutspur war unterbrochen. Der Täter hatte mehrmals angesetzt.

Ein Zögern?

Bewusst langsam zeichnete sie mit dem Finger die verschlungenen Linien nach. Waren sie kindlich oder meisterhaft subtil?

Sie fand eine zerknitterte Zigarette, zündete sie an und nahm einen tiefen Zug. Beim Ausatmen entstand ein durchsichtiger, bläulicher Vorhang, hinter dem die Linien der Zeichnung verschwammen. Sie legte die Zigarette ab, während sie noch immer den Rauch ausstieß.

Entmutigt steckte sie das Foto wieder in den braunen Umschlag mit der Aufschrift: *Persönlich und vertraulich* und warf ihn auf den Tisch.

Sie duschte lange und kalt, damit das Wasser ihre innere Erregung dämpfte.

Gestern hatte Tony Perez sie angerufen und zum Abendessen eingeladen. Er würde sie heute Abend gegen sieben abholen. Beide waren nicht ohne Hintergedanken, und das würde ihre Unterhaltung belasten.

Die einzigen Männer in ihrem Leben waren Polizisten oder Mörder. Daher kam das Problem, das die Psychiaterin vermutet hatte. Es gab keine Liebkosungen in ihrem Leben, kein Frühstück im Bett am Morgen danach. Keine Zärtlichkeiten. Nirgendwo.

Wie auch immer, diese Ermittlungen waren nicht der ideale Zeitpunkt für eine Romanze. Nicht einmal für eine kurze.

Sie stellte die Klimaanlage höher, legte sich aufs Bett und schloss die Augen.

Das Gefühl, das sie kurz vorher gehabt hatte, kehrte zurück. Sie stand auf und ging ein paar Schritte durchs Zimmer, dann beugte sie sich wieder über den Tisch und nahm noch einmal das Foto zur Hand.

Während ihr Blick auf dem seltsamen Zeichen verharrte, erinnerte sie sich an ein flüchtiges, aber vertrautes Bild.

Sie setzte sich auf die Bettkante und konnte das Bild festhalten, ehe es verblasste. Es stand in perfekter Klarheit vor ihr.

Eine ferne Landschaft, die Landschaft der Sommer ihrer Jugend. Sie staunte, wie lebhaft die Erinnerung an diese vergangenen Ferien an einem Strand in Tunesien war.

In Karthago, bei Ebbe. Sie lief barfuß über den Strand und

wartete ungeduldig auf die Rückkehr des Meeres, das am Horizont zu einem grauen Streifen zusammengeschrumpft war.

Ein etwa zehnjähriger Junge lief an ihr vorbei, blieb stehen, zeichnete mit einem Stein etwas in den nassen Sand und wiederholte das Spiel ein paar Meter weiter.

Sie folgte den sich auflösenden Zeichen. Die Sandkörner klebten zusammen, teilten sich und ließen das Wasser in die kleinen Senken eindringen, sodass sich das Relief allmählich glättete und verschwand.

Die Füße des Jungen waren mit Algenfetzen bedeckt. Alle Farben glänzten in der Sonne.

»Was ist so wichtig an diesem Gekritzel, Moncef, weil du es immer wieder hinmalst?«

Sie hatte sich über ihn gebeugt. Ein Schatten schob sich zwischen sie und die Sonne. Moncef hatte die Hand auf ihre Schulter gelegt. Sein Gesicht spiegelte eine leidenschaftliche Begeisterung wider.

»Mein Name«, hatte er atemlos gesagt.

Jemand klopfte. Senda überprüfte, ob der Stuhl richtig stand, mit dem sie jeden Abend die Klinke blockierte. Sie ahnte, dass der Rezeptionist vor der Tür stand.

»Ja?«

»Ich habe Ihnen einen Kaffee geholt, Miss«, verkündete er stolz und wartete auf seine Belohnung. Er musste fürchterlich unter der Barriere, die er zwischen sich und dem Objekt seiner Begierde fühlte, leiden. Jeden Tag frustrierte Senda ihn durch ihr Verhalten.

»Stellen Sie ihn hin, ich kann gerade nicht aufmachen.«

Sie beobachtete ihn durch den Store, der vor dem Fenster zum Gang hing. Mit einer hasserfüllten Grimasse zuckte er die Schultern, stellte das Tablett ab und ging, hämisch lachend.

Sie zog den Stuhl weg, öffnete die Tür und nahm das Tablett. Der Kaffee war heiß.

Sie betrachtete das Foto noch einmal. Das alles schien irgendwie absurd, existierte eher in ihrer Fantasie als in der Realität.

Eine Bestätigung, die nur in ihrer Erinnerung existierte.

Eine seltsame und verworrene Verbindung.

Während die drei Jungen unter unsagbaren Schmerzen sterben, muss sich das letzte missbrauchte und geschundene Opfer dieses unsägliche Schauspiel ansehen.

Diese Erkenntnis glich einem Lichtschimmer unter der Tür.

Sie schloss die Augen und lauschte, aber sie hörte noch nichts, nur ihr Atmen.

Sie ging über einen Flur und näherte sich dem Lichtstreifen. Die Tür wurde geöffnet, und sie wagte es, einen Blick in das helle Zimmer zu werfen. Er machte einen Schritt auf den Treppenabsatz hinaus. Er sah sie nicht an. Er war mit seinen Wahnvorstellungen beschäftigt und so sicher, über allem zu stehen, dass er spielen und ungestraft seine Verbrechen begehen konnte.

In der kurzen Zeitspanne zwischen Wahrnehmung und Gewissheit begriff Senda, dass sich die Botschaft nicht an sie, sondern an ihn richtete.

Sie blieb wie erstarrt sitzen, weil sie nicht wusste, ob sie träumte. Dann räumte sie alle Unterlagen in den Safe ihres Zimmers, sicherte ihn, nahm ihre Tasche und ging aus dem Zimmer.

Nur undeutlich war sie sich ihrer eigenen Gegenwart bewusst, hier, vor der sanften Brandung.

Die Wellen spülten die Bilder fort, die sie noch kurz zuvor gesehen hatte.

Kapitel 2

1

Der Wind war abgeflaut, und die Stadt gab den gespeicherten heißen Dunst ab. Dennoch funkelten in dieser Nacht ein paar Sterne.

Wie jeden Freitagabend waren die Straßen verstopft und laut. Der Verkehr war zähflüssig. Doch schließlich hatten sie etwa hundert Meter entfernt vom Restaurant einen Parkplatz gefunden.

Senda sah zu, wie Tonys Cousin mit Tellern überladen an ihren Tisch trat. Er lächelte majestätisch und vielversprechend.

Sie hatten Havana Clubs getrunken, einen Cocktail auf Rum-Basis. Etwas ganz tief in ihm Verborgenes schien an Tony zu nagen. Er trug ein beigefarbenes Hemd, eine Leinenhose und ein Jackett, das er nicht ausgezogen hatte.

Senda glaubte sich weit von ihm entfernt. Hinter seinen Fragen steckten zu viele unterschwellige Andeutungen und gespielte Provokationen. Sie fühlte sich unwohl.

»Danke für Ihre Hilfe.«

Sie reagierte nicht. Sie hatte an seinem Gesicht ablesen können, dass er in einer schwierigen Lage steckte. Er würde für diese Polizeiaktion den Kopf hinhalten müssen. Druck wurde von oben nach unten ausgeübt, und das mit zunehmender Intensität. Unter Perez gab es niemanden mehr;

niemanden außer der anonymen Masse der kleinen Polizeibeamten, und die war unberührbar.

Alle Speisen waren mit einer Sauce zubereitet, aber Senda konnte keinen Unterschied im Geschmack feststellen. Während sie mit Tony sprach, beobachtete sie ihn aufmerksam. Seine braunen Haare kräuselten sich auf der Stirn und passten gut zu seinem angespannten Gesicht.

»Entspannen Sie sich, Senda. Was spielen Sie eigentlich für ein Spiel?«

»Ich verstehe nicht, was Sie meinen.«

»Was machen Sie noch in L. A.? Sie müssten doch schon längst wieder zu Hause sein!«

Er füllte ihre Gläser mit einem chilenischen Rotwein, der gerade angesagt war.

»Wollen Sie mich betrunken machen?«, fragte Senda lächelnd.

Er antwortete nicht.

»Mir geht es wie Ihnen«, erklärte sie. »Ich gehorche Befehlen. Mir wurde gesagt, ich solle warten, also warte ich. Es tut mir leid, dass ich mich nicht nützlich machen kann.«

»Warum sollte ich Ihnen das glauben?«

»Niemand zwingt Sie dazu.«

Die Frauen im Restaurant waren auffallend elegant, lachten, redeten laut und trugen Goldschmuck. Die meisten Männer hatten dunkles Haar, trugen schwarze oder dunkelblaue Hosen, weiße Hemden und hatten protzige Ringe an den Fingern. Sie sahen sehr machohaft aus.

Perez versuchte es mit einer anderen Methode.

»Dieser Kerl scheint die Gabe zu haben, verschwinden zu können, ohne Spuren zu hinterlassen. Das ist doch genau das, was auch bei Ihnen passiert ist?«

»Die größte Stärke des Teufels besteht darin, uns in dem Glauben zu lassen, dass er nicht existiert.«

Tony nickte und trank einen Schluck Wein.

»Essen Sie nichts?«, fragte er, als ihm auffiel, dass sie die Speisen auf ihrem Teller fast nicht angerührt hatte.

»Ich habe nicht besonders viel Appetit, aber es schmeckt sehr gut.«

»Wissen Sie, Depressionen sind unser täglich Brot, genauso wie die Abhängigkeit von rezeptfreien Tabletten.«

Sie sah hoch. Er las in ihr wie in einem offenen Buch. Die besten Polizisten, die sie kennengelernt hatte, besaßen alle diese Eigenschaft.

Er zündete sich eine Zigarette an und schob den Teller weg.

»Ich habe eigentlich auch keinen Appetit mehr. Ich muss an diese Kinder denken, an diese komplett zerstörten Familien. Meine Schwester hat einen Sohn im selben Alter. Ich mag den Kleinen sehr und kann mir vorstellen, was die Eltern durchmachen. Haben Sie Kinder?«

Senda schüttelte den Kopf.

Er zuckte mit den Schultern, wütend und verbittert.

»Wir hatten ihn, und der Richter hat ihn freigelassen. Das macht mich krank.«

Als er weitersprach, war er gereizt, als würde er die Opfer verantwortlich machen, als sei er auf ein ungehorsames Kind sauer, weil es sich nicht warm angezogen und deshalb eine Erkältung bekommen hat.

»Das Erste, was man Kindern hier beibringt, ist, nicht mit Fremden mitzugehen. Wie hat er es geschafft, sie zu entführen? Vier Kinder, und bei keinem hat jemand etwas gemerkt!«

»Vielleicht haben sie ihm einfach vertraut. Er hat eine langjährige Erfahrung darin.«

»Bestimmt hat er sie bedroht und gezwungen, mit ihm mitzugehen«, schloss er und sah Senda dabei in die Augen, doch aus rein beruflichen Gründen.

»Und seine Frau? Das war ja geradezu eine Hinrichtung!«

»Ich habe sie nicht gekannt. War sie hübsch?«

Tony drehte sich um, dann blickte er sie an.

»Sehr hübsch. Schade, dass sie jetzt nichts mehr davon hat.«

Senda beugte sich zu ihm vor. Während der letzten fünfzehn oder zwanzig Minuten hatte er hektisch mehrere Zigaretten geraucht und versucht, ihr Informationen zu entlocken, indem er dauernd das Thema wechselte. Perez hatte einen unstillbaren Bedarf an Informationen.

»Warum hat er sie getötet?«, fragte Senda.

Er sah sie neugierig an.

»Er hat sich gerächt.«

»Für was?«

»Weil sie ihn erpresst hat.«

Sie schien seinen Standpunkt nicht zu teilen.

»Menschliches Verhalten ist nicht in Stein gemeißelt, Tony. Ich sehe das anders.«

»Warum?«

»Ich glaube, dass er sich tatsächlich für etwas gerächt hat. Als er seine Waffe immer wieder in Lindas Brust und Bauch stieß, suchte er einen Ersatz für einen richtigen Geschlechtsakt, für das, was er sich holen wollte, jedoch nicht bekommen konnte.«

»Das Video?«

»Welches Video?«, fragte sie schnell, aber leise.

Mit einer Geste bestellte Perez neue Havana Clubs.

»Vergessen Sie das.«

Er hatte keine Lust, sich über dieses Thema auszulassen. Und sie fragte nicht weiter nach.

»Von wem sprechen Sie? Wen meinen Sie?«

»Das Kind.«

Perez wartete, bis die Getränke auf dem Tisch standen. Dann lehnte er sich weit zurück und fragte in einem Ton, in dem Skepsis und Sarkasmus mitschwangen: »Sie glauben also, das war sein Motiv? Woher wollen Sie das wissen?«

»Das ist nur eine Theorie.«

»Connely wollte sein eigenes Kind töten?«

»In Paris hat er das ja auch getan, um den Verdacht von sich abzulenken.«

Perez ereiferte sich: »Sie haben keine Beweise für Ihre Behauptungen. Außerdem wissen wir, dass ...«

Er schwieg kurz und sprach dann weiter. Schließlich sagte er jetzt nichts Kompromittierendes.

»Kurz bevor Linda getötet wurde, hatte sie einen Orgasmus. Hat das Labor festgestellt. Der Ehemann verbringt eine Woche im Gefängnis. Da ist es doch ganz natürlich, dass er seinen Spaß haben will, wenn er entlassen wird ... und anschließend bringt er die beiden um, sie und diese Ermittlerin, die seine Frau engagiert hatte?«

Senda wirkte wie versteinert, gab sich jedoch Mühe, sich nichts anmerken zu lassen. Fünf Minuten lang versuchte sie, das Gespräch auf bedeutungslose Themen zu lenken, dann stand sie mit einem verlegenen Lächeln auf.

»Wenn Sie mich kurz entschuldigen würden.«

»Ich bitte Sie«, sagte Tony.

Sie ließ sich den Weg zu den Toiletten zeigen. Ein Mann mit tiefschwarzem Haar redete am Münztelefon des Restaurants. Er trug einen blauen Anzug, der aus den Nähten platzte, und dazu eine leuchtend grüne Krawatte. Er lächelte sie augenzwinkernd an und bedeutete ihr mit einer Handbewegung, dass er nicht mehr lange telefonieren werde.

Als der Mann im blauen Anzug aufgelegt hatte, hatte er es nicht eilig und drückte sich an die Wand, um sie vorbeigehen zu lassen. Dabei wölbte er den Bauch vor, damit er ihren

Körper berühren konnte. Er roch nach Eau de Cologne, Wein und Zwiebeln in Sauce.

Senda blätterte im Telefonbuch und fand die gesuchte Nummer. Sie warf zwei Vierteldollar ein und wählte. Die Leitung war frei. Nach dem dritten Läuten wurde abgenommen.

»Judith Graham? Senda Barhi am Apparat.«

»Ja?«, antwortete die Anwältin.

In ihrer Stimme schwang ein Verdacht mit. Senda entschloss sich, ohne Umschweife zur Sache zu kommen: »Sergeant Perez ist davon überzeugt, dass Linda ihren Mann mit einer Videoaufnahme erpresste.«

»Sind Sie nicht seiner Meinung?«

»Nicht ganz. Ich möchte wissen, was auf diesem Film zu sehen ist.«

»Es ist Ihnen wohl zur Gewohnheit geworden, Fakten und Taten von Personen zu überprüfen, auch wenn Sie nicht dazu berechtigt sind.«

»Ja. Und zwar immer dann, wenn ich den Eindruck habe, dass etwas nicht stimmt.«

»Und warum glauben Sie, dass etwas nicht stimmt?«

»Weil es nicht logisch ist. Was ist auf dieser Kassette, Judith?«

»Warten Sie bitte einen Moment.«

Sie kam ans Telefon zurück.

»Ich war beeindruckt, mit welcher Hartnäckigkeit Sie diesen Fall verfolgt haben, und frage mich allmählich, ob diese Hartnäckigkeit nicht auf etwas … Persönlichem beruht und nicht nur aus reinem Berufsethos geschieht.«

»Das müssen Sie selbst entscheiden.«

Judith dachte an den Parkplatz des Gerichtsgebäudes und dass Senda ihr geraten hatte, Tim von den Geschehnissen fernzuhalten.

Senda wartete. Sie spürte, wie schwer das Schweigen lastete, aber nun musste Judith etwas sagen. Insgeheim glaubte sie jedoch, die Anwältin werde sie zum Teufel jagen.

Doch das tat sie nicht.

»Linda hat diese Kassette auf dem Vordersitz ihres Wagens gefunden. Sie hat mir davon erzählt, und dann haben wir sie gemeinsam angesehen. Ich habe eine Kopie davon anfertigen lassen und das Original dem District Attorney übergeben.«

Senda schwieg noch immer und ermunterte damit die Anwältin zum Weitersprechen.

»Darauf zu sehen sind die außerehelichen Abenteuer Connelys mit jungen, ja sogar sehr jungen Männern … aber keinen Minderjährigen. Darum ging es.«

Senda dachte kurz über diese Information nach und fragte dann: »Wie verhielt er sich? Sexuell gesehen, meine ich.«

»Wie ein Zuchtbulle. Brutal und wild.«

»Keiner seiner Partner wurde …«

»Getötet. Nicht, dass ich wüsste. Er bezeichnete diese … Gymnastik als sein Sicherheitsventil.«

»Die Gerichtsmediziner behaupten, Judith habe kurz vor ihrem Tod einen Orgasmus gehabt. Die Polizei glaubt, dass er durch den Geschlechtsverkehr mit ihrem Mann ausgelöst wurde.«

»Das ist lächerlich. Dafür brauchte sie keinen Mann«, stellte Judith fest und sprach genau das aus, was Senda gedacht hatte. »Und es ist außerdem unmöglich. Connely hat mit seiner Frau immer nur Analverkehr gehabt, deshalb kann ich mir nicht vorstellen, dass sie ihm einen einzigen ihrer Orgasmen verdankt. Seine Praktiken versetzten sie in Angst und Schrecken.«

Senda sagte nichts. Ihr war klar, worauf die Anwältin anspielte.

Judith fuhr fort: »Es könnte sein, dass sie von irgendeinem Psychopathen angegriffen wurde, der, durch die Medien angeregt, seine Aufmerksamkeit auf sie richtete«, sagte die Anwältin.

Ein Versuch, Informationen aus Senda herauszulocken.

»Kein einziges Indiz weist in diese Richtung, Judith.«

Sie hängte ein und bahnte sich einen Weg zu Perez' Tisch.

Er stellte sein Glas ab und wartete, bis sie ihm wieder gegenübersaß.

»Ich habe auch eine kleine Untersuchung über die Zeit durchgeführt, als Sie den Fall bearbeiteten.«

»Ach ja!«

»Ja. Damals sind eine Menge seltsamer Dinge passiert.«

»Da haben Sie sich viel Mühe gemacht.«

»Als die Akte Schiller oder Cassel geschlossen wurde, ist Ihr Team aufgelöst worden.«

»Stimmt. Aber das ist nicht außergewöhnlich. Das ist doch überall dasselbe.«

»Was ist mit Ihren wichtigsten Mitarbeitern passiert?«

»Sie sind in Rente gegangen.«

»Nur drei Monate später? Seltsam, nicht wahr?«

»Was ist daran seltsam? Dass sie in Rente gegangen sind?«

»Nein, aber dass sie einfach verschwunden sind. Dass sie nicht mehr existieren. Nirgendwo. Ihre Namen stehen in keinem offiziellen Register mehr: Sozialversicherung, Rente, Arbeitsamt, Standesamt. *Nada!*«

Gleichgültig zuckte sie mit den Schultern.

»Ihre Geschichte ist deprimierend.«

Perez seufzte und legte seine Hand auf ihre. Bei dieser Berührung zuckte sie zwar zusammen, ließ ihn jedoch gewähren.

»Sie profitieren von einem Status innerhalb der Beamtenhierarchie, der Ihnen eine gewisse Immunität garantiert … Was können Sie mir sagen, das die Leute, die Sie decken, nicht kompromittiert? Ich brauche Ihre Hilfe.«

Sie zögerte. Da merkte Perez, dass sich seine Taktik der langsamen Annäherung allmählich als ineffizient erwies.

Doch nicht vollständig.

»Connelys Spuren sind mit einer Menge widersprüchlicher Indizien und Nicht-Indizien versehen«, sagte Senda und sah Tony direkt in die Augen, während sie bewusst langsam ihre Hand wegzog. »Sie gleichen der Geschichte des Elefanten im Dunkeln. Der erste Jäger berührt seinen Schwanz und sagt, er fühle sich an wie ein Kabel; der zweite berührt seinen Fuß und sagt, er fühle sich an wie ein Baum; und der dritte berührt seinen Rüssel und sagt, er fühle sich an wie eine Schlange.«

»Und Sie, was sagen Sie?«

»Ich sage, er ist ein Elefant.«

II

Vincent war einen Moment glücklich. Er saß am Steuer seines Hummer und würde bald vollkommen frei sein. Dann schaltete er das Radio ein. Musik bildete immer einen akustischen Hintergrund, der seinen Überlegungen förderlich war.

Er hatte ein kleines Wahrsagespiel gespielt, das einfach ausgedrückt, auf Folgendes hinauslief: Ich erreiche eine höhere Bewusstseinsebene und trete in die Zone größter Ruhe und äußerster Erregung ein.

Die Buchstaben waren ihm zwar noch immer vertraut, erreichten ihn aber nur noch in Zeitlupe, gleich winzigen, schimmernden Molekülen, die durch eine dunkle, zähe Masse schwebten.

Endlich fühlte er sich eins mit sich selbst. Er hatte die kombinatorische Variante entdeckt. Das Adrenalin, das ihn eben noch heftig stimuliert hatte, war verflogen. Dieses miese kleine Arschloch hatte ihn mit seiner weinerlichen Stimme angerufen und um ein Treffen gebeten. Er wolle ihn sehen, um mit ihm über etwas zu reden, was mit den Morden zu tun habe, hatte er gesagt. Vincent würde es ihm zeigen und sich noch ein bisschen mit ihm amüsieren, ehe er ihn in Stücke schnitt.

Er nahm einen letzten Zug von seiner Zigarre, ließ sie dann aus dem geöffneten Fenster fallen und verfolgte im Rückspiegel den roten Punkt und den Funkenregen, der in der Dunkelheit erlosch.

In diesem Stadtteil waren die Straßen schon seit Langem menschenleer oder vielmehr verlassen. Die Mauern alter Fabriken waren von Regen, Schimmel und Unwettern zerfressen. Bald würden sie einstürzen, ein Vorgeschmack auf das Jüngste Gericht.

Er achtete darauf, nicht schneller als vierzig Meilen zu fahren.

Es war zehn Uhr abends, die richtige Zeit für die noch belebten Viertel im Osten der Stadt, in denen aber weniger Streifenwagen fuhren.

Ein Wagen überholte ihn und bog in eine Seitenstraße ab. Er achtete nicht darauf. Er hatte die Nummernschilder des Hummer ausgetauscht und einen Führerschein auf den Namen Freeman. Roger Freeman.

Ein Wink des Schicksals.

Die Scheinwerfer eines anderen Wagens klebten an seinem Heck.

Das gelbe Licht der Flughafenbeleuchtung tauchte vor ihm auf. Die Stadt lag ausgebreitet vor ihm da. Er ließ das Fenster ganz herunter. Für diese Jahreszeit war es ungewöhnlich heiß. Es roch nach Kerosin. Er würde über die Route 39 fahren, dann über den Freeway bis zu den dunklen Wellen, bis zu ihm.

Er lachte höhnisch, denn jetzt war er wieder Herr der Lage. Erleichtert stellte er fest, dass der Wagen hinter ihm verschwunden war.

Nach und nach wurde er von seinen Visionen beherrscht.

Eine nie gekannte, innere Unruhe schnürte ihm plötzlich den Unterleib zusammen, und ein animalischer Geruch breitete sich in dem Fahrzeug aus, den er nicht analysieren konnte. Es geschah das erste Mal. Umsonst bemühte er sein Gedächtnis, an ein ähnliches Ereignis konnte er sich nicht erinnern.

Doch plötzlich begriff er, dass dieses Unvermögen mit seiner Herkunft zu tun hatte. Denn sie war der Ursprung seiner Zwangshandlungen. Es war Angst, reine Angst.

Meine Vergangenheit habe ich immer akzeptiert, dachte er, und jetzt gibt sie mir die Kraft, mein Schicksal zu vollenden.

Als er aus seinen Gedanken aufschreckte, hatte er weder das Stoppschild gesehen noch bemerkt, dass ihm ein großer Tanklaster auf der Kreuzung entgegenkam.

III

Die Hitze brannte auf ihrer Haut, und sie hörte das Rauschen der am Strand auslaufenden Wellen.

Perez legte sein Jackett auf den Sand. Senda hatte sich entschieden, seine kleine Liebeskomödie bis zum Ende mitzuspielen.

Sie schlüpfte aus ihren Sandalen, zog ihre Jeans und ihr T-Shirt aus und ging zum Wasser. Das kühle Meer war erfrischend. Als ihr das Wasser bis zur Brust reichte, drehte sie sich um und schaute zum Strand. Sie konnte Perez als Schatten erkennen. Er stand an dem Küstenstrich aus feuchtem Sand, der im Mondlicht wie ein Spiegel glitzerte.

»Seien Sie vorsichtig«, sagte er. »Es gibt hier Haie.«

Senda winkte Tony zu und ließ sich von den schaumgekrönten Wellen wiegen. Nur kurz kämpfte sie gegen die Kraft dieser leuchtenden, imaginären Berührungen an. Irgendwo hinter dem breiten Sandstreifen saßen die Leute auf den Terrassen der Restaurants und aßen zu Abend.

Als sie aus dem Wasser kam, erwartete er sie und musterte sie von oben bis unten. Sie sah, dass er sie begehrte, und versuchte, sich vollkommen gelassen auf eine mögliche Hingabe einzustellen. Der unmerkliche und hinterhältige Zauber der Nacht rief ein Unbehagen in ihr hervor. Romantische Begegnungen war sie nicht gewöhnt, in solchen Situationen fehlte es ihr an praktischer Erfahrung. Sie wrang ihr nasses Haar aus; an Hals und Schultern liefen Tropfen herunter.

Sie spürte, wie sich Perez' Arm um ihre Taille schlang und er seinen Körper an ihren presste, wie seine Lippen über ihre Haut glitten und die feuchte Wärme ihres Mundes suchten. Sie fühlte sich zu ihm hingezogen. Als seine Küsse leidenschaftlicher wurden, und er ihre Brüste küsste, hatte sie aufgehört zu denken. Die Erleichterung war fast schmerzhaft. Die beiden stolperten über einen Sandhügel.

Sie lag nackt auf dem Rücken, den Kopf nach hinten gebogen. Sie atmete langsam, ihr Mund stand leicht offen. Sie sah seinen Schatten über sich. Er bewunderte sie ohne Worte, bewunderte die Stellen ihres Körpers, wo die Haut heller war, ihre kleinen, straffen Brüste. Sie lächelte ihn an, nahm seine Hand und zog ihn zu sich.

Die Luft war stickig, und die Umgebung schien für beide nicht mehr zu existieren, sodass es nur eines winzigen

Zwischenfalls wie dem unpassenden Klingeln eines Handys im Hintergrund bedurfte, um diese gerade erst beginnende Beziehung zunichte zu machen. Perez kehrte als Erster in die Realität zurück.

»Mein Handy«, flüsterte er.

Er rollte sich zur Seite und verschwand. Kurz darauf kam er mit seinem Jackett unter dem Arm zurück und hielt ihr ihre Kleidung hin. Zuerst klang seine weit entfernte Stimme wie ein unverständliches Murmeln. Dann gab sich Senda Mühe und begriff, dass er mit ihr redete. Sie hatte keine Lust, die Augen zu öffnen.

»Kommen Sie«, sagte er und half ihr beim Aufstehen. »Connely ist aus seiner Höhle gekrochen.«

Kapitel 3

I

Während beide zum Auto gingen, informierte Perez die Französin: »Ein Streifenwagen ist am Unfallort. Ein Hummer und ein Tanklastwagen. Es scheint, als sei Connely sofort tot gewesen. Der Fahrer des Lastwagens ist geflohen, als ein Polizist an den Unfallort kam.«

Senda nickte. Der feuchte Sand juckte.

Perez setzte sich ans Steuer, wendete und nahm die 5. Straße in Richtung Autobahn. Sie fuhren schneller als sechzig Meilen. Das helle Leuchten eines kleinen Blaulichts auf dem Dach zeigte an, dass es sich um einen zivilen Einsatzwagen der Polizei handelte.

Perez blickte stur geradeaus. Sie zog ihre Sandalen an und fragte: »Könnte meine Anwesenheit Sie in Schwierigkeiten bringen?«

Perez holte Luft und überlegte, bevor er antwortete: »Nein.«

Der Lautsprecher des Funkgeräts knisterte. Perez nahm den Hörer ab.

Die Glut ihrer Zigarette ließ Sendas Finger im Halbdunkel aufleuchten. Sie behielt den Rauch in der Lunge, so lange sie konnte, dann stieß sie ihn auf einmal aus.

Ruhig Blut, sagte sie sich. Kühlen Kopf bewahren und vor allem keine Panik dieses Mal. Sie verließen die Interstate, nahmen den Zubringer und bogen in einen Boulevard ein, der von der Küste wegführte. Sie durchquerten Vorstädte, in denen sich abgewrackte Existenzen in miesen Spelunken und heruntergekommenen Stripteaselokalen trafen. Auf einem grell erleuchteten Parkplatz spielten Schwarze Basketball; die Körbe hatten keine Netze mehr, die Mauern waren mit Graffiti und Tags besprüht. Etwas weiter saßen drei Schwarze auf der Rückbank eines abgewrackten Autos am Straßenrand.

Sie fuhren an unbebauten Grundstücken vorbei, aus deren kaputten Zäunen mannshoch Unkraut wuchs.

Vor jeder Kreuzung schaltete Perez kurz die Sirene ein, fuhr aber kaum langsamer. Die anderen Autofahrer zwang er auf die mittlere Spur, zum Abbremsen oder Anhalten.

Die Geschwindigkeit machte Senda nervös.

Erst später erkannte sie, dass sie tatsächlich von Emotionen überwältigt war, aber für dieses Gefühl durfte in ihrem Beruf kein Platz sein.

Im Augenblick war Connelys Tod nicht das Wichtigste. Das Wichtigste war Sarah.

Sie wusste, dass das Mädchen noch lebte. Dessen war sie sich vollkommen sicher.

Das Blut pochte ihr in den Schläfen, und der vertraute Schmerz schnürte ihr wieder die Brust zusammen. Ihr Atem wurde flach und keuchend.

In diesem Moment hatte sie eine dieser düsteren Visionen, die manchen Ereignissen vorausgehen und sie ankündigen, noch ehe sie geschehen – eines dieser Zeichen für ein unvermeidliches Desaster.

Perez hingegen war ganz in seinem Element. Die klassische Arbeit eines Polizisten, um einen Flüchtigen zu stellen, wie im Kino. Sein Hemd war schweißnass; vielleicht waren es aber auch die Spuren ihres feuchten Körpers, als er sie umarmt hatte. An seinem Haaransatz und an seiner Wange klebte Sand.

Sie kamen in ein Viertel, dessen Straßen mit kleinen Häusern gesäumt waren. Sie schienen unbewohnt zu sein und nichts weiter zu bieten zu haben als ihre Spinnweben, ihre Stille und diese über den ungepflegten Rasenflächen lastende Hitze.

Perez bremste und parkte am Straßenrand. Direkt vor ihnen stand ein halbes Dutzend Streifenwagen mit blinkenden Lichtbalken und versperrte die Durchfahrt.

II

Er sah, wie Perez aus dem Auto stieg. Die Französin war im Wagen sitzen geblieben. Umso besser! Mit der würde er sich später amüsieren. In seiner Polizeiuniform erregte er keine Aufmerksamkeit. Es war wirklich zu einfach, ein richtiges Kinderspiel. Zuerst Connely und jetzt Perez. Er schloss für einige Sekunden die Augen. Er wollte diese Szene leben, seine Szene. Zwischen Rettungswagen und Feuerwehrleuten schlängelte er sich hinter Perez, zog seine Waffe mit Schalldämpfer und drückte dreimal ab. Einen Augenblick später explodierte der Lastwagen. Als er in der Dunkelheit untergetaucht war, drehte er sich noch einmal um und beobachtete die am Unfallort herrschende Aufregung. Er nahm seine Brille ab, als könne er das Schauspiel auf diese Weise besser genießen. Wie dumm Bullen doch sind, dachte er. Sie kriegen nur, was sie verdienen. Sie hatten ihre Chance gehabt, ihn dann jedoch laufen lassen. Pech für sie! Bald würde er sich um Senda kümmern. Nicht sofort, aber bald.

Als sie aus dem Taxi stieg, wurde sie von der grellen Sonne geblendet. Vor der Kirche – einem prächtigen Gebäude, das sich perfekt für Hochzeiten, Taufen und Begräbnisse eignete – war der Parkplatz voll. Ein paar Trauergäste stellten ihre Autos auf der Straße oder dem Rasen ab.

Senda trat in das Halbdunkel des Gotteshauses. Der Teil des Ritus, der die Ankunft des Sargs begleitete, war bereits vorüber. Das Ehrenspalier aus uniformierten Polizisten säumte nicht mehr die Treppe.

Die auf den Bänken zusammengedrängten Menschen unterhielten sich in dem für Beerdigungen und Verschwörungen typischen Flüsterton, von den leisen Klängen einer Orgel begleitet. Senda blieb im Mittelgang stehen und zögerte, ob sie zu dem Sarg gehen sollte.

Schließlich rang sie sich dazu durch, an den Sitzreihen entlang nach vorn zu schreiten. Sie blieb am halb geöffneten Sarg stehen, der mit einer Fahne bedeckt war, und betrachtete den Toten.

Er sah friedlich aus. Sein Kopf lag auf einem cremefarbenen Seidenkissen. Seine Hände waren um ein kleines Goldkreuz gefaltet.

Senda blieb einige Sekunden stehen; dann deutete sie ein Kreuzzeichen an, ging um den Sarg herum und denselben Weg zurück. In den ersten Reihen saßen die Familienmitglieder und die Würdenträger der Polizei und der Stadt. Sie erkannte Perez' Cousin, der sie in seinem Restaurant bewirtet hatte.

Sie fand einen Platz auf einer Bank in der Nähe des Ausgangs. Der Priester bestieg in vollem Ornat die Kanzel. Es wurde still.

Der Gottesdienst wurde von Orgelmusik untermalt und bestand aus einer Abfolge von Gesängen und Gebeten.

Nachdem der Polizeipräsident die Grabrede gehalten hatte, begann die Orgel wieder zu spielen, und der Priester rezitierte einen Psalm.

Sechs Polizisten in Uniform schlossen den Sarg, bedeckten ihn mit der amerikanischen Flagge und schulterten ihn.

Senda wartete nicht, bis der Priester die Prozession auf den Kirchenvorplatz geleitete und sie vor dem in Habt-Acht-Stellung erstarrten Ehrenspalier vorüberzog, sondern ging unauffällig zum Ausgang.

Draußen hatten sich unter der brennend heißen Sonne bereits die Fahrzeuge des Trauerzugs aufgestellt.

Etwas abseits stehend fiel ihr eine Gestalt auf, die ihr bekannt vorkam. Eine Frau im weißen Kostüm und mit kurz geschnittenem Haar. Die Frau kam auf sie zu.

Judith Graham nahm ihre Sonnenbrille ab.

»Ich wusste, dass ich Sie hier finden würde«, sagte sie.

Senda nickte.

»Das war ein schöner Gottesdienst. Kommen Sie mit zum Friedhof?«, fragte Judith.

Die Menge wurde kleiner, als die Trauergäste in ihre Autos stiegen. Von einer Motorradeskorte angeführt, hatte sich der Trauerzug jetzt in Bewegung gesetzt.

»Nein, ehrlich gesagt, fühle ich mich nicht besonders gut«, gestand Senda zögernd.

Judith nahm den Arm der Französin und klingelte mit ihrem Schlüsselbund.

»Kommen Sie«, sagte sie. »Ich parke gleich gegenüber. Die kühle Luft aus der Klimaanlage wird Ihnen guttun.«

Sie gingen Seite an Seite zum Parkplatz und wirkten auf dem brennend heißen Asphalt inmitten der Autos wie zwei Reisende, zwei Pilgerinnen auf demselben Weg, was sie schließlich auch waren.

Der Weg der verlorenen Seelen

»Also nahm mein Meister einen geheimen Pfad
und schritt zwischen den Mauern der Stadt
und der Pein der Märtyrer davon …«

aus: Dante Alighieri, *Die göttliche Komödie*

I

Judith Graham bewohnte ein kleinen Haus im neospanischen Stil in einem ruhigen Viertel am Ufer eines Kanals. Sie parkte ihr Auto am Straßenrand davor. Ein Pfad mit Terrakottafliesen führte über den Rasen. Die Blütenpracht zweier gelber Hibiskussträucher leuchtete vor dem kräftigen Grün der Blätter. Judith machte einen Schritt zur Seite, um Senda eintreten zu lassen. Der Boden war mit Parkett aus dunklem Pinienholz ausgelegt, die Möbel waren aus demselben Material mit blütenweißen Accessoires. Sie deutete auf eine breite und gut gepolsterte Couch.

»Legen Sie sich hin. Ziehen Sie Ihre Schuhe aus, wenn Sie wollen.«

Eine kühle Stille ergriff Senda und breitete sich in ihr aus. Sie schloss die Augen und überließ sich diesem köstlichen Gefühl. Eine Stunde später wachte sie auf.

»Ich wollte Sie gerade wecken«, sagte Judith und lächelte.

Sie legte die Akte, die sie in der Hand hielt, auf den Tisch, stand auf, ging in die Küche und kehrte mit einem Tablett zurück. »Käsesandwiches und Bier«, verkündete sie.

Unendlich erschöpft richtete Senda sich auf. Unter den Verbänden spürte sie das Pulsieren ihres schmerzenden Körpers. Judith gab ihr eine Dose Bier.

»Wie spät ist es?«, fragte Senda.

»Halb drei.«

Die beiden Frauen tauschten einen Blick aus. Jede schien auf diesem geheimen Weg etwas zu suchen. Dann, wie am Ende eines Tunnels, wiesen kleine Lichter den Weg, gleich Erkennungszeichen zwischen ihnen. Mit einer Geste schien Senda Judith aufzufordern, die unsichtbare Barriere zu durchbrechen und sich ihr zu nähern.

»Das ist kein schlechter Zeitpunkt«, sagte Judith schließlich.

»Jedenfalls nicht die schlechteste Tageszeit, sich Ihnen anzuvertrauen.«

II

»Was ist vor zwölf Jahren in Paris geschehen, nachdem die Ermittlungen offiziell eingestellt wurden?«, fragte Judith.

Sie hatte das Tablett ins Spülbecken gestellt. Sie kam zurück, reichte ihrem Gast ein neues Bier und trank einen Schluck aus ihrer Dose.

Senda suchte in ihrer Tasche nach den Tabletten. Bei diesen Erinnerungen erwachte ihr Körper schneller als ihr Geist oder ihr Gedächtnis.

»Ich verließ gegen fünf Uhr mein Büro und ging in den Zoo Club. Doch ohne Enthusiasmus. Als ich rauskam, stand Raphaël Schiller da, an mein Auto gelehnt. Und ich hatte gewusst, dass er kommen würde.

›Ich war bei der Pressekonferenz‹, sagte er zu mir. ›Was Cassel betrifft, haben Sie sich nicht geirrt.‹

Ich hatte meine Tasche aufgemacht und wollte ihm das Foto seiner Tochter zurückgeben. ›Vielleicht fühlen Sie sich jetzt etwas besser, weil der Mörder von Élodie tot ist. Eine Zeit lang waren Sie der Hauptverdächtige, Monsieur Schiller. Wussten Sie das?‹

Er schien schockiert zu sein.

›Warum?‹

›Eine Intuition. Auch Ihre Körperkraft sprach dafür, und viele kleine Details. Ihre Kopfverletzung; die Tatsache, dass Sie Ihren Angreifer nicht gesehen haben …‹

›Sie machen wohl Witze?‹

›Können Sie mir die Person beschreiben, die Sie bewusstlos geschlagen hat?‹

›Damals konnte ich das nicht. Nein, dazu war ich nicht in der Lage. Jetzt, mit etwas Abstand. Ich weiß es nicht …‹

Er schwieg.

›Stehe ich noch immer unter Verdacht?‹

›Der Fall ist abgeschlossen.‹

›Denken Sie, dass …‹

›Was ich denke, spielt überhaupt keine Rolle.‹

›Für mich schon. Ich bewundere Sie und Ihre Arbeit. Ich habe in meinem Leben nur wenige Menschen kennengelernt, die mich so beeindruckt haben … Wie können Sie glauben, dass ich fähig wäre, derart schreckliche Dinge zu tun … wie die, die dieses Kind bei Cassel erleiden musste?‹

Er wirkte abwesend, so als würde er einen Augenblick aus seiner Vergangenheit noch einmal erleben. Ich fühlte, dass er sich beherrschte, und zwang mich, ruhig zu bleiben. Der Autopsiebericht von Alicia, die Fotos, das alles war nicht weitergegeben worden. An niemanden. Das hatte ich nachgeprüft.

Ich sagte: ›Es ist vorbei. Versuchen Sie, wieder ein normales Leben zu führen.‹

Er nickte.

›Ich bin müde, Monsieur Schiller. Entschuldigen Sie, aber ich muss nach Hause.‹

Ich rang mir ein Lächeln ab und öffnete die Tür meines Wagens.

›Ich rufe Sie an. Denken Sie daran, Sie haben mir versprochen, mit mir zu Abend zu essen.‹

Ich hoffte, er hatte das Zittern nicht bemerkt, das ich nicht mehr kontrollieren konnte.

›Ich werde es nicht vergessen‹, sagte ich und fuhr los.

Für alle anderen war der Fall damit abgeschlossen«, endete Senda.

Judith nickte verständnisvoll. Senda schwieg eine Weile. Aus vorsichtiger Zurückhaltung. Dann schien sie sich zu beruhigen. Judith erschien ihr weiterhin vertrauenswürdig, und allmählich konnte sie sich von der Aufrichtigkeit und Charakterstärke der Anwältin ein Bild machen.

Leise, fast flüsternd fuhr Senda fort: »Ich habe anschließend mit Gallo, dem Polizeichef, in seinem Büro gesprochen.

›Und? Wie hat Schiller reagiert?‹, hat er mich gefragt und auf meine Reaktion gewartet.

›Er wird kommen.‹

›Glauben Sie, dass er es bei Ihnen zu Hause versucht?‹

›Davon bin ich überzeugt.‹

Wir warteten noch in derselben Nacht auf Schiller. Er kam nicht, auch nicht in den folgenden Nächten. Am Tag davor hatten wir drei Wohnungen räumen lassen, davon eine mir direkt gegenüber, und die Mieter diskret in Hotels am anderen Ende der Stadt untergebracht.

Polizisten einer Spezialeinheit hatten dort Stellung bezogen. Sie waren unter neun Freiwilligen ausgewählt worden, jeweils zwei pro Wohnung. Über eine Sprechanlage konnten sie alles hören und aufnehmen, was in meiner Wohnung passierte. Der Dienstboteneingang des Mietshauses war versperrt worden. Außer den Beamten, die unmittelbar an der Aktion beteiligt waren, wusste niemand Bescheid. Selbst meine Assistenten, Garcia und Berthier, habe ich nicht informiert.

Ich war mir ziemlich sicher, dass Schiller keine Schusswaffe benutzen würde. Wir haben die Zeit gestoppt, die es dauern würde, bis die Polizisten aus der benachbarten Wohnung wirksam eingreifen konnten: sieben Sekunden. Sieben Sekunden, um mit einem Zweitschlüssel die Tür zu öffnen. Von dem Augenblick, an dem er sich zum Handeln entschlossen hätte, war das der Zeitraum, den ich überbrücken musste, wenn ich nicht getötet werden wollte. Weitere Polizeibeamte saßen in einer Wohnung im Erdgeschoss und im obersten Stockwerk, um eine Flucht Schillers zu verhindern, falls etwas schiefging.«

»Warum sind Sie ein so hohes Risiko eingegangen?«, unterbrach Judith sie.

Senda zündete sich eine Zigarette an, dann blieb sie bewegungslos sitzen und lauschte dem Geräusch ihres eigenen Atems.

»Ich war dreißig und stand im Mittelpunkt des Interesses, weil man mich als Gallos Protegé betrachtete, eine Akademikerin ohne Erfahrung und ›Stallgeruch‹. Schiller zu überführen, war für mich das einzig Wichtige. Ich war von einer Art verzweifelten Angst besessen. Was sonst passieren könnte, war mir gleichgültig.«

»Obwohl Sie Ihr Leben dabei aufs Spiel setzten?«

Judith schüttelte den Kopf, der Gedanke war absurd.

»Das war meine letzte Chance. Außerdem hatte ich volles Vertrauen in Bazille, einen der Beamten der Spezialeinheit. Ich wusste, dass ich auf ihn zählen konnte.«

»Warum verdächtigten Sie Schiller?«

»Das weiß ich nicht. Mein Verdacht stützte sich nicht auf konkrete Indizien, da gab es etwas anderes. Wenn man gewisse Konturen oder Verhaltensmuster miteinander verglich, ergaben sie schließlich eine Person, die sich irgendwo zwischen Realität und Fiktion bewegte: Das war er. Ich reagierte merkwürdig auf ihn; eine seltsame und konfuse Beziehung. Ich kann Ihnen nicht genau beschreiben, was das war.«

Das Telefon läutete, und beide Frauen schraken zusammen. Judith nahm nicht ab, der Anrufbeantworter schaltete sich ein. Es war Art Liep.

»Judith, ich bin's noch mal. Ich habe Sie heute Morgen bei Perez' Beerdigung gesehen. Leider steckte ich mitten in einem Interview und konnte nicht mit Ihnen sprechen.«

Eine Weile herrschte Schweigen, dann sagte der Journalist: »Ich habe einen Agenten und einen Verleger. Das Buch über Connely. Wir beide als Autoren. Das können wir in sechs Wochen schreiben. Da ist das Thema noch brandaktuell. Rufen Sie mich zurück.«

Senda musterte Judith neugierig. Doch Judith schien das überhaupt nicht zu stören.

»Ich habe keine Lust, sein Spiel mitzuspielen. Außerdem habe ich kein finanzielles Interesse daran, meine Kenntnisse über Connely zu einer Romanfigur zu verarbeiten. Schließlich bin ich Rechtsanwältin und keine Autorin.«

Derartige Dinge dürfe man nicht auf die leichte Schulter nehmen, wollte sie wohl damit sagen.

Senda lehnte sich zurück und drückte ihre Zigarette aus. Sie trank den Rest Bier und fuhr widerstrebend fort, von sich selbst zu erzählen.

»Ich verbrachte die Nächte auf meiner Couch im Wohnzimmer. Ein Bild ging mir nicht aus dem Sinn: Die Augen weit geöffnet, sah ich es im Dunkeln. Ein schattenhaftes Wesen, ganz nah bei mir, und es beugte sich über mich. Dann verschwand diese Vision, und es entstand eine Leere. Eines Abends jedoch löste sich das schattenhafte Wesen nicht auf. Keinen Laut hatte ich gehört, kein Knacken oder Knarren, nicht einmal von der Wohnungstür.

Er trug einen schwarzen Overall und eine Skimütze. Er war auf mir und erdrückte mich fast mit seinem Gewicht. Dann würgte er mich, um mich am Schreien zu hindern. Trotz meiner Vorbereitung wäre ich beinahe in Panik geraten, doch ich wusste, dass ich einen kühlen Kopf bewahren musste, wenn ich überleben wollte.

Er nahm seine Mütze ab. Nun konnte ich seine Augen sehen. Sie waren kalt und entsetzlich leer.

›Sie sind mir sehr sympathisch, aber ich kann es mir nicht leisten, Sie zurückzulassen. Wer weiß, vielleicht würden Sie sich eines Tages dazu entschließen, die Ermittlungen wieder aufzunehmen?‹

Er hatte seinen Griff gelockert und wartete auf meine Antwort.

Doch ich musste ihn dazu bringen, dass er unabsichtlich ein Geständnis ablegte.

›Ich weiß nicht, wovon Sie sprechen, Raphaël.‹

›Sie lassen mir keine Wahl. Sie sind sehr intelligent und haben erkannt, dass Cassel unschuldig war. Sie könnten neue Beweise finden und eine Jury überzeugen.‹

Er hatte sich aufgerichtet. Unter meinem Kinn spürte ich ein Brennen. Er ritzte mich mit einem Messer.

›Stehen Sie auf … ganz langsam.‹

Wie ein Tier, das man gewaltsam zum Schlachthof führt, dirigierte er mich mit seiner Waffe, einer breiten, an der Seite gezahnten Klinge.

Wir blieben stehen. Er befand sich hinter mir. Ich spürte seine Erektion, oder vielmehr richtete er es so ein, dass ich sie fühlen konnte. Er flüsterte mir ins Ohr: ›Ziehen Sie Ihre Hose aus, Barhi, und lassen Sie sie auf Ihre Knöchel gleiten. Ich werde Sie vergewaltigen. Danach werde ich sie fesseln und knebeln. Ich will, dass es nach einer Vergewaltigung aussieht, die auf einen ganz gewöhnlichen Einbruch folgte.

Die Polizei wird Sie tot auffinden. Leider werden sie an einem zu engen Knebel erstickt sein, inmitten eines Chaos aus herausgerissenen Schubladen, aufgeschlitzten Sesseln und Papieren auf dem Fußboden.‹

Ich hatte angefangen, die ersten Knöpfe meiner Jeans zu öffnen, als ich ihn fragte: ›Wie haben Sie es über sich gebracht, Ihre eigene Tochter zu töten?‹

Der Psychiater Doktor Posso, unser Profiler, hatte mich vorgewarnt. Für Schiller wäre das eine einmalige Chance, ungestraft seine Rolle vor dem Menschen spielen zu können, der ihn gejagt hatte und der jetzt durch ihn zu einem hilflosen Opfer reduziert wurde. Also musste ich ihn provozieren, auch wenn das riskant war. Ich wartete auf seine Reaktion. Meine Chancen waren fifty-fifty. Sein Atem ging schneller. Er stand mir nun gegenüber, und ich hatte die Veränderung wahrgenommen. Ich wagte nicht, ihm in die Augen zu sehen. Er wollte, dass ich den Kopf hob, stieß mir die Messerspitze noch ein wenig tiefer in die Kehle und grinste sadistisch.

›Denken Sie etwa, ich habe ihren Tod geplant? Ich liebte sie. Als ich an jenem Abend nach Hause kam, wusste ich, dass die Haushälterin die Radierungen gefunden hatte. Sie hatte aus irgendwelchen Gründen in meinem Schreibtisch rumgewühlt und die Bilder entdeckt. Ich durfte sie einfach nicht am Leben lassen. Niemand hat damals meine Anwesenheit bemerkt. Da ging ich noch einmal aus dem Haus und kam etwas später wieder zurück.‹

›Soll das etwa eine Entschuldigung sein?‹

›Meine Tochter hat ihren Tod nicht kommen sehen. Von dem Jungen kann ich das nicht behaupten. Eigentlich … Sie haben recht. Ich bin seinetwegen zurückgekehrt. Einen solchen Schatz konnte ich mir wirklich nicht entgehen lassen.‹

Wir standen nah beieinander. Er atmete meinen Geruch ein. Ich hatte Angst, und er liebte diesen Geruch. Er war sehr erregt, seine Hand zitterte.

Ich hatte nicht mehr viel Zeit und versuchte es mit einer anderen Taktik, wobei ich hoffte, seine Zwangsvorstellungen nicht zu vergrößern.

›Reden wir doch noch mal über Cassel. Das war ein Geniestreich.‹

›Hören Sie damit auf, Barhi!‹

Das klang defensiv. Seine Stimme hatte sich verändert. Natürlich durchschaute er meine Absicht, Zeit zu gewinnen, aber für sein Geschick, alle Welt hinters Licht geführt zu haben, gierte er nach bleibender Anerkennung. Und wäre es nur für die kurze Zeit, ehe er eine neue Kerbe in seinen Dolch ritzte.

›Ich bitte Sie, es ist mir sehr wichtig, das zu wissen. Dann können Sie mit mir machen, was Sie wollen.‹

Er brauchte einige Sekunden, bis er reagierte; offensichtlich wog er das Für und Wider ab.

Dann setzte er ein mitleidiges Lächeln auf und gewährte mir die letzte Henkersmahlzeit der zum Tod Verurteilten. ›Sie haben mich auf Cassel gebracht. Ich fuhr einen dunklen Rover, weil es das gewöhnlichste Auto dieses Viertels ist. Doch ich konnte nicht vorausahnen, dass seine Tochter sich irren würde. So schlug ich zwei Fliegen mit einer Klappe. Denn ich lieferte Ihnen eine Verkettung von Umständen, die logisch zur Lösung des Rätsels führen musste, und machte gleichzeitig alles zunichte, was Sie über mich hätten herausfinden können.‹

›Aber es war doch Cassels Stimme, die vor seinem angeblichen Selbstmord zu hören war. Das verstehe ich nicht.‹

›Er hatte keine andere Wahl. Ich hatte gerade seine Frau getötet und ihm versprochen, Sophie zu verschonen.‹

›Und Alicia?‹

›Sie war eine süße kleine Beute, schüchtern und völlig wehrlos.‹

Im Bruchteil einer Sekunde hatte er mich mit seiner freien Hand gepackt und drückte mir die Halsschlagadern zu. Er erstickte die Worte in meiner Kehle. Meine Beine waren in meiner Jeans verfangen. Ganz offensichtlich hatte er bereits seine Methode entwickelt. Sehr effizient, ohne mir die Möglichkeit zu geben, mich zu verteidigen. Ich erstickte in aller Stille und verstand nicht, warum niemand kam, um ihn unschädlich zu machen. Wir hatten aufgenommen, was wir hören wollten, der Mörder höchstpersönlich hatte alles gestanden.

Ich zählte bis sieben und spürte, wie meine Knie unter dem Gewicht meines Körpers einknickten. Schon hatte ich fast das Bewusstsein verloren, als plötzlich mein Beeper läutete. Da ließ er mich los.

Ich hörte ein Krachen, wie es beim Aufbrechen einer Tür entsteht, dann Kampfgeräusche.

Schließlich spürte ich ein paar Klapse auf der Wange. Jemand musste mir eine Maske aufs Gesicht gelegt haben; der Sauerstoff brannte in meinem Hals. Über mir konnte ich einen dunkelhaarigen Mann erkennen, der einen Schmiss auf der Wange hatte. Bazille.

Meine Reaktion war langsam, aber ich schaffte es, mich aufzusetzen und an die Couch zu lehnen. Bazille atmete sichtlich erleichtert aus.

›Wo ist er?‹, fragte ich und nahm die Maske ab.

Schmerz bohrte weiter in meinen Schläfen, doch er ließ langsam nach.

Schiller lag mit ausgestreckten Armen da. Der andere Inspektor kniete mit einem Bein auf dem Boden und richtete seine Waffe auf Schillers Kopf.

Bazille kappte die Sprechanlage und bedeutete seinem Kollegen, das Mikrofon auszuschalten.

›Knall ihn ab, Jim!‹, befahl Bazille und sprach unbewegt weiter: ›Er hat versucht, dir deine Waffe abzunehmen, da hast du auf ihn geschossen. Schnell, die anderen sind gleich da.‹

›Das ist nicht …‹, protestierte Jim.

Bazille hatte sich zu mir umgewandt.

›Dieses Schwein hat die Tür mit einer Stahlstange blockiert und die Telefonkabel durchgeschnitten. Zum Glück haben wir an den Beeper gedacht.‹

›Niemand wird jemals die Wahrheit erfahren, Jim. Bazille hat recht.‹ Ich hörte meine eigene Stimme. Sie klang ungewohnt schwach und schrill.

›Ihr seid Polizisten, verdammte Scheiße! Wollt ihr ihn kaltblütig abknallen. Das ist Mord!‹ Unsere Entschlossenheit schien Jim zu überfordern.

›Dieser Typ ist kein menschliches Wesen‹, sagte ich zu ihm. ›Er ist ein Monster. Sein Anwalt wird auf geistige Umnachtung plädieren und die Geschworenen von seiner Schuldunfähigkeit überzeugen. Nach ein paar Jahren wird er aus der geschlossenen Abteilung einer psychiatrischen Anstalt entlassen und wieder Kinder in Stücke schneiden.‹

Ich war außer Atem, wie nach einem heftigen Asthmaanfall.

Bazille stand neben dem Tisch. Mit einem Fuß schob er das Messer herüber. Jetzt streifte der Griff Schillers Finger.

›Geh aus dem Zimmer. Du hast nichts gesehen!‹, befahl er Jim.

Er bückte sich und legte Schiller eine Handschelle an, die andere ließ er offen. Seine Waffe war etwa zwanzig Zentimeter vom Nacken des Monsters entfernt.

Ich wusste, dass er schießen würde. Jim auch. Er ging und

wandte den Kopf ab. Fassungslos sah er mich an, als sei ich die Einzige, die eine weitere Eskalation verhindern könnte.

Dann sagte Schiller: ›Sie können mich nicht töten!‹

Er bewegte sich nicht. Seine Atmung war völlig gleichmäßig. Aus seinem Mund und von seiner Oberlippe lief Blut.

›Halt die Schnauze!‹, fuhr Bazille ihn an.

Die Geräusche aus dem Treppenhaus wurden lauter. Es blieben uns nur noch wenige Sekunden. Ich sah, dass er seine Waffe entsicherte.

›Die beiden anderen Kinder leben noch!‹, rief Schiller.«

Sendas Lider fielen zu, als habe sie gerade einen Schlussstrich unter ihre Erinnerungen gezogen, Erinnerungen, die sich in der Ferne wie Wellen in einem Eismeer brachen.

Als sie die Augen wieder öffnete, erwachten andere beunruhigende Gefühle. Der Schmerz kehrte zurück, ein Gefühl quälender Leere.

Judith nickte.

»Ihnen blieb keine andere Wahl?« Doch sie kannte die Antwort schon.

Senda bestätigte die Frage mit einer Geste.

»Wir suchten bereits seit mehreren Wochen nach den Kindern. Ohne seine Hilfe hätten wir weder die Zeit noch die Mittel gehabt, sie lebend wiederzufinden. Er wusste das … alle Geiselnehmer wissen das.«

Zeit und Raum schienen um die beiden Frauen stillzustehen; selbst der Lärm der Straße existierte in diesem Augenblick nicht mehr.

Als einziges Geräusch war das Summen der Klimaanlage zu hören. Leise begann Senda wieder zu sprechen – ein Murmeln.

»Kurz danach kam Gallo in meine Wohnung. Nur wir drei waren im Raum. Schiller war mit Handschellen an die

Heizung gekettet. Er war völlig entspannt, so als habe er uns zum Tee eingeladen, um Erinnerungen auszutauschen.

›Ich habe nicht die Absicht, ins Gefängnis zu gehen, Gallo, und Sie werden das arrangieren.‹

Gallo hatte sich auf die Couch gesetzt, das Telefon stand griffbereit. Die Leitung war wieder intakt.

›Das ist unmöglich. Ich fürchte, da kann ich nicht viel ausrichten.‹

›Wenn dem so ist, warum sind Sie dann hier?‹, fragte Schiller mit einem bösartigen Lächeln.

›Damit Sie mir sagen, wo wir die Kinder finden können, die noch leben.‹

›Dann fürchte ich meinerseits, Ihnen darauf keine Antwort geben zu können.‹

›Sie würden die Kinder also sterben lassen?‹

Schiller machte eine zustimmende Geste.

›Vier, sechs, acht, das macht doch keinen Unterschied! Ich beneide Sie nicht, Gallo. Bald werden die Kinder tot sein. Wahrscheinlich verrecken Sie in diesem Moment vor Hunger und Durst.‹

Gallo unternahm einen neuen Versuch: ›Wir können uns für Sie einsetzen, damit Ihnen Ihr guter Wille angerechnet wird. Sie werden Strafnachlass bekommen. Darauf gebe ich Ihnen mein Wort.‹

›Ich gehe nicht ins Gefängnis, nicht einen einzigen Tag.‹

Nachdem Gallo kurz nachgedacht hatte, schien er den Kern der Aussage zu verstehen. Er wählte eine Telefonnummer, wartete, bis er den anderen Teilnehmer in der Leitung hatte, schaltete dann den Lautsprecher ein und wandte sich an Schiller.

›Wie lautet Ihr Angebot?‹

›Ich will ein von der Justizbehörde verfasstes und unterzeichnetes Dokument, das mir garantiert, von jeder direkten oder indirekten Strafverfolgung verschont zu werden, in diesem Land und in jedem anderen.‹

Schiller sah Gallo eindringlich in die Augen und wartete auf dessen Reaktion. Dann sagte er laut, damit man ihn auch am anderen Ende der Leitung verstehen konnte: ›Sagen Sie mal, hören Sie mir eigentlich zu? Sie haben nicht wochenlang Zeit, um diesen Deal erfolgreich zu Ende zu bringen, sondern weniger als vierundzwanzig Stunden. Es ist schließlich nicht das erste Mal, dass sich Ihre Regierung auf so etwas einlässt. Wie viele Terroristen der ETA haben Sie schon als Gegenleistung für Informationen freigelassen? Ich rate Ihnen, sich zu beeilen‹, fügte er hinzu.«

Senda versuchte, sich eine Zigarette anzuzünden. Als die Flamme knisterte und zwischen ihren Fingern erlosch, ließ sie das Streichholz in den Aschenbecher fallen, behielt aber die Zigarette im Mund.

»Ist alles mit Ihnen in Ordnung?«, fragte Judith fürsorglich.

»Ich würde mir gern ein wenig die Beine vertreten.«

Judith gab Senda die Hand und half ihr hoch. Als sie es schaffte, sich hinzustellen, taten ihr die Knochen weh. Sie machte ein paar Schritte im Zimmer. Ihre Gefühle standen ihr deutlich ins Gesicht geschrieben.

»Am liebsten hätte ich ihn gewürgt, bis er auch noch das letzte Detail über diesen Fall ausgespuckt hatte, aber ich war zum Aufstehen zu schwach, und ich war mir gleichzeitig nicht sicher, ob Gallo mich nicht daran gehindert hätte.«

»Warum haben die Behörden ihn freigelassen?«

»Was glauben Sie, wie die Öffentlichkeit reagiert hätte, wenn wir die zwei Kinder vorsätzlich hätten sterben lassen? Für die anderen war es zu spät, doch diese beiden rechtfertigten jeden Kompromiss.«

In Sendas Augen war wieder diese graue, eisige Kälte,

die Judith bei ihrer ersten Begegnung mit der Französin so überrascht hatte.

»Es war eine finstere Nacht und goss in Strömen. Der Sturm peitschte die Blätter von den Bäumen und den Regen vor sich her. Dieses Unwetter schien zwischen den entführten Kindern und uns eine Grenze zu ziehen. Wir fuhren in zwei Rettungswagen, die wie Feldlazarette ausgestattet waren. Ich saß im vorderen Wagen auf der Rückbank, neben mir der Anwalt von Schiller. Die geforderten Dokumente waren dem Anwalt vollständig übergeben worden. Gallo saß im zweiten Wagen. Ein drittes Auto bildete das Ende des Konvois. Die Fahrt dauerte nicht lange, etwa eine Dreiviertelstunde. Schiller hatte seinem Anwalt einen Plan gegeben. Am Ende eines einsamen Wegs, der in eine Sackgasse mündete, erkannte ich im Licht der Scheinwerfer ein Schieferdach, das durch ein Wäldchen vor Blicken geschützt war. Da stand ein kleines Haus. Wir waren am Ziel. Ich ging als Erste hinein. Als ich die Kellertür öffnete, schlug mir ein fürchterlicher Geruch entgegen. Ich brauchte einige Sekunden, bis ich den Lichtschalter fand. Zwei mit blauen Flecken und Quetschungen übersäte Körper lagen auf zwei Liegen. Die dritte Liege war leer. Das musste die Pritsche von Alicia Molina sein, deren Leichnam wir bei Cassel gefunden hatten.

Sie waren nackt, an die Wand gekettet und so abgemagert, dass ihre Rippen hervorstanden. Ihre Gesichter waren unter Kapuzen verborgen. Am äußersten Ende ihrer Ketten befanden sich ein Wassernapf und trockene Brotkanten. Leise rief ich ihre Namen, aber ich bekam keine Antwort. Ihre Unbeweglichkeit ließ mich erschauern. Ich wagte nicht, selbst nachzusehen, trat beiseite und ließ das Rettungsteam seine Arbeit machen. Nach etwa zehn Sekunden rief einer der Ärzte erfreut: ›Einer lebt noch.‹

Wir hatten Jason Dumas gerettet, doch Didier Falque war

erstickt. Ich sah mich im Haus um. In der Garage stand der Rover. Er war noch auf seinen früheren Besitzer gemeldet. In dem kleinen Haus waren ein Zimmer und das Bad nach Schillers Bedürfnissen eingerichtet. Die Fenster waren mit schwarzer Folie überklebt, die Wände waren mit pornografischen Szenen tapeziert. Alle Geräte zum Filmen und für die Projektion waren vorhanden. Es gab Kassetten, aber nachdem wir sie alle durchgesehen hatten, konnten wir über die drei bekannten Opfer hinaus keine weiteren entdecken.«

Der Bericht der Kommissarin und die ausführlichen Zeitungsartikel nach Vincent Connelys Tod ließen Judith erschaudern. Jetzt sah sie die Dinge in einem anderen Licht. Es gab keine Zweifel mehr. Sie hatte an die Unschuld ihres Mandanten geglaubt, sich geirrt und ahnte nun, was für sie zu einem akuten Gewissenskonflikt werden konnte. Die Aussicht darauf war nicht besonders ermutigend. Zugleich musste sie noch immer an die ermordete Linda denken. Sie verdrängte jedoch die in ihr aufsteigenden Gewissensbisse.

»Warum sind Sie nicht mit dem Fall an die Öffentlichkeit gegangen?«, fragte Judith.

»Nur ein paar Leute wussten, was wirklich geschehen war. Außerdem waren wir an die Abmachung gebunden.«

»Aber nachdem Sie die Kinder gefunden hatten, hätten Sie den Fall trotzdem publik machen können. Da gingen sie kein Risiko mehr ein. Noch dazu, weil eines der Kinder bereits gestorben war.«

»Diese Möglichkeit haben wir durchaus in Betracht gezogen. Doch wir hatten Angst. Denn Schiller hatte gedroht, wieder anzufangen, falls das Versprechen gebrochen würde.«

Judith ließ den letzten Satz im Raum stehen und entgegnete dann ziemlich wütend: »Trotzdem ist genau das geschehen. Sie haben lieber geschwiegen und damit den

Tod von vier unschuldigen Kindern auf dem Gewissen. Sie wollten mich davon überzeugen, dass …«

Zum ersten Mal, seit sie dieses Zimmer betreten hatte, spürte Senda die Feindseligkeit und die Frustration, die sich hinter diesen Worten verbargen.

Sie setzte sich wieder auf die Couch und suchte Judiths Blick. Dann hob sie die Hand, um die Dinge auf den Punkt zu bringen.

»Sie irren sich, Judith. Mit den Verbrechen, die hier geschehen sind, hat Connely nichts zu tun.«

Barron

»Meister, habe ich die Hoffnung,
unter ihnen jene zu erkennen,
die sich solcher Verbrechen schuldig gemacht haben?«
»Dein Gedanke ist eitel.
Dieses ihnen innewohnende unsichtbare und
abscheuliche Leben macht sie nicht erkennbar.«

aus: Dante Alighieri, *Die göttliche Komödie*

Kapitel 1

I

Senda landete um sieben Uhr morgens am Flughafen Charles-de-Gaulle und nahm ein Taxi zu ihrer Wohnung. Sie hatte niemanden von ihrer Rückkehr unterrichtet.

Endlich war sie wieder zu Hause, in ihrer Dreizimmerwohnung in einem luxuriösen Mietshaus im Marais. Die Preise in diesem Viertel waren astronomisch, aber ihre Miete durfte nicht erhöht werden. Das war ebenso viel wert, als hätte sie zum richtigen Zeitpunkt Aktien von IBM oder Microsoft gekauft.

Im Frühling sah sie von ihrem Wohnzimmerfenster aus die großen weißen Blüten der Magnolien, die das grüne Laub wie Sterne überzogen.

Seit sechs Jahren wohnte sie hier. Sie hatte ein Zimmer nach dem anderen eingerichtet und die meisten Möbel und Gegenstände auf dem Flohmarkt oder über private Kleinanzeigen gekauft.

An den Wänden hingen keine Andenken. Nein, es gab nichts, was sie mit Erinnerungen oder ihrer Vergangenheit in Verbindung gebracht hätte. Es gab Bücherregale, einen großen Orientteppich, einen Diwan und Stühle, die um einen lackierten Teakholztisch gruppiert standen, der aber noch nie der Mittelpunkt eines Festessens gewesen war oder eines letzten Glases ihr zu Ehren.

Eines der beiden Schlafzimmer diente ihr als Büro: also noch mehr Regale, noch mehr Bücher und ein Computer. Ein kleiner Gang führte in die Küche und ins Bad.

Nach mehr als einem Monat Abwesenheit roch ihre Wohnung muffig. Pauline, die Nachbarin unter ihr, hatte vergessen, die Blumen zu gießen und den Kühlschrank auszuräumen, doch damit hatte sie gerechnet. Pauline war mit dem ununterbrochenen Defilee ihrer Männerbekanntschaften überlastet und der geradezu verzweifelten Suche, unter ihnen einen Ehemann zu finden.

Senda sah ihre Post durch; kein Brief, keine Karte, die an sie persönlich gerichtet war. Jeder Umschlag enthielt eine Rechnung oder einen Werbeprospekt. Sie ging einmal durch die Wohnung und öffnete alle Fenster. Als sie damit fertig war, trat sie ins Bad und zog sich vollständig aus. Sie war deprimiert und blieb so lange wie möglich in der Badewanne. Dann betrachtete sie sich im Spiegel an der Rückseite der Tür.

Sie hatte abgenommen; ihre blauen Flecken verfärbten sich gelb. Sie zuckte mit den Schultern, ging ins Wohnzimmer und trat auf den Balkon.

Sie schämte sich nicht für ihre Nacktheit, und wenn irgendein Verrückter sie mit dem Fernglas beobachtete und die Gelegenheit nutzte, um zu onanieren, dann sollte er es eben tun. Dann machte sie die Fenster und Läden zu, legte sich auf den Diwan und hörte eine CD von Cold Play. Ihr schien, dass diese Band sich in einer Welt bewegte, die ähnlich verloren war wie ihre eigene.

I was just guessing
The numbers and figures
Pulling the puzzles apart

Sie schloss die Augen und hörte auf den Text. Endlich fand sie zu einigen verborgenen Stellen in ihrem Selbst zurück. Noch spürte sie ihre Einsamkeit, aber ihre Verletzung nicht mehr. Der Schmerz war nicht länger bohrend, er war nun dumpf.

Vincent Connely war gesichtslos geworden, ebenso Raphaël Schiller. Sie würden nie mehr zurückkehren.

Sie sah Tony Perez wieder vor sich. Er erschien ihr wie das Glied einer Kette, die sich durch alle diese Jahre zog und sie bis zu ihrem ersten Kuss führte, mit Karim am Strand von La Marsa. Damals war sie vierzehn gewesen, ein kleines flachbrüstiges Mädchen, das niemand ernst nahm. Tonys Küsse waren genauso fern. Sie glichen Bildern auf einer Leinwand, bei denen sie nur selten zu ihren eigenen Gefühlen fand.

Senda presste eine Hand auf ihre Brust. Ihr Körper strahlte eine gesunde Wärme aus. Sie litt kaum noch, obwohl sie seit zwölf Jahren täglich stechende Schmerzen, bleischwere Knochen und Anflüge von Migräne plagten.

Sie begann im Dunkeln nachzudenken. Schließlich besiegten Musik und Worte ihren Geist, und es blieb nur noch ein leuchtendes, beruhigendes Blau, das allmählich verblasste.

Dann war ihr Geist völlig leer und glänzte wie die Wasserfläche eines Sees, auf dessen Grund sie sich gleiten ließ.

II

Sie schlief vierundzwanzig Stunden. Das Klingeln des Telefons drang in ihren Schlaf wie ein Vulkan, der plötzlich Feuer speiend aus den dunklen Wassermassen des Ozeans auftaucht. Senda erwachte und blieb liegen, ihr Blick war glasig.

Ganz gleich, zu welcher Stunde oder unter welchen Umständen, Charles Gallo pflegte immer einen betont höflichen

Umgangston. Es war sinnlos, sich den Kopf zu zerbrechen, woher er wusste, dass sie zurückgekommen war. Schließlich gehörte es zu seinem Beruf, das zu wissen, was man ihm verheimlichen wollte.

»Bitte entschuldigen Sie, dass ich Sie aus dem Bett hole.«

Er hielt ihr einen Vortrag voll gespielter und naiver Gutgläubigkeit. Sie habe alle Prüfungen bestanden und das Böse besiegt, sie sei wieder in den Kreis der Familie zurückgekehrt und habe trotz alldem ihr Schweigen nicht gebrochen. Er beteuerte seine Freundschaft und Zuneigung.

»Monsieur Gallo …«

»Ja?«

»Ich hätte gern Zugang zum Dossier Schiller.«

Nach einem verblüfften Schweigen antwortete Gallo: »Ich glaube nicht, dass das möglich sein wird. Wir haben die Akten vernichtet. Interessieren Sie sich noch immer für diese Geschichte?«

»Nein. Es ist nicht wichtig. Reine Neugier.«

»Sie sollten sich erholen. Sie müssten doch noch ein paar Tage Urlaub haben. Nehmen Sie sich frei. Besuchen Sie Ihre Eltern und vergessen Sie das alles.«

Das würde dir wohl so passen!, dachte Senda, nachdem Gallo aufgelegt hatte. Sie hatte nicht die leiseste Absicht, den Behörden einen einzigen Urlaubstag zu schenken.

Sie zog sich an, trank schnell am Tresen eines italienischen Cafés einen Espresso und ging los, um ihr Auto vom Parkplatz der Polizei abzuholen. Ein schwarzer Jeep, den ihre Abteilung von einer Razzia bei einer Bande von Schutzgelderpressern beschlagnahmt hatte. Er hatte schwarze Ledersitze, einen CD-Player und eine Klimaanlage. Es fehlte an nichts.

Das Autofahren fiel ihr heute schwer; schnelles Lenken bereitete ihr Schmerzen, und ihre Schulter war noch nicht wirklich verheilt. Zum Glück war ihr Jeep mit einem Automatikgetriebe ausgestattet.

Sie fuhr zum medizinisch-sozialen Zentrum der Polizei und musste eine Stunde warten, ehe sie vom diensthabenden Arzt behandelt wurde.

Nachdem er sich ihre Verletzungen angesehen hatte, entfernte er die Klammern und röntgte sie.

Er setzte sich an seinen Schreibtisch.

»Ich weiß nicht, was Ihnen zugestoßen ist und wo Sie gewesen sind, aber die medizinische Versorgung war da nicht allzu schlecht.«

Er begann die nötigen Formulare auszufüllen.

»Eine Woche Dienstunfähigkeit«, sagte er und sah sie an.

»Sechs.«

Er deutete ein Lächeln an.

»Hören Sie, Sie brauchen nicht noch einmal Ihren Verband wechseln zu lassen. Ihr Knie wächst wieder zusammen. Zwei Wochen sollten reichen.«

»Ich denke, ja«, sagte sie nachdenklich.

III

»Hallo Doktor«, sagte Senda und öffnete die Wohnungstür.

Sie bat ihn, sich zu setzen.

Dieser Idiot hat sich nicht verändert, dachte sie.

»Ich brauche Ihre Hilfe.«

»So wie alle, meine Schöne. Kaum zu glauben, wie beliebt ich bin«, sagte er mürrisch. »Erklären Sie das mal meiner Frau, sonst glaubt die mir das nie! Also gut, was kann ich für Sie tun, Sie Ungeheuer?«

»Es gibt in L. A. einen neuen Schiller.«

»Noch einen? Sie scheinen die ja zu sammeln!«

Senda zog eine Schublade auf und breitete die Fotos der ermordeten Kinder in der Firma Delta und einen Stadtplan von Los Angeles vor ihm aus.

»Jeden Mord habe ich mit einem Kreuz gekennzeichnet und mit einer kleinen Legende versehen«, sagte sie.

Er stand auf und heftete den Stadtplan und die Fotografien an eine freie Wand des Wohnzimmers zwischen zwei Bücherregalen.

»Ein neues Territorium. Also, sagen Sie mir alles, was Sie wissen und was Ihnen einfällt.«

»Hat das FBI ein Täterprofil erstellt?«

»Nicht, dass ich wüsste. Die Polizei in L. A. hatte schon einen Täter. Sie hat auch überprüft, ob andere, früher begangene Verbrechen Übereinstimmungen mit den dortigen aufwiesen und ist auf einen einzigen Fall gestoßen. Hier, in diesen Unterlagen gibt es einen Artikel darüber.«

»Offensichtlich sind Sie mit den Schlussfolgerungen Ihrer amerikanischen Kollegen nicht einverstanden.«

»Nein. Aber das Ganze kommt mir wie ein Déjà-vu-Erlebnis vor.«

Sie zündete sich eine Zigarette an und legte die Füße auf ihren Schreibtisch.

»Verschweigen Sie mir nichts, großer Magier!«

Dr. Posso warf ihr einen Blick zu und lächelte. Er hatte schon immer eine Schwäche für Senda gehabt. Und als er die Fotos sah, begriff er, wie sehr dieser Fall die Frau erschüttern und verfolgen musste.

»Sprechen wir von demselben Mann?«

»Er ist eher ein *copycat*, um es im amerikanischen Jargon zu sagen. Er will uns glauben machen …«

»Wem?«

»Ihnen und ganz eindeutig allen, die mit dem Fall Cassel

zu tun hatten, diesen … Connely inbegriffen. Die im Motel erdrosselte Frau, der Tod dieser Linda: Das sind Tricks, um die Meute auf eine falsche Fährte zu locken, die er ausgelegt hat. Trotzdem …«

»Was noch, Doktor?«

Dr. Posso schien seine Gedanken zu ordnen, ehe er antwortete: »Es ist etwas in seinem Handeln, das über die notwendige, einfache Planung hinausweist. Dieser Mann arbeitet wie ein Künstler; er unterbreitet sein Werk, er sucht nach einer Inspiration. Denken Sie an die kleine Alicia. Ihr Leichnam war zwischen der Garagenwand und dem Auto versteckt. Diese drei hier sind wie Trophäen oder Gemälde ausgestellt, man könnte sogar von einem Fresko sprechen. Ich habe den Eindruck, dass diese gesamte Inszenierung den Rahmen dessen sprengt, was Sie bisher darin gesehen haben: nämlich Connely als Täter.«

»Doch sein Tod wird den Mörder nicht bremsen.«

Das war eine Feststellung, keine Frage.

»Gewiss nicht. In Zukunft wird er die Leichen verschwinden lassen, damit man zwischen seinen Morden keinen Zusammenhang herstellen kann.«

Dr. Posso betrachtete noch einmal aufmerksam die Fotos.

»Da ist diese seltsame Inschrift an der Wand, ich …«

»Eine Signatur?«, fragte Senda schnell.

Er ließ sich Zeit, bevor er antwortete: »Ich würde sogar sagen: mehr als das. Ein Markenzeichen … Ich nehme an, es handelt sich genau darum, ein Markenzeichen. Eine Marke. Vielleicht etwas, hinter dem er sich versteckt. Eine Maske.«

»Ich will endlich verstehen. Dann kann ich diesen Fall begraben. Wer ist dieser Mann, Doktor Posso?«

»Gute Frage. Der Erfolg, den er bei der Ausführung seiner Verbrechen hat, und die Anstrengungen, die er unternommen hat, um der Polizei zu entwischen, werden ihn sicher dazu animieren, weitere, ähnliche Verbrechen zu begehen. Diese Kreatur sieht wie ein Mensch aus. Sein Gehirn funktioniert auf eine Weise, die Ihnen fremd ist. Eine schwierige Etappe hat er bereits bewältigt, immerhin hat er mehrere Verbrechen begangen und ist trotzdem nicht gefasst worden. Ein Mann, der nachahmt und beeindrucken will. Er ist jung, kräftig und in bester körperlicher Verfassung, außerdem sexuell aktiv. Er ist sehr gebildet, hat wissenschaftliche Grundkenntnisse und weiß gut über die Ermittlungsweise der Polizei Bescheid. Das macht ihn noch gefährlicher und zum Musterbeispiel eines Psychopathen. Denn er ist nie nur er selbst: Keine Stimme mahnt ihn zur Vernunft. Er will mit etwas Größerem, Zeitloserem in Verbindung treten. Er ist weltoffen und gesellig, aber zugleich einzelgängerisch und verschwiegen. Er spricht gern über seine sinnlichen Erlebnisse, aber nur, wenn er dabei seine Anonymität wahren kann. Er schmiedet große Pläne für seine Zukunft. Er begibt sich auf eine Suche, die er in mehrere Phasen unterteilt hat. Wir haben gerade die erste erlebt. Ich würde sie als Testphase bezeichnen. Und seiner Ansicht nach ist sie sehr positiv verlaufen.«

»Und die zweite?«, fragte Senda widerstrebend.

»Ich glaube, die zweite besteht darin, weiterzugehen und seine Marke, seine Signatur zu etablieren.«

»Wollen Sie damit sagen …«

Senda schwieg und ließ ihren Satz im Raum stehen.

»… dass er seine Triumphe vergrößern und Anhänger gewinnen wird, weil er als Meister anerkannt werden will«, schloss Dr. Posso.

Senda hätte sich am liebsten übergeben.

»Was soll ich tun? Sie sind doch ein Spezialist des Todes, oder nicht?«

Ihre Bemerkung machte ihn für mehrere Sekunden sprachlos. Sie bewirkte anscheinend auch, dass sein Panzer Risse bekam.

»Dieser Mann ist ein Mörder, und zwar einer von der schlimmsten Sorte. Doch er hat ein großes Mitteilungsbedürfnis. Er ist kein gewöhnlicher Serienkiller. Mörder wie Bundy und Dahmer waren ganz verrückt danach, ihre Glanztaten den Polizisten und Psychiatern zu erzählen. Sie konnten sich nur in der realen Welt ausdrücken. Die neue Generation der Monster hat mehr Chancen. Wir eröffnen ihnen die virtuelle Welt. Ein Computer, ein Modem, ein Pseudonym: Auf diese Weise können sie völlig anonym kommunizieren. Das FBI hat zwei Jahre gebraucht, um eine Gruppe Pädophiler festzunehmen, die über E-Mail miteinander kommunizierten und sich mit ihren Erlebnissen brüsteten. Versuchen Sie es mit dem Internet«, sagte Dr. Posso. »Es ist im Moment große Mode, derartige perverse Handlungen dort zu dokumentieren. Allein in den Vereinigten Staaten surfen ein paar Millionen Menschen im Internet, und niemand hat die geringste Ahnung, wer diese Leute sind. Sie werden nach L. A. fliegen, stimmt's? Warum?«

Die Entschlossenheit ihrer Antwort überraschte ihn: »Ich will versuchen, das wiederzufinden, was ich verloren habe.«

Welke Blätter fielen von den Bäumen, als sie über den kleinen Platz zu ihrem Jeep ging. Sie musste eine Runde drehen, bis Dr. Possos Geruch nicht mehr in ihrer Wohnung hing. Über pausbäckige Putten aus Stein rann Wasser in mit Seerosen bewachsene Becken.

Natürlich waren Dr. Posso die Bilder bekannt vorgekommen.

Die Nacht war eiskalt, also schaltete Senda die Heizung

ein. Das Fahren tat ihr gut. Sie nahm ihren Flachmann mit Cognac aus dem Handschuhfach, den sie dort für Notfälle deponiert hatte. Schon seit Jahren war sie ein Notfall. Schwachsinn war das alles! Plötzlich hatte sie eine Eingebung.

Hélène Wang! Sie musste mit Hélène Wang reden … Sie schluckte eine ihrer kleinen Tabletten.

Sie lächelte und dachte, dass es auf eine mehr oder weniger nicht mehr ankam.

Als sie wieder zu Hause war, zündete sie ein Feuer im Kamin an und legte ein paar Pillen auf den Couchtisch. Sie schenkte sich ein Glas Rum ein und entnahm einem granatfarbenen Samtsäckchen die Menge Stoff für ein paar Joints: Heute Abend würde sie keine Albträume haben.

Weihnachten würde es vielleicht schneien. Aber das war ihr vollkommen egal! Den Tod kannte Senda inzwischen besser als das Gesetz, und auf ihr Gedächtnis konnte sie sich verlassen.

Kapitel 2

Wieder einmal sah er sich im Souterrain seiner Villa die Videofilme an, die er in der Firma Delta aufgenommen hatte. Das Wesen lag zu seinen Füßen.

Er ließ sich streicheln und sah, wie sich Nummer eins schwach gegen eine Kraft wehrte, so viel stärker als die seine. Er sah, wie der Körper unkontrolliert zuckte, weil das Gehirn durch den Sauerstoffmangel ungenügend durchblutet wurde.

Er sah sein von Begierde verzerrtes Gesicht und tauchte in die Gedankenwelt jenes berauschenden Augenblicks ein. Er sah sich wieder in Erwartung des quellenden Bluts, das gleich drei wilden Blumen aufblühen würde.

Das Messer schwebte eine Ewigkeit über ihnen, glitt unter den Bauch. Die scharfe Klinge ruhte auf der samtenen Haut. Dann die Ekstase!

Anschließend hatte er sie mit ihren heraushängenden Organen aufgestellt, als Opfergaben geschmückt.

Statuen!

Jetzt war er bereit.

Eine warme Glut loderte in seinem Geschlecht. Er dachte an den Druck des milchigen Samens, der aus seinem Penis spritzen würde, um sich in den Untiefen des unterwürfigen Wesens zu verlieren.

Er streckte die Hand aus.

In einer Ecke des Zimmers blinkte schwach ein elektronischer Puls, links oben auf dem Bildschirm eines Computers.

Kapitel 3

I

Am späten Nachmittag traf sich Senda Barhi mit Hélène Wang im Tea Caddy, einem elitären Teesalon in der Nähe der Kirche Saint-Julien-le-Pauvre. Als sie eintraf, hatte Hélène es sich bereits bequem gemacht. Senda rutschte auf die freie Sitzbank neben ihr. Hélène war Chinesin, und Senda staunte wieder einmal über ihre Ähnlichkeit mit Gong Li. Die junge Frau sah fantastisch aus und war, wie immer, von einer Aura aus Geheimnis und Tragödie umgeben. Die beiden hatten sich bei dem Fall Renard kennengelernt und trafen sich seitdem einmal im Monat am selben Ort. Sie bestellten geräucherten Tee und Buttergebäck. Hélène war eine berühmte Romanautorin und kannte die gesamte Pariser Szene, aber sie kannte auch das andere, eher zwielichtige Paris, das ihrer Meinung nach so viel interessanter war.

»Du siehst nicht besonders gut aus, Sendussa. Ich habe ein paar Zauberpillen für dich, wenn du willst«, sagte sie und wühlte in ihrer Handtasche.

Hélène war seit Jahren eine wandelnde Apotheke und stand in dem Ruf, zu jeder Tages- und Nachtzeit alles Mögliche zu schlucken.

Senda lächelte und enthielt sich jeden Kommentars. Sie verstand Hélènes Ängste und auch ihre Abhängigkeit von

Medikamenten, denn sie kannte beides aus eigener Erfahrung.

»Nein danke, jetzt nicht. Aber du könntest mir helfen. Ich brauche eine Adresse«, flüsterte sie.

Senda schob ihr ein Papier über den Tisch zu. Hélène starrte sie sekundenlang an.

»Ich rufe dich morgen an.«

Dann stand sie auf, schritt wie eine Filmdiva zum Ausgang, zwinkerte Senda verschwörerisch zu und war verschwunden.

Als Senda den Teesalon verließ, hatte sie die Hände tief in die Taschen ihres Mantels gesteckt und den Kragen aufgestellt. Sie ging zu Fuß durch die Stadt. Der Marsch tat ihr gut. Als sie zu Hause war, hörte sie ihren Anrufbeantworter ab. Sie hätte gern eine Geheimnummer gehabt, doch das war nicht möglich gewesen. Die Polizeibehörden und das Innenministerium hatten ein legitimes Interesse daran, sie jederzeit erreichen zu können. Um ihre Privatsphäre zu schützen, sortierte sie die Anrufe mit einem Anrufbeantworter, und sollte jemand Drohungen oder Obszönitäten auf ihr Band sprechen, riskierte er, identifiziert zu werden.

Senda drückte auf den kleinen Knopf des Kästchens, das an ihren Anrufbeantworter angeschlossen war, und überprüfte die Nummern auf dem Display. Drei Anrufe stammten aus ihrem Büro, einer von ihren Eltern.

Minuten später hatte sie ihre Mutter am Apparat.

»Habt Ihr meine Postkarten aus L. A. erhalten?«

»Ja, mein Schatz. Wann bist du zurückgekommen?«

»Vorgestern.«

»Warum besuchst du uns nicht dieses Wochenende? Laut Wetterbericht soll die Sonne scheinen.«

»Das kann ich nicht, Maman. Tut mir wirklich leid.«

»Arbeitest du weiterhin so viel? Dein Vater sagt, er hat noch nie jemanden gesehen, der so viel arbeitet wie du. Kommst du dann zu Weihnachten?«

»Das weiß ich noch nicht.«

»Was sollen dein Vater und ich denn machen? Sollen wir den Truthahn etwa zu zweit essen?«

»Ich versuch's, Maman. Ist Papa da?«

»Nein, er macht seinen Spaziergang. Wie jeden Tag. Das sei ganz wichtig, sagt der Doktor.«

»Wie geht es ihm?«

»Viel besser. Er hält Diät und raucht nicht mehr. Er würde dich sehr gern sehen. Na ja, ich hoffe wirklich, du kommst.«

Es herrschte kurz Schweigen, und Senda spürte, dass ihre Mutter kurz davor war zu weinen.

»Ich hoffe, dass ich kommen kann, Maman. Das verspreche ich dir.«

»Sendussa?«

»Ja, Maman.«

»Bitte ernähre dich noch von anderen Dingen außer Kaffee und Zigaretten!«

II

Der Mann an der Haustür sah wie ein romantischer Dichter aus. Er hatte braunes Haar, das lockig auf seine Schultern fiel, große schwarze Augen in einem intelligenten Gesicht, einen mindestens eine Woche alten Bart und vor allem einen unwiderstehlich sinnlichen Mund! Er hatte ein weißes Hemd und Jeans an und war barfuß. Er rauchte eine Zigarre und war bestimmt nicht älter als fünfundvierzig.

»Hugo? Ich bin eine Freundin von Hélène. Sie wollte Ihnen …«

»Senda, ja. Ich weiß Bescheid. Möchten Sie etwas trinken?«

»Einen Tequila, bitte.«

Er stellte ihr ein Glas hin, eine Untertasse mit einem kleinen Salzstreuer und eine Limettenscheibe.

»Was kann ich für Sie tun?«

Er hatte eine sanfte, beruhigende Stimme. Senda gab sich ernst und förmlich, denn sie wollte sich ein Bild von ihm machen, ehe sie seine Neugier vollständig befriedigte. Sie kramte in ihrer Tasche, nahm ihre Dienstmarke heraus und legte sie auf den Tresen aus polierter Eiche. Sie trank einen Schluck aus ihrem Glas, ließ den Mann aber nicht aus den Augen.

Er warf einen Blick auf das Abzeichen.

»Sind Sie so was wie ein Superbulle?«, fragte er amüsiert.

»Nicht ganz. Ich gehöre zu einer Spezialabteilung der Kriminalpolizei. Also eigentlich bin ich die Chefin dort.«

»Sie wirken eher, als wären Sie … im Urlaub.«

»Das stimmt in etwa.«

»Warum wollen Sie mich sprechen?«

»Sie gefallen mir.«

Hugo schnitt eine Grimasse, die man nur mit viel gutem Willen als Lächeln bezeichnen konnte.

»Das ist albern. Sie kennen mich ja gar nicht.«

Senda betrachtete ihn nachdenklich.

»Sie sehen ziemlich harmlos für einen Typen aus, der als einer der gefährlichsten Hacker der Welt gilt.«

»Wenn ich mich nur einem Computer nähere, komme ich für zwanzig Jahre in den Knast.«

»Ihnen werden neunundvierzig Computerstraftaten zur Last gelegt, aber es liegen keine Beweise vor. Sie haben nichts zu befürchten, glauben Sie mir!«

Hugo blieb vor Staunen der Mund offen stehen. Er wirkte völlig verloren.

»Mir gefällt, was Sie machen. Sie sind eine Art Künstler … Wenn Sie so außergewöhnlich sind wie Ihr Ruf … Ich brauche jemanden, der in der virtuellen Welt unterwegs ist. Ich muss dort Leute treffen oder genauer gesagt: eine Person treffen«, fügte sie mit einem Lächeln hinzu.

Den letzten Teil ihres Satzes hatte sie mit vehementer Entschiedenheit betont.

Sie hatte ihr Glas geleert und beobachtete ihn aufmerksam. Hugo schien etwas verunsichert zu sein.

»Ich verstehe nicht ganz, warum Sie sich an einen Kerl wie mich wenden.«

»Sie sind meine letzte Hoffnung. Es geht um ein Monster. Ich brauche Sie. Ich will ein Monster aufspüren, das Kinder zu Tode foltert. Dieser Mann tut das, was wir uns nicht einmal in unseren schlimmsten Träumen vorstellen können. Er kennt kein Erbarmen. Er nimmt, was er will und wann er will, dann verschwindet er.«

»Und wie finden wir ihn?«

»Sie finden ihn!«

III

Senda wachte wegen der Zeitverschiebung auf. Sie rollte sich auf die rechte Seite und sah auf die Uhr mit den Leuchtziffern auf dem Nachttisch. Vier Uhr früh.

Ganz langsam schlüpfte sie aus dem Bett. Die Innenseiten ihrer Schenkel waren noch klebrig und erinnerten sie daran, dass sie kein Kondom benutzt hatten. Es war ihr egal.

Hugo hatte sein Gesicht unter einem Kissen vergraben und schlief. Er atmete regelmäßig, sein Brustkorb hob sich sanft.

Sie zog ein T-Shirt an, suchte ihre Zigaretten und setzte sich auf einen Stuhl in der Nähe des Fensters.

Diese Erfahrung hatte Senda physisch und emotional ausgelaugt. Die Zahl und die Intensität ihrer Orgasmen hatten sie erschüttert. So etwas hatte sie noch nie erlebt, noch nicht einmal mit ihrem Vibrator. Zusätzlich zu ihrer körperlichen Lust hatte sie etwas anderes gefühlt, etwas, das sie nur schwer in Worte fassen konnte.

Sie fragte sich, wie sie reagieren würde, wenn er nicht in der Lage wäre, ihr zu helfen; oder einfach, was sie machen würde, wenn sie von ihm bekäme, wonach sie suchte.

Sie verscheuchte diese Gedanken. Sie hatte keine Lust, daran zu denken. Für dieses Problem hatte sie keine Lösung. Sie wollte sich nur am Hier und Jetzt berauschen.

»Denkst du an diese Kinder?«

Sie drehte sich zu ihm um und setzte sich auf die Bettkante. Er rieb sich die Augen, knipste die Nachttischlampe an und nahm sie in die Arme. Ganz leise murmelte Senda etwas Unverständliches, woraufhin kleine Funken in seinen Augen sprühten. Sie lagen sich eine Weile schweigend in den Armen.

»Ich will dieses Monster einfach dingfest machen«, sagte sie. »Doch ich weiß nicht, wie. Bis jetzt hat er nicht einen einzigen Fehler begangen.«

Sanft machte sie sich aus der Umarmung frei. Hugo hatte noch nie einen so durchdringenden Blick gesehen.

»Machen wir uns an die Arbeit«, schlug er vor.

IV

Senda zeigte ihm ein zerknittertes Stück Papier.

»Ist das alles? BA.RR.ON! Ah, da ist auch eine Zeichnung. Was stellt sie dar?«

»Seine Signatur. Sie stand an der Wand über den Opfern.«

Hugo unterzog sich einem seltsamen Ritual. Ehe er sich an seinen Computer setzte, rieb er sich die Hände, drehte sich zweimal um sich selbst und tat so, als würde er ausspucken. Es fiel ihr schwer, ernst zu bleiben.

»Das habe ich in dem Film *Shakespeare In Love* gesehen. Gut, fangen wir an. Das hier ist nicht nur ein System mit mehreren Monitoren«, erklärte er, »es gibt auch eine DS3-Verbindung, mit der man simultan zu sieben Netzen Zugang hat. Am Ende meines Studiums habe ich den Quellcode des Wurms geschrieben, den ich nun schon seit Jahren benutze. Im Untergeschoss eines Archivs befindet sich der einzige PD10, der noch ans Internet angeschlossen ist, aber fast niemand weiß, dass es ihn gibt. Es handelt sich um ein ITS-Gerät, das aus historischen Gründen noch online ist. Da habe ich meinen Wurm versteckt, denn dort wird ihn niemand suchen.«

Er stand behutsam auf, zündete sich eine Zigarette an und lehnte einige Augenblicke an der Wand. Bevor er sich wieder vor den Bildschirm setzte, küsste er Senda auf den Hals und auf den Mund. Es war ein langer Kuss, den sie erwiderte.

Sie sah sich wie aus weiter Ferne, so fassungslos, dass sie sich fast selbst nicht wiedererkannte.

Plötzlich erschienen die Worte »Decrypting Data« auf dem Bildschirm. Sekunden später war der leuchtende Wurm da. Hugo tippte schnell eine rätselhafte Zahlenreihe ein, dann drehte er sich zu Senda um.

»Ich habe meinen Wurm gestartet.«

Als Zeichen ihrer rückhaltlosen Solidarität setzte sich Senda auf seinen Schoß.

»Was können wir jetzt noch tun?«

»Vögeln. Ich habe bereits den Code verändert, damit uns niemand auf die Schliche kommt. Wir haben zwölf Stunden Zeit, um die Hydra zu finden. Na los, wir legen uns wieder hin.«

Kapitel 4

Er saß in der vom Leuchten der Bildschirme erhellten Dunkelheit und gestaltete das Spiel neu, indem er immer wieder die Strategien änderte.

Anfangs waren Landschaft und Umgebung einfach angelegt gewesen und hatten nur fantasielose Spieler interessiert, jämmerliche Pädophile oder Vergewaltiger kleiner Mädchen. Da sich die Technik im Lauf der Zeit weiterentwickelte, war seine Ungeduld inzwischen zu einer Obsession geworden.

Tatsächlich hatte er sein Spiel perfektioniert, ehe er seiner wahren Natur Ausdruck verliehen hatte. Heute besaß er die Macht. Er war der unangefochtene Meister und herrschte über eine neue Welt. Er war das Gesetz und die Wahrheit. Schiller hatte nur den ersten Schritt dazu gemacht.

Schon bald würde die ganze Welt seine Vorlieben und Instinkte als völlig normal betrachten.

Man ist im Unrecht, wenn man zu früh recht hat. Wer diesen Gedanken formuliert hatte, daran konnte er sich nicht mehr erinnern, aber er empfand ihn als logisch und machtvoll.

Schließlich geht es doch immer wieder um dasselbe. Zwischen Machtausübung, sexuellem Verlangen und sexueller Erfüllung existieren in den Windungen des Gehirns nichts als Synapsen – Schaltstellen für die Erregungsübertragung –

und chemische Wirkstoffe als Neurotransmitter. Es läuft immer auf dasselbe hinaus. Das weiß ich.

Er betrachtete sein einzigartiges, selbst erschaffenes Universum und die exakten Nachbildungen der beiden Schlösser des Meisters.

Jetzt hatte er drei Kandidaten. Drei Individuen, für die seine Welt weitaus aufregender als diese ungerechte Welt war, in der sie lebten und töteten.

Jeder konnte unbeschwert von seinen Verbrechen berichten, er selbst sein, ohne Furcht seine Gefühle den anderen mitteilen. Er konnte auch Namen und Adressen seiner zukünftigen Opfer ankündigen und wie sie ihm ins Netz gehen würden. Hannibal Lecter war nichts als ein Amateur gegen ihn. Er lachte selbstgefällig.

Er schrieb seine elektronische Nachricht zur Aktivierung des Servers und fragte sich lächelnd, ob es neuen Teilnehmern gelingen würde, die Codes zu entschlüsseln. Und ob sie ihn bitten würden, die letzte Pforte durchschreiten zu dürfen, jene, hinter der das eigentliche Spiel begann.

Denn ich, dachte er, bin ein Eliteschüler.

Kapitel 5

I

Senda öffnete die Augen. Das graue Licht der Morgendämmerung drang durch die Vorhänge. Zu früh, dachte sie. Es kostete sie etwas Mühe, den Blick auf die sie umgebenden Gegenstände zu richten. Sie lag nicht in ihrem Bett. Langsam erinnerte sie sich wieder und streckte die Hand aus. Der Platz neben ihr war leer, das Laken noch warm. Sie atmete frei und ganz ohne Angst.

Sie ging ins Bad, wusch sich das Gesicht und putzte sich die Zähne.

Als sie die Schlafzimmertür öffnete, kam ihr Hugo im Gang entgegen. Er war barfuß, trug Jeans und T-Shirt und hielt ein Tablett mit zwei Tassen Kaffee und Panettonescheiben in Händen, die sie am Tag zuvor in einem italienischen Geschäft gekauft hatten.

»Hallo«, sagte er. »Ich hoffe, du willst nicht den ganzen Morgen im Bett bleiben.«

Sie runzelte die Stirn. Diese Direktheit überraschte sie.

»Ich begehre dich«, sagte sie leise.

Dass sie so etwas sagte, überraschte sie selbst am meisten. Ganz behutsam, vorsichtig, damit das Tablett nicht umkippte, legte er den Arm um sie und sah sie lange an. Sie stand da wie ein kleines Mädchen. Hugo lächelte. Seine Augen blitzten aufgeregt.

»Mein Wurm ist zurückgekommen.«

Als sie sicher war, dass sie ihre Stimme im Griff hatte, fragte Senda: »Mit leeren Händen?«

Er schüttelte den Kopf.

»Bingo!«

Dieses ungenaue, nicht entschlüsselbare Zeichen ergab plötzlich einen Sinn: Vom letzten Opfer des Schülers ungeschickt geschrieben, stellte es die Initialen ihres Führers dar, FP, für Francesco Prelati. Hugo zündete sich einen Joint an und begann nach einigen Zügen wie ein Verrückter zu tippen. Der Bildschirm wurde schwarz und zeigte dann die Anzahl der Beteiligten an. Es gab nur eine einzige Person in diesem Internetforum: FP.JD.AL.

Hugo hämmerte weiter mit hoher Geschwindigkeit auf eine Reihe von Tasten.

»Ich versuche, ihn zu lokalisieren! Es hat geklappt! Ich habe ihn!«

Er drehte sich zu Senda um.

»Küss mich!«

II

Der Eliteschüler musterte das ausgestreckte Wesen einige Meter hinter ihm auf dem Boden. Seit zwei Wochen hatte er seine Medikation geändert. Da Yohimbin – ein Medikament, das in höheren Dosen unter anderem zur Erweiterung der Blutgefäße des Penis dient – keine Wirkung gezeigt hatte, injizierte er jetzt kleine Dosen einer Mischung aus Pemolin und Heroin. Die Wirkung war zufriedenstellend, denn die darauf eintretenden psychotischen Schübe erwiesen sich als beeindruckend. Jedes Mal hatte er kühnere Visionen und Eingebungen und spürte sogar etwas wie Liebe. Durch diese Drogen wurde ein ungeahntes Potenzial in ihm freigesetzt.

Ich habe eine glückliche Hand gehabt und das richtige Wesen ausgesucht, dachte er. Dessen vollständige Abhängigkeit ist in greifbare Nähe gerückt. Denn es gewöhnt sich an meine sexuellen Praktiken, an meine Fantasien und daran, vergewaltigt zu werden.

Und jetzt will es noch mehr!

Überall liefen andere Wesen mit seidigen Löckchen durch sein Reich. Auch sie werden Gefangene des Labyrinths. Ich werfe sie zu Boden und fühle dann, wie die jungen, glatten Körper unter mir zucken, während mein Körper wie gelähmt ist.

Das Gehirn aktivierte sein Geschlecht, das sich nun wie ein mächtiger Pfahl in die Höhe reckte. Er schüttelte vehement den Kopf, um seine Fantasien auszublenden, aber sie hatten sich festgesetzt. Diese süßen, schrillen, spitzen Schreie …

Zum Sklaven seiner abartigen Sexualität geworden, onanierte er zwanghaft: Er schlitzte ihnen die Bäuche auf und penetrierte sie, dann zerstückelte er sie, bis sein Körper derart bebte, dass er nicht mehr atmen konnte. Sperma spritzte über seinen Bauch und seine Schenkel.

Die unzähligen Bilder dieser selbst erschaffenen Welt verblassten langsam und wurden zu einem Nichts.

Auf einmal öffneten sich auf dem Bildschirm zwei Portale. Das eine zeigte, auf welchem Level sich der neue Teilnehmer befand, das andere gab die Koordinaten an: die Westküste.

Er versuchte sich zu konzentrieren, da das Eindringen in das Reich seines neuen Spiels ihm Respekt abgenötigt hatte.

Der Spieler stand nun vor der Tür der Abtei. In so kurzer Zeit war das mehr als ungewöhnlich. War er nur zufällig so weit gekommen?

Oder ein Hacker?

Oder ein neues Mitglied, das sich an Jammergeschrei und Geständnissen weidete, ja, danach gierte?

Er war unbesorgt, weil die Pforten des Spiels sich nicht öffnen würden. Auch die anderen Teilnehmer hatten tagelang warten müssen. Vorher hatte er sie überprüft und getestet, ihre angeblichen Großtaten verifiziert, die Fotos genau betrachtet und sich immer wieder die Filme angesehen, ehe er sie akzeptiert hatte – so lange, bis ihr oberflächlicher Schein verblasst war und ihre Makel ans Licht traten.

Zu einer Bedrohung werdende Schmarotzer, die sich aus reiner Neugierde unter einer falschen Identität einschlichen, wollte er um keinen Preis in seinem Reich.

Plötzlich erschrak er derart, dass er auf seinem Stuhl von einem Zittern ergriffen wurde. Etwas lief so schnell über den Bildschirm, dass er sich nicht darauf konzentrieren konnte. Die Verknüpfungen der sechs Zahlen 2.1.18.18.15.14 mit den Buchstaben BA.RR.ON.

Jemand war in sein Reich eingedrungen.

III

»Allein deshalb hat uns der Wurm bis dahin geführt«, sagte Hugo. »Die Verknüpfung besteht einfach in der Rangfolge der Buchstaben im Alphabet.«

Beide wunderten sich, wie leicht ihnen diese Entdeckung gefallen war. Doch sie konnten ihren Erfolg nicht genießen. Eine noch größere Anspannung beherrschte sie.

Hugo sah besorgt aus.

»Er will wissen, wer du bist.«

Senda schloss die Augen und hätte am liebsten geschrien, aber die Vernunft riet ihr, ruhig zu bleiben und jetzt nicht falsch zu reagieren.

»Der Tod. Sag ihm, dass der Tod kommt.«

Sie ging in die »Station«, wo der Computer stand, und las ein weiteres Mal die Liste, die Hugo aufgeschrieben hatte. Sie hatten das Spiel nicht auf ein anderes elektronisches Medium überspielen können und besaßen jetzt nur noch eine Reihe von Namen.

BA.RR.ON.

Francesco Prelati.

Diese Namen standen nicht ohne Grund miteinander in Verbindung. Sie las sie immer wieder. Ein Märchen aus dem Mittelalter?

Sie schenkte sich ein Glas Rum ein und zündete sich eine Zigarette an.

Ihr Nacken schmerzte. Die nasse Kälte, dachte sie, oder das Alter. Bei diesem Gedanken musste sie lächeln.

Das erinnerte sie an den Abend, als Connely in seinem Hummer gestorben war. Die Kriminaltechniker hatten keinen Hinweis darauf gefunden, dass er das Land verlassen wollte. Weder Gepäck noch Geld. Kein Indiz deutete in diese Richtung.

Hatte Vincent Connely das Land nicht verlassen wollen, wo war er dann hingefahren? Warum hatte er riskiert, gefasst zu werden?

Es gab nur eine Antwort: In dieser Nacht war Connely unterwegs gewesen, um seinen Schüler zu treffen. Er hatte mit dem Mann eine Rechnung offen, die er auf seine Weise regeln wollte: brutal und gewaltsam.

Seiner Anwältin hatte er keine präzisen Angaben gemacht, die es ihr ermöglicht hätten, seine Unschuld zu beweisen, weil er wusste, dass seine Karriere als Finanzier auf jeden Fall ruiniert war.

Er hatte nur noch seine Rachegelüste befriedigen wollen.

Kapitel 6

Schweißperlen bedeckten ihren Körper und ihre Stirn. Hugo war ausgegangen. Jedes Mal, wenn sie die Augen schloss, sah sie, wie weit die Vorstellungskraft des Monsters reichte. Sie glich der Schnauze eines Tiers auf der Suche nach Aas. Trotz ihrer Mühe, die Botschaft zu entschlüsseln, lichtete sich der Nebel nicht. Senda öffnete die Augen, starrte an die Decke und stand auf.

Regen tropfte von den Dächern, und kleine Bäche liefen die Rinnsteine herunter.

Wer hatte das Dossier Raphaël Schiller einsehen können?

Sie schrieb Namen auf ein Blatt Papier, Namen, deren Klang eine Erinnerung in ihr wachrief.

Nach und nach hakte sie die Namen ab und überlegte jedes Mal, ob diese Person das Monster sein könne oder nicht.

Nach einem letzten resignierten Blick auf das Papier empfand sie ihren Versuch als lächerlich, denn sie hatte alle Namen ausgestrichen.

Die Tür des Spiels war verschlossener denn je – sie würde sich nicht mehr öffnen. Darüber würde das Schüler-Monster wachen.

Im Gegensatz zu Schiller hatte dieser Mörder das Bedürfnis, seine Verbrechen durch Spiele und Rätsel zu offenbaren.

Ihm genügte eine schreckliche und unheilvolle Kombination von Buchstaben, sich allein den Eingeweihten mitzuteilen.

Sowohl Schiller wie der andere hatten peinlich genau darauf geachtet, keine Indizien zu hinterlassen. Aber das Monster war ohne seinen Lehrer nicht denkbar. Oder doch?

In diesem Augenblick fiel es Senda wie Schuppen von den Augen. Im Rückblick sah sie zwei ähnliche Charaktere, doch beide von derselben inneren Qual getrieben.

Etwas, das anscheinend keinen Sinn hatte, ergab plötzlich Sinn. Diese Erkenntnis war so erschütternd, dass sie ihr Glas fallen ließ.

»Alles, nur das nicht!«, rief sie unvermittelt. »Nicht er!«

Ihr schien, als würde ihr das schwarze Feld des riesigen Schachbretts, auf dem sie sich befand, unter den Füßen weggezogen werden. Sie zitterte. Es existierte kein Schüler, sondern nur eine besonders abscheuliche Abnormität. Dr. Posso hatte sich geirrt. Sie lief ins Badezimmer, stellte sich unter die kalte Dusche und blieb dort eine Weile stehen. Unter dem Wasser krampften sich ihre Muskeln zusammen. Es raubte ihr den Atem und hinderte sie daran, ihre Angst in die feuchte Kälte hinauszuschreien. Zitternd blieb sie stehen; das Wasser roch nach Chlor. Sie lehnte den Kopf an die weißen Kacheln, die sie an die Wandverkleidung eines Leichenschauhauses erinnerten.

Schließlich stieg sie aus der Dusche, zog sich schnell wieder an und zerriss das Blatt mit ihren Notizen. Sie nahm die Dokumente und die Computeraufzeichnungen von Hugo und hinterließ ihm eine kurze Mitteilung: »Ich bin in einer Woche wieder da. Ich liebe dich.«

Draußen stieg Nebel über der Seine auf. In den Bäumen sang kein Vogel, der lautstark seiner Freude hätte Ausdruck verleihen können, weil Licht das Dunkel besiegte.

Kapitel 7

I

Zwei Tage später überquerte Senda Barhi am Steuer eines Mietwagens in Blaine die kanadische Grenze und fuhr in den Bundesstaat Washington. Vor ein paar Stunden war sie auf dem Flughafen von Vancouver gelandet.

Sie passierte die Grenze, ohne dass sie ihre Papiere vorzeigen musste. Für die Strecke nach Seattle brauchte sie etwas länger als eine Stunde. An der Westküste war es elf Uhr morgens.

Sie hatte keine Wahl mehr. Entweder sie oder er. Denn sie konnte der Justiz keine Beweise liefern, nur eine Reihe Namen und eine Theorie, die belächelt werden würde. Quasi ein Wahrsagespiel.

Sie schlug einen Teil des Nachmittags in den Flughafenbars tot und war versucht, Hugo anzurufen. Sie wählte seine Nummer, dann legte sie nach dem ersten Klingeln wieder auf.

Sie leerte ihr Glas. Sie verspürte kein Gefühl des Triumphs, ja nicht einmal das der Genugtuung. Nur eine kalte, klare Ruhe breitete sich in ihr aus, die auch das grelle Licht und der Lärm um sie herum nicht beeinträchtigen konnten.

Ihr Flug wurde aufgerufen. Sie legte ein paar Münzen auf den Tisch, warf ihre Tasche über die Schulter und ging zu ihrem Flugsteig.

II

In Atlanta war es nach Mitternacht. Er stand am Fuß der Treppe zu der kleinen Wohnung, die er unter falschem Namen gemietet hatte. Die Computer, das Modem und die Festplatten hatte er abgeklemmt, wieder in die Originalkartons verpackt und in seinen Hummer verstaut.

Es war Zeit, dass er mit seiner Relaisstation einen Ortswechsel vornahm. Hinter dem Eindringling namens »Der Tod« konnten sich alle möglichen Leute verbergen, vielleicht das FBI. Wie hatte er so schnell zur Kombination Zugang gehabt? An den Monitoren auf beiden Seiten des Spiels war alles in der Schwebe geblieben.

Von Georgia aus hatte er sich für Dallas, Texas, entschieden. Früh am nächsten Morgen würde die neue Einrichtung fertig sein. Ein neues Büro und ein fiktives Unternehmen im Gebäude einer Vorstadt, die seit der Immobilienkrise zu drei Vierteln leer stand, und das Spiel konnte unter neuen Vorzeichen wieder beginnen.

Er schloss den Kofferraum des Fahrzeugs, setzte sich ans Steuer und fuhr los. Er nahm die Interstate 20 und achtete darauf, die Höchstgeschwindigkeit nicht zu überschreiten. Er war aufgeregt, aber war das nicht der Zweck des Ganzen? Auf dem Rückweg würde er die Interstate 7 nehmen, um den Mond über der Wüste zu bewundern. Er würde durch Nevada fahren, ein neues Territorium, auf dem er ungehindert Leichen verschwinden lassen konnte. Sein Herz hüpfte vor Freude, wenn er daran dachte, was er bald unternehmen würde. L. A. war weit weg. Wie viel hatte sich verändert seit jenem Strand in Massachusetts, in einer Sommernacht vor vier Jahren … Er wusste, dass das Böse nie besiegt werden konnte. Es bewegte sich nur von einem Ort zum anderen und wartete auf den richtigen Moment.

Er lächelte. Das Leben war wunderbar, aber der Tod war

noch besser. Dennoch arbeitete etwas Irrationales in seinem Hinterkopf weiter. Der Tod? Ein seltsames Pseudonym.

III

Das »Red Eye« war nach der Augenfarbe der Passagiere benannt, wenn sie aus dem Flugzeug stiegen. Es landete um sechs Uhr früh in L. A. Senda ging in ein anderes Terminal, blieb vor einer Reihe Schließfächer stehen und suchte die Nummer tausendachtunddreißig. Endlich hatte sie sich entschieden, entnahm ihrer Tasche einen flachen Schlüssel und öffnete das Fach. Was sie vor ein paar Wochen bei ihrer Abreise zurückgelassen hatte, lag immer noch da. Sie blickte sich kurz um und ließ das Paket in ihre Tasche gleiten. Ein schweres, unförmiges Paket, in öliges Tuch gewickelt.

Der 38er von Perez.

Danach fuhr sie mit dem Taxi zu einem kleinen, bescheidenen Hotel in Hollywood. Sie mietete ein Zimmer unter dem Namen Alexandra Reid und zahlte bar für zwei Tage im Voraus.

Noch im Gang streifte sie Plastikhandschuhe über, schloss sich in dem winzigen Zimmer ein und legte die Sicherheitskette vor. Sie stellte ihre Tasche auf den Tisch, öffnete sie und nahm heraus, was sie in einem Pariser Supermarkt gekauft hatte.

Nach einer guten Stunde Arbeit im Bad betrachtete sie sich im Spiegel.

Sie hatte jetzt dunkles, kurz geschnittenes Haar. Ein greller Lippenstift betonte ihre vulgär geschminkten Augen. Ihr Gesicht wirkte voller. Sie übte eine paar Minuten ihre neue Mimik. Ihre Stimme war jetzt schrill, keuchend und nicht wiederzuerkennen. Mit gezwungener Ernsthaftigkeit sprach sie mehrmals ihren Namen aus und wunderte sich über die Person, die ihr gegenüberstand.

Die Täuschung würde funktionieren, aber sie würde schnell handeln müssen.

Sie zog T-Shirt und Jeans an, griff nach dem 38er, überprüfte die Trommel mit den Halbmantelgeschossen und befestigte den Revolver im Inneren ihres rechten Stiefels. Dann nahm sie ihre Tasche, ließ den Schlüssel im Schloss stecken und ging.

Darauf erledigte sie drei Anrufe in einer öffentlichen Telefonzelle.

In einem Schnellimbiss aß sie einen Hamburger und trank einen Erdbeer-Smoothie. Dabei zwang sie sich zu einer Vielzahl unnützer Bewegungen, um sich an ihre neue Rolle zu gewöhnen.

Gegen vier Uhr nachmittags hielt sie ein Taxi an und ließ sich zum Einkaufszentrum Baywatch fahren. Von dort aus ging sie am Strand entlang bis zum Hermosa Beach.

Es wurde dämmrig, und der Himmel hatte die Farbe eines reifen gelben Kürbisses, der mit leuchtend rosa Äderchen durchzogen war. Die von ihr überwachte, beige verputzte Villa verschmolz langsam mit der Nacht.

In der Kühle des Abends liefen Jogger schneller, von Zeit zu Zeit leuchteten die Streifen ihrer mit Luftkammern gepolsterten Laufschuhe in der Dunkelheit schemenhaft auf.

Entlang der Avenue waren die Fenster der Wohnungen erleuchtet – eine ganz gewöhnliche Nacht, deren friedlicher Zauber suggerierte, alles bedeutungslos werden zu lassen, was den Tag über geschehen war. Ein rosafarbener Dunst breitete sich über dem verlassenen Strand aus.

Als der Wagen kam, erkannte Senda ihn sofort. Sie sah, wie die Scheinwerfer auf dem Asphalt eine Kurve beschrieben, auf der Auffahrt stehen blieben und in der Garage verschwanden. Kurz darauf waren Diele und Erdgeschoss erleuchtet.

Die Anspannung des Wartens wich einer schrecklichen Klarheit. Dann gerieten ihre Gedanken für einige Sekunden durcheinander. Ihr Mund war trocken, und sie hörte ihr Herz schlagen. Sie registrierte, dass ihr der Ekel den Atem raubte.

Mein Gott! Dreißig Sekunden, lass mir noch dreißig Sekunden.

Doch sie wurde von einer mörderischen Macht gezwungen, ihre Tasche zu nehmen und entschlossen auf die Verandatüren im französischen Stil zuzugehen, die sie durch das Dickicht der sorgfältig geschnittenen Büsche sah.

Die Nacht nahm eine andere Dimension an.

Kapitel 8

1

Das Außenlicht wurde eingeschaltet und die Tür aufgeschlossen, ganz so, als geschähe es widerwillig. Jetzt stand er in der Tür, ein sportlich aussehender junger Mann in einer ausgewaschenen Stoffhose. Sein blondes Haar war zu einer Bürstenfrisur geschnitten, und glasige Augen starrten sie durch seine randlose Brille an.

Er trug ein Seidenhemd und maßgefertigte italienische Slipper.

»Darf ich reinkommen?«, fragte Senda. »Ihre Sekretärin müsste Sie informiert haben.«

Er sah rasch die Straße hinunter, dann lehnte er sich lässig mit einer Hand an den Türrahmen. Seine Hände waren schmal, elegant und äußerst gepflegt.

»Davon weiß ich nichts. Wie war noch mal Ihr Name?«

Seine Stimme klang gelassen und ruhig, wie jemand, der höflich einen Vertreter abwimmeln will.

»Alexandra Reid. Ich bin eine ... ich komme von ... Also, ich bin folgendermaßen auf Ihren Namen gestoßen.«

Sie wühlte in ihrer Tasche und schien nicht zu finden, was sie suchte. Wie um Entschuldigung bittend lächelte sie ihn an und fand schließlich eine verknitterte Visitenkarte, die sie ihm zögernd hinhielt. Er warf einen kurzen Blick darauf. In seinen Augen schien kurz so etwas wie Interesse aufzublitzen.

Dann sah er auf seine Uhr und lächelte.

»Kommen Sie rein«, sagte er. »Ich habe aber nur kurz Zeit für Sie.«

Er hatte vollkommen entspannt gewirkt, doch als er jetzt zur Seite ging, um sie vorbeizulassen, wirkte er nervös.

Senda gab sich schüchtern, als sie sein Haus und einen überdimensional großen Raum mit Blick auf die Bucht betrat. In die Decke integrierte winzige Strahler waren auf zahlreiche Kunstobjekte gerichtet, ägyptische Figurinen, Mayavasen, Inkamasken.

An den Wände hingen farbenfrohe Bilder naiver Malerei, alle mit derselbe Signatur: Mac Knight – ein Maler, der gerade angesagt war.

Senda blieb vor einem niedrigen Tisch mit dem Fuß eines Kapitells und einer großen Glasplatte stehen, auf der eine Kollektion Tabakdosen aus verschiedenen Epochen aufgestellt war. Vitrinen beherbergten eine Vielzahl antiker, seltsam konstruierter Waffen.

»Sie müssen Sammler sein«, murmelte Senda beim Anblick dieser kostbaren Artefakte.

Er schritt mit einer abfälligen Geste an ihr vorbei.

»Ja. Das bin ich wohl, so wie meine Eltern. Diese Manie scheint in der Familie zu liegen.«

»Pflegen Ihre Eltern noch immer diese Leidenschaft?«, fragte Senda.

»Sie sind bereits tot.«

»Oh! Das tut mir leid.«

»Das muss Ihnen nicht leid tun. Es ist schon lange her.«

Senda hatte das Gefühl, ein Fremdkörper zu sein, etwas, das in diesem kultivierten und erlesenen Ambiente vulgär wirkte. Ich bin wie eine Kakerlake, die bei einem vornehmen Empfang auf den herumgereichten Häppchen sitzt, dachte sie.

Wird er mich bitten, mich zu setzen?

Es gab mehrere Türen in diesem riesigen Salon; alle waren geschlossen.

»Haben Sie etwas, das Sie mir zeigen können?«, sagte der Mann hinter ihr.

Obwohl sie keiner Aufforderung erhalten hatte, setzte sie sich auf den Rand der hellen Couch und drehte sich zu ihm – eine kalkulierte Unverschämtheit.

Es schien ihm nichts auszumachen. Er sah sie seltsam an.

Hat er mich wiedererkannt?

»Also, ich nehme an, Sie haben diese vertraulichen Unterlagen über den Gouverneur dabei, Miss …?«, fragte er emotionslos, das Gesicht eine undurchdringliche Maske.

»Reid, Alexandra Reid.«

Er ist ganz anders als Schiller, und …

»Sie wirken ein wenig verschüchtert«, sagte er. »Ich hole Ihnen erst einmal etwas zu trinken, während Sie danach suchen.«

»Ich möchte nur ein Glas Wasser, bitte.«

Er nickte verständnisvoll und verschwand.

Sie widerstand der Versuchung, ihm mit Blicken zu folgen.

Ist es denkbar, dass sich unter dieser Maske derart viel Hass verbirgt?

Ihr wurde heiß und die Luft trotz der Klimaanlage immer stickiger. Niemand weiß, dass ich in dem Haus des Mörders bin. Fast bin ich am Ziel und muss jetzt völlig gelassen bleiben …

Sie wollte schlucken, aber ihr Mund war staubtrocken.

Er stand nun vor ihr, beugte sich herunter und stellte ihr auf einem Tablett ein hohes Glas mit eiskaltem Wasser hin, zusammen mit einer kleinen Stoffserviette, auf der ein gesticktes Monogramm zu erkennen war.

Sie nahm das Glas in die rechte Hand, die Serviette in die linke und dankte ihm lächelnd.

In diesem Moment hörte sie ein Pfeifen und gleichzeitig den Klang einer Explosion.

Er hatte sie mit dem Tablett auf die linke Gesichtshälfte geschlagen. Sie fiel von der Couch.

Schwer atmend beugte er sich über sie. Sie wollte ihn mit ihrem Blick verfolgen, aber da war er schon verschwunden. Dann hörte sie einen gedämpften Schrei, wie aus großer Entfernung: Sie hatte geschrien. Und wie ein harter, scharfer Metallsplitter in ihrem Oberkörper durchfuhr sie ein unerträglicher Schmerz. Er hatte sie in die Brust getreten.

Sie konnte sich nicht bewegen. Ihr Körper brannte, und sie spürte, dass sie über den Boden geschleift wurde. Etwas klopfte in ihrem Brustkorb, etwas, das sie am Leben erhielt und sie zugleich erstickte.

Alles um sie herum sah verschwommen und wie verzerrt aus.

Er wird mich wie Linda in Stücke schneiden. Das war ihr einziger klarer Gedanke inmitten schwarzer Wellen, die in immer kürzeren Abständen über ihr zusammenschlugen, ehe sie das Bewusstsein verlor.

III

Sie saß mit Handschellen gefesselt auf einem Stuhl in einem fensterlosen Raum, der nach Desinfektionsmitteln roch. Obwohl der Rauch der Zigarette ihr Hals und Lungen verbrannte, versuchte Senda, wieder die Kontrolle über sich zu gewinnen.

»Sie können die Asche auf den Boden fallen lassen.«

Er saß drei oder vier Meter entfernt in einem bequem wirkenden Ledersessel. Auf der Lehne lag ein großes Messer, mit der Spitze auf sie gerichtet.

Der Bodenbelag aus synthetischem Material war fugenlos verlegt. Ein verchromter Rost in der Mitte des Raums verbarg vermutlich einen Abfluss.

»Sie sind mir nicht fremd. Wir sind uns schon begegnet. Lassen Sie mich nachdenken ... Wo war das?«

Er gab vor, in einer vagen Erinnerung nach ihrem Gesicht zu suchen.

»Wollen Sie noch etwas trinken?«

Er wird langsam erregt, dachte sie. In Gedanken geilt er sich bereits auf. In ihrem rechten Stiefel spürte sie immer noch das Gewicht des Revolvers.

Mit einer übertriebenen Geste schlug er sich an die Stirn.

»Paris«, sagte er und schnippte mit den Fingern. »Das ist es! Jetzt fällt es mir ein. Paris!«

Verpiss dich, dachte sie.

»Und Ihr Meister?«, fragte Senda in einem Ton, als würde sie die Antwort schon kennen.

Mit gespielt besorgter Miene dachte er nach.

»Sie sind bestens informiert, Alexandra! Warum erzählen Sie mir nicht mehr über diesen Meister oder eher über seinen Schüler? Was wissen Sie über ihn?«

Sie stellte sich vor, wie in seinem Gehirn eine schwarze, schmierige Ader zu schwellen begann.

»Er heißt Prelati. Dieser Mann stand im Dienst des Kinderschänders Gilles de Rais und rief für ihn den Dämon BA.RR.ON an.«

Er setzte sich auf und runzelte die Stirn. Sein Blick schweifte durch den völlig leeren Raum und richtete sich schließlich wieder auf sie. Wie abwesend streichelte er sein Geschlecht. Mit der anderen Hand fuhr er über die Klinge des Messers.

Seine Adern waren geschwollen. Sein Blut pulsierte. Vermutlich hatte er eine Erektion.

»Wie sagten Sie doch gleich, hieß dieser Schüler?«

Sie nahm einen letzten Zug und ließ die Zigarette zwischen ihre Füße fallen.

»Genau weiß ich es nicht mehr. Prelati oder ... vielleicht sollten wir ihn nach seinem Anagramm benennen, Art Liep.«

Er nickte mehrmals, verblüfft. Dann fixierte er sie wieder.

»Was machen Sie hier, Senda?«, fragte er auf Französisch, stand auf und ging zu ihr.

Das ist zu früh. Ich muss ihn aufhalten.

»Ich bin hier, um Sie zu töten, Jason«, sagte sie ruhig und versuchte gleichzeitig, sich wieder an die Szenerie von damals zu erinnern: an dieses kleine Landhaus in der Nähe von Paris; an den verwahrlosten Keller; an den Gestank und den Jungen auf einer Liege.

Jason Dumas, der Letzte, der gekidnappt worden war. Raphaël Schillers drittes Opfer.

Jason-Art setzte sich wieder. Er brauchte lange, bis er sagte: »Seit wann wissen Sie das?«

Senda ließ ihn nicht aus den Augen. Sein Gesichtsausdruck hatte sich verändert. Seine Hände zitterten, und sein Gesicht war totenbleich. Er starrte nach unten, als würde der Boden ihm zuflüstern, was er zu sagen habe.

»Schiller hielt sich für Gilles de Rais. Weder Sie noch irgendjemand anders wird jemals begreifen können, was diese Erfahrung für mich bedeutete.«

»Ich glaube ...«

»Was glauben Sie? Nein. Ich lag im Sterben und fürchtete, wahnsinnig zu werden. Nach einem Jahr Psychotherapie schickten mich meine Eltern auf ein privates College in Boston. Ich vermute, sie sahen keine andere Lösung als die, die man ihnen empfohlen hatte. Das Opfer so weit wie möglich vom Tatort des Geschehens wegzubringen und die Therapie fortzusetzen. Doch sie hatte keine Aussicht auf Erfolg.«

»Warum?«

Jason-Art lächelte und verbarg dabei nicht die Freude, dass er endlich enthüllen konnte, was in den krankhaftesten Winkeln seines Gehirns versteckt lag.

»Weil sie umgekehrt funktionierte. Sie hatten nichts begriffen. Ich führte sie hinters Licht. Ich litt nicht darunter, dass ich vergewaltigt und gefoltert worden war, sondern darunter, dass man das nicht mehr mit mir machte. Jede Nacht wollte ich diese Szenen wieder durchmachen, diese Ereignisse endlos weiterleben. Ich war Schillers Liebling. Ich wusste, dass er mich liebte. Aber er merkte nicht, dass ich dabei ebenso viel Lust empfand wie er. Vielleicht sogar mehr als er. Aus seiner Raserei gewann ich genauso viel Kraft wie er aus meiner Unterwerfung, meinem Schreien und Stöhnen. In der Nacht, als er kam, um einen von uns in die Garage von Cassel zu bringen, beugte er sich über mich und verlangte von mir, ich solle wählen. Ich konnte Alicia nicht ausstehen, also musste ich nicht lange überlegen. Bevor ich in die USA ging, kehrte ich in das kleine Haus zurück und holte Schillers Tagebuch. Ich wusste, wo er es versteckt hatte und las es mindestens mehrere Hundert Male. Und die Botschaft war klar. Jetzt wusste ich, woher Schiller seine Macht und seine Männlichkeit schöpfte: aus Grausamkeit, Terror und Blut. Auf diese Weise erreichte er die Ekstase. Doch ich bin noch weiter als er gegangen.«

Ohne es zu wissen und rein zufällig war Schiller auf das perfekte Opfer für seine Perversionen gestoßen. Er hatte in Jason ein psychisches Material gefunden, das er formen konnte: einen Geist ohne Gewissen, ohne Schuldgefühle und Scham, einen perfiden Geist, der sich ausschließlich mit der Befriedigung seiner wilden, blutrünstigen Gelüste beschäftigte, und dessen einziges Ziel es war, seinen unersättlichen Appetit nach sexueller Macht zu stillen.

Und dieses Monster habe ich unter Einsatz meines Lebens aus Schillers Klauen befreit!, dachte Senda.

»Und dieser Junge am Strand von White Horse Beach?«, fragte sie.

»Mein erster ... eigentlich mein zweiter. Der erste war Didier Falque, der ebenfalls damals in dem Haus gefangen war. Aber den habe ich aus anderen Gründen getötet. Ich wollte nichts mehr mit ihm teilen. In Boston verkehrte ich dann in Pädophilenklubs, doch diese Spielchen waren für mich uninteressant. Sie konnten meinen Hunger nicht stillen. Als ich von der Universität abging, arbeitete ich den Sommer über bei einer kleinen Regionalzeitung und zog anschließend nach Kalifornien. Mir war dieser Junge aufgefallen, der meistens auf einem Parkplatz bei mir in der Nähe herumhing. Ich hatte große Lust, mich seiner anzunehmen. Ein einzigartiger Moment. Auch für ihn, vermute ich ...«

Seine Augen waren wieder starr geworden. Etwas Eigenartiges flackerte in ihnen.

Er fängt wieder an sich vorzustellen, wie er sich mit mir amüsieren wird, dachte Senda. Ich diene ihm als Objekt für seine Inspirationen.

»Sie haben sogar den Zeitungsartikel geschrieben, als seine Leiche gefunden wurde.«

Jason-Art lächelte arrogant.

»Dürfte ich eine letzte Zigarette rauchen?«

Ich muss ihm den Eindruck vermitteln, dass ich mich in mein Schicksal ergebe. Ich darf ihn meine Angst nicht spüren lassen. Aber ich brauche noch ein paar Minuten.

Er gewährte ihr die Bitte. Sie nahm ein paar kurze Züge

und legte ihre Hände wieder auf den rechten Oberschenkel. Zentimeter für Zentimeter zog sie den Stoff ihrer Jeans am Bein hoch, damit sie nach dem Revolver greifen konnte, ohne dass die Ketten ihrer Handschellen klirrten.

Sie ließ Jason-Art nicht aus den Augen.

»Und Schiller?«, fragte sie, um Zeit zu gewinnen.

»Ich begegnete ihm zufällig auf einem Empfang wieder, einige Monate nach meiner Ankunft in L. A. Ich hatte wie er meinen Namen geändert. Und wie hätte er nach all den Jahren einen Zusammenhang zwischen Jason, einem dreizehnjährigen Jungen, und Art Liep herstellen können? Ich erkannte ihn sofort, aber ich spürte auch, dass er am Ende war. Jetzt war er zu einem gewöhnlichen Haustier geworden. Das Raubtier in ihm war tot. Dass ich ihn vernichten würde, gehörte zu seinem Schicksal. Ich habe Ihnen die Zeitschrift zugespielt.«

»Warum?«

Jason-Art wirkte überrascht, als habe Senda eine dumme Frage gestellt.

»Einfach, um dem Spiel eine neue Dimension zu geben.«

»Und Hallman?«

»Sie lieferte mir Frischfleisch, als ich in Boston lebte. Ich ließ sie für ein paar Ermittlungen nach L. A. kommen. Sie war eine dreckige Lesbe, aber sehr effizient.«

»Warum wollte sie fünfhunderttausend Dollar aus Conely herauspressen?«

»Das war Hallmans Idee. Sie brauchte immer Geld, um sich ihre Gespielinnen zu kaufen. Ich habe sie mir vom Hals geschafft, als sie mir nicht mehr nützlich war.«

Wieder streichelte er die Wölbung zwischen seinen Schenkeln.

»Schiller hatte die Hosen voll. Er musste von allen Seiten Schläge einstecken. Da habe ich ihm den Gnadenstoß versetzt. Enttäuschend war nur, dass mir sein Sohn durch die Lappen ging. So musste ich mich mit seiner Frau zufrieden geben. Als ich ihr auflauerte, wichste sie gerade.«

Und du, was machst du gerade?, dachte sie verächtlich.

Er lächelte gekünstelt und fuhr dann fort: »Ich dachte, Schiller würde meine Scharade verstehen. Das war doch offensichtlich.«

»Welche Scharade?«

»BA.RR.ON. Barron hieß der Dämon, den Prelati anrief. Das wusste Schiller, weil er sich für die Reinkarnation Gilles de Rais' hielt«, erklärte Art, aber Senda entnahm seinem Ton, dass es noch etwas gab.

»Ich weiß, wer Gilles de Rais war. Ein Marschall Frankreichs, der Anfang des fünfzehnten Jahrhunderts an der Seite Jeanne d'Arcs kämpfte, sowohl ein Förderer der Kunst war als auch in Kontakt mit satanischen Zirkeln stand und zum monströsen mehrfachen Kindermörder wurde, bis man ihn hängte. Und dass BA.RR.ON den Initialen der Kinder entspricht, die Sie getötet haben. Und Sie, was glauben Sie?«

»Dass wir alle Söhne Abrahams sind. Die Figur des Prelati faszinierte mich. Dieser italienische Priester, so schön wie ein Engel, überzeugte seinen Wohltäter und Liebhaber, dass es unerlässlich sei, junges Blut zu opfern, um den Dämon rufen zu können.«

Senda hatte ihre Zigarette fast geraucht.

»Schiller wusste es«, sagte Senda.

»Was wusste er?«, fragte Art, einen bedrohlicher Unterton in der Stimme.

»Er wusste, dass Sie der Mörder waren. In jener Nacht, als die Polizei ihn erwischt hat, war er auf dem Weg zu Ihnen.«

Art grinste wie ein Kind. Er schien sich zu amüsieren.

Ich muss handeln. Jetzt!

»Er wollte Ihnen die Eingeweide rausreißen. Sie waren für ihn nichts als sein Wesen. Das hat er mir selbst gesagt.«

Er war auf einmal schweißgebadet. Diese Vorstellung hatte sich in sein Hirn eingebrannt.

»Ich war es, die ihn gekriegt hat, Jason, nicht Sie. Ich habe ihn in dieser Nacht in seinem Auto abgefackelt. Das war kein Unfall.«

»Nein, Sie Scheißschnüfflerin, ich saß in dem Lastwagen. Die Verabredung, das war ich. Schiller, das war ich. Perez, das war ich auch, während Sie Ihren Arsch nicht mal aus dem Auto bewegt haben. Das ist doch lustig! Sie liegen daneben, und zwar auf der ganzen Linie! Total daneben, kleine Bullensau! Ich habe Sie ganz schön verarscht, oder? Total daneben! Und jetzt werde ich Sie töten.«

Ein wildes Funkeln brannte in seinen Augen. Sein Gesicht war knallrot. An seinem Hals und an seinen Unterarmen traten Adern und Sehnen hervor. Er war bereit. Er konnte sich nicht mehr bremsen. Wahnsinn beherrschte ihn. Er sprang auf.

Darauf hatte sie gewartet.

Sie schnippte ihm ihre abgebrannte Zigarette ins Gesicht. Reflexartig hob er zum Schutz den Arm und brauchte dann wertvolle Sekunden, bis er sein Gleichgewicht wiedergefunden hatte.

Sie beugte sich vor, fuhr mit der Hand in ihren Stiefel und packte den Colt. Die Arme vorgestreckt stand sie auf und spannte den Hahn.

Er sah auf den Revolver. Seine Augen waren erneut starr geworden.

»Ich habe mein Leben riskiert, um dich aus den Klauen von Schiller zu befreien!«, schrie Senda. »Du bist schlimmer als er, du erbärmlicher Haufen Scheiße. Geh zu deinem Meister.«

Der Schuss hallte an den Wänden wider.

Er stand immer noch aufrecht, mit hängenden, leicht schlenkernden Armen. Ein Schleier legte sich über seine Augen. Sie hatte ihn oberhalb der Augenbraue getroffen.

Ein zweiter Schuss war nicht nötig.

Senda legte den Revolver auf den Stuhl und ging auf Jason zu. Eine Art Schwäche überkam sie.

Er war bereits tot, obwohl er noch aufrecht stand. Dann brach er plötzlich zusammen.

Sie musterte ihn etwa eine Minute. Schließlich trat sie zu ihm.

Sie fand den Schlüssel ihrer Handschellen und schloss sie auf. Anschließend nahm sie eine Zigarette aus der Schachtel, die auf der Armlehne des Sessels lag. Beim ersten Zug musste sie husten.

Sie öffnete die Tür. Im Souterrain blieb sie lange stehen und lauschte aufmerksam auf das leiseste Geräusch.

Das Mädchen. Wo war die Kleine?

Ein langer Gang führte zur Garage. Eine Waschküche, ein Raum voller Kisten mit leeren Verpackungen und der Raum, in dem Jasons Leiche lag. Mehr Räume gab es nicht.

Doch an einer Wand reihten sich Einbauschränke aneinander. Art hatte die Garage in ihrer Tiefe und Breite verkleinert, um ein Versteck einzurichten.

Sie hatte sich nicht geirrt. Die Rückwand des Schranks, der der Garage am nächsten stand, ließ sich aufschieben.

Sendas Blick fiel sofort auf den Bildschirm eines Computers, auf dem ein Logo blinkte, das den Empfang neuer Nachrichten anzeigte.

Sie schaltete das Licht im Raum ein, der die Form eines umgedrehten L hatte. An der Decke hing ein Videoprojektor.

Erst da sah sie, dass dieses auf dem Rücken liegende Wesen erwachte. Es stieg aus dem Bett, vorsichtig und langsam.

Dieses Wesen konnte niemand anderes sein als das entführte Mädchen. Senda sah den zerbrechlichen, jugendlichen Körper, nackt und leichenblass. Ihr Fleisch war vom Bewegungsmangel und den Drogen erschlafft, von den Misshandlungen und Folterungen gezeichnet.

Eine Ledermaske, die mit einer schmalen Öffnung versehen war, durch die sie atmen, aber nicht sehen konnte, schnürte ihren Kopf ein. Ein dickes Lederhalsband an einer Leine fesselte das Mädchen an die Mauer und schränkte seine Bewegungsfreiheit ein.

Senda wartete auf eine Reaktion der Gefangenen.

»Es ist vorbei. Er ist tot. In ein paar Minuten wird das FBI hier sein.«

Das Mädchen setzte sich auf die Bettkante und wirkte ruhig. Senda ging langsam zu ihm, öffnete den Reißverschluss, der die Maske zusammenhielt und nahm sie ab.

Auf dem Gesicht des Mädchens waren nur Überraschung und eine gewisse Benommenheit zu erkennen. Behutsam öffnete Senda den Karabinerhaken an der Leine.

Sarah knetete die Maske zwischen ihren Händen und schien nachzudenken.

Das ist nicht normal, dachte Senda. Sie wurde von Panik ergriffen und schluckte schnell eine ihrer Tabletten. Doch schon war das Zimmer leer.

Das Laken lag am Fußende des Betts.

Senda lief in den Gang zurück. Sie hörte nichts und warf einen Blick in die Garage. Hinter dem Auto glaubte sie einen Schatten zu sehen.

In diesem Moment hörte sie einen lang gezogenen, markerschütternden Schrei, den Schrei aus einer anderen Welt, bei dem es ihr kalt den Rücken hinunterlief.

Das waren weder Schmerz oder Angst, sondern etwas Unbekanntes. Sie spürte, wie sich ihr Magen zusammenzog.

Senda lief in den Raum, in dem Jasons Leiche lag. Niemand hatte ihn bewegt. Seine Augen hatten ihren Glanz verloren und standen offen, waren aber trüb und mit einem milchigen Schleier überzogen.

Senda hörte ein metallisches Geräusch und drehte sich abrupt um.

Das Mädchen stand hinter ihr, Perez' Revolver auf sie gerichtet. Ihre Blicke trafen sich.

Sarahs Pupillen waren geweitet, und das Weiß ihrer Augen war blutunterlaufen. Sie atmete schwer.

Senda konnte sich nicht mehr an den Namen des Mädchens erinnern. Einen Moment konnte sie sich weder bewegen noch sprechen, denn sie spürte, wie eine Welle absoluten Entsetzens sie erfasste. Dann sah sie das Metallplättchen an ihrem Halsband und den Namen in Großbuchstaben: SARAH.

Sie schätzte die Entfernung bis zum Revolver ab und wie viel Zeit sie brauchen würde, um sie zu überwinden.

Sie trat einen Schritt vor und hob langsam beide Arme.

»Leg den Revolver hin, Sarah! Ich will dir nichts Böses. Gleich kommt Hilfe, es ist vorbei.«

Mein Gott, einen Schritt noch. Bitte!

»Sarah, leg den Revolver hin, bitte«, wiederholte sie mit tonloser Stimme.

Sie sah, dass Sarah ihr nicht mehr zuhörte. Das Mädchen stieß wieder einen dumpfen Schrei aus, mehr ein Stöhnen. Auf einmal herrschte Schweigen.

Schließlich stieß Sarah mit seltsam tiefer Stimme aus: »Du Schlampe! Du hast ihn getötet! Ich habe ihn über alles geliebt. Ihr könnt alle zur Hölle fahren, du und deine verdammten Helfer! Du hast ihn umgebracht, du hast ihn umgebracht ...«

Dann der Schuss. Senda roch das Kordit.

Sarah hatte geschossen!

Einen Sekundenbruchteil glaubte Senda, das Mädchen habe sie nicht getroffen. Sie merkte, dass sie nicht mehr stehen konnte. Ihre Beine waren weich und kalt und trugen sie nicht mehr.

Sie fiel auf ein Knie und dann der Länge nach hin.

Der Boden glänzte wie das Wasser eines Sees, eines Sees, der immer kleiner wurde oder sich entfernte. Sie konnte es nicht genau sagen.

Bald war er nur noch ein winziger, rötlich schimmernder Punkt. Sie hielt sich daran fest und sah in einem Regen aus Sternen Hugos Gesicht. Er lächelte sie an.